當個便宜娘

下

宋可喜 著

風 文創 1130

目錄

第十一章

很快地，又過了一個月。

宋嵐每天勤勤懇懇地勞作，白芸腳好了，也會一起幫忙。

買菜的任務落到了宋清頭上，但是人家也無怨無悔的，一句抱怨的話都沒有。

宋家的宅子在初秋這個豐收的季節裡蓋好了，過程自然是由白芸和宋清兩人盯著，沒有一點差錯。

白芸帶著一家子來看新房子，原來的舊屋已經變成了三間嶄新的青石磚瓦房。

白芸才知道，這每間屋子隔著一道牆，就一共有一個堂屋及五間住房，之前她跟黃老三說要加一間，就在屋後多蓋了一間。

不過宋家的地大，之前後院還空著一塊地，是做家裡菜地用的，各家都有一塊，所以往後蓋了也不會覺得小，反而很寬敞，歪打正著合了白芸的心意。

他們由衷地感到開心，終於有間踏實的房子住了。

以前的房子院子很大，屋子就一點點，現在好了，院子雖然比以前的小，但是房子使用面積大了很多。屋後餘出來的一塊地方，還多了一口水井，是黃老三他們建議白芸挖的。

黃老三也高興地跟在他們後面走，在預定的期限裡蓋出了這麼大的房子，很讓他驕傲。

而且宋家給的待遇忒好，他們都樂意為宋家賣力氣，平日裡收工的時候，大家都歡歡喜喜的，婆娘也高興，說他們出去賣苦力氣，回家反而還胖了好幾斤。

馮珍看房子蓋好了，回頭就跟兒子、女兒還有兒媳商量著進房酒的事情。

他們家在村子裡也沒有很多熟人，只有那麼十多家有交情，都是白芸喜宴上來過的。

粗粗算了一下，黃老三一隊工人得請，村長家得請，何家也要請，再加上村子裡的十幾家，肯定要好好操辦。

確定好了人數，白芸和馮珍就開始忙活起來了。

家具也搬來了，是馮珍找人置辦的，白芸看了覺得不錯，就讓人抬進家裡了。

很多東西白芸都不知道，是馮珍在旁邊提醒的，要提前去各家借桌椅板凳、要掛紅條，還得請一位專門辦農村大席的廚子來，不然單憑她們幾個，真做不成那麼多人的席面。

令白芸沒想到的是，村長夫人和秀珍也來幫忙了，秀珍還是帶著何月月一起來的。白芸很是感激，給幾人提前包了一個小紅封。

等到宴請那天，大家都來了，宋家席面辦得不錯，大家吃得熱鬧又開心。

白家沒有人來，大家都知道他們兩家關係不好，識趣地沒有提。

宋清作為家裡的男主人，自然承擔起了接待客人的任務。

令白芸意想不到的是，除了村民以外，家門口還來了一輛馬車，下來兩個丫鬟。

「白小姐在嗎？」兩個丫鬟一看就是富貴人家的，穿得都比村人好，聲音底氣十足，清脆又好聽，一出場就吸引了在場人的目光。

小姐？這稱呼文謅謅的，不太屬於鳳祥村這個地方，讓大家都有點好奇。

白芸正在屋裡記禮錢，聞聲走了出來，問道：「妳們是？」

「我們家夫人聽說白小姐新房有喜，讓我們來給您送進房禮。」兩個丫鬟溫溫柔柔地笑了笑，先是拿了一張紅封遞給白芸，又搬了個包裝很好的禮盒呈上。

白芸一聽就知道是誰了，她在這個世界認識的人，能被叫「夫人」的就只有李夫人了。

估計是李夫人一直留意著自己家裡的事情，就是沒想到時間掐得這麼精準，剛剛辦酒席，就把禮給送來了。

「替我跟李夫人道謝。」反正是禮，白芸毫不客氣地收下了。

兩個丫鬟也沒久留，害怕耽誤白芸的事情，麻溜地上了馬車回去了。

村人頓時一片譁然，宋家真是不得了了，居然認識這種大人物！以前怎麼沒看出來？

喔不，是白芸不得了了，不僅認識了這種大人物，還能讓人家上趕著來送禮！村人的目光變了好幾變。

自從白芸嫁進了宋家，宋家就風生水起地蓋起了房子，連宋家的兒子宋清病得快死了都好了。

這是什麼福氣？怎麼他們家就沒有？

白芸不在乎眾人不一樣的目光，只管開開心心地招呼大家吃菜。

馮珍和宋嵐都知道是怎麼回事，不過別人跟她們問，她們也不說，只說是偶然認識的，人家比較照顧罷了。

只有宋清跟旁的人一樣，一頭霧水。什麼時候小丫頭跟村外的人也這樣熟了？

但是他沒有問，白芸一向是有主見的，宋清也不會過多地干涉她。

進房禮一過，宋家就從何家的租屋搬了出來，住到了新家裡。照例是白芸一個房間；宋清自己單獨住；狗蛋想跟奶奶住，馮珍也不介意；宋嵐也自己單獨住了一間房，把她高興壞了。

進新房的第二天，白芸就準備去鎮上擺攤了，她閒不住，想多掙點錢。

靠手藝吃飯可以，但錢要有個來源，等錢攢夠了，她就在鎮上開一家店，對外就說她是開店的，能省去不少麻煩。

宋清也要去鎮上，白芸想都沒想，就跟著他一起去了。

「你去鎮上做什麼？」白芸坐在車廂裡，問了一嘴，剛問出口她就後悔了，萬一宋清也問她去做什麼怎麼辦？

宋清說：「給別人看病。」

「哦。」白芸點點頭，正如她所猜測的，宋清是給別人看病去了。讓她鬆了一口氣的是，宋清還挺上道的，並沒有問她要去做什麼。

兩人一路到了鎮上，就各自分道揚鑣了，約好了下午就在鎮子口前集合。

白芸從包袱裡又拿出了那個面具，戴好了，卻發現包袱裡的紙擱太久，已經破破爛爛不能用了。

白芸去書鋪重新寫了一張，想了想，又拐去了布莊，讓布莊的人給她訂製一塊布，上面就縫製著「算命卜卦」四字。

一次次用紙，不方便不說，還容易爛，乾脆就換成布的，髒了就洗。

布要做出來，還得等一段時間，白芸就先去擺攤了。

不知道是不是她的名聲被李夫人傳開了，當她一坐下來，就有生意了。

居然也是一輛坐馬車的，下來了個丫鬟，左右看了一眼後，低聲問道：「是白仙姑嗎？」

仙姑？白芸的嘴角抽了抽。她什麼時候變成仙姑了？有沒有人通知她一聲？怎麼那麼離譜！

「嗯，我是。」雖然很羞恥，但是為了生意，白芸還是認了。
「我們夫人請您到車上一見，不知是否方便？」那丫鬟指了指旁邊的馬車，姿態很低。這位就是夫人們說的仙姑，那是能算未來的奇人，自然要恭敬。
白芸看了一眼那馬車，只見馬車堵得嚴嚴實實的，一點縫隙也沒有露出來，想必是不想讓別人瞧見是誰。
「嗯，方便。」白芸點了點頭，跟著那個丫鬟過去，丫鬟扶著白芸上車。掀開車簾子，裡面坐著個四十左右的富貴夫人，長得慈眉善目，看見白芸上來，也同樣掃視著她。
馬車車廂很大，坐著她們兩個人一點也不擠。
「白仙姑，久聞大名了。」富貴夫人說話很文雅，讓人覺得很舒服。
白芸只是淺淺一笑。「夫人想算命，還是卜卦？」
「仙姑先給我看看面相吧，不是信不過仙姑，我只是有些好奇。」
白芸點頭，不論信不信，看相先送一卦面相是行規，不用對方說，她也會看。
富貴夫人面相隨和，不是個咄咄逼人的人，正庭有濃厚的官僚之氣，家裡肯定是世代為官的，品格高貴，有旺夫相，夫妻宮也是祥和之兆，雖然現在家世不算顯赫，日後一定也會一飛沖天。

白芸把看到的跟那位富貴夫人說了，富貴夫人只是淡淡地笑了，很顯然，這不是她想聽的。

「不過，夫人的面相命宮有波折，來找我是算人命的，那人命定是與妳親近的人，位分高，是妳的長輩，與妳牽連甚廣。」

講到這裡，那富貴夫人才真正的嚴肅起來。「仙姑說得沒錯，我是來找妳算人命的。」說實話，她很高興，她和這仙姑有緣。從別人那裡聽說了這裡有一個本事很了得的算相仙姑，只是仙姑不常來，很多人都沒等到，她今日來是碰碰運氣的，沒想到就叫她等到人了。「仙姑本事大，我今日來就是求仙姑跟我回家去看看的。我叫許之華，夫君是青嶺鎮的鎮守，出事的是我公公，是縣上退下來的老官，一生愛民，勤勤懇懇，近幾日卻像是被什麼東西給沖著了，整日裡說胡話，現在已經開始不吃東西了，請了幾個大夫都沒法兒。」許之華說著，眼神不自覺地露出了擔憂，擔憂的是自家夫君的前途。她公公在世，人脈便不斷，若是她公公不在了，那夫君能不能高升還另說，怕是連鎮守的位置都保不住了。

「妳帶我去看看吧。」白芸沒有輕易下決斷。許之華到底只是兒媳婦，沒有血緣關係，根本看不出來什麼。

「仙姑這是同意了？」許之華很高興。

「嗯，出發吧。」白芸還是保持著大師風範，少說話。

「太好了，我們這就去！」許之華立即吩咐外面的丫鬟駕車回府了。

馬車到了一處宅院，宅院很大，是三進的院牆高高疊起，跟鳳祥村裡那種半人高土牆很不一樣，看上去莊嚴貴重，不容侵犯。

丫鬟上前敲了敲門。「夫人回來了。」

門從裡面打開，是專門開門的門僮。

走進宅院，白芸只覺得嘆為觀止，處處都是光滑整潔的石牆，盆栽擺放得很別致。

白芸四處瞧著，突然覺得自家的新房子也不香了。她早晚要買一所大宅子，這樣住著才算舒服。

拐過幾間屋子，就來到了許之華她公公的屋子前。

屋子的門是打開的，幾名丫鬟神色慌張，低著腦袋站在門前，看見許之華來了都福身喚道：「夫人。」

許之華很有派頭，點了點頭，問道：「老太爺怎麼樣了？怎麼開著門？誰在裡面？」

許之華的公公滿口胡言，有時候脾氣上來還要打人，若不是有人來，一般都會把門關上，防止人亂跑。

「回夫人的話，是老爺在裡面。老爺帶回來一個大夫，正在為老太爺診治。」

「我知道了。」許之華面上沒有什麼表情，想了想，又吩咐道：「妳們先下去吧，有什麼事我會來叫。」

「是。」丫鬟們沒有久留。都是一些小丫頭，看見老太爺這個樣子，早都嚇壞了，生怕自己也被邪祟纏上。

許之華也不想她們留下，畢竟是官宦人家，請人作法可不能正大光明的，怕被人知道了議論，正好給對家抓到把柄，那就不好了。

清走了人，許之華才笑著請白芸。「我夫君也在裡面，說請大夫來看也就是抱著試試看的心態。仙姑，您同我一齊進去吧？」

白芸點點頭，跟著許之華走了進去。

一進房間，白芸就覺得不太對勁，眼裡的相氣瞬間流露，打量著周圍。

房間很昏暗，窗戶半開著，也沒有多少光透進來。透過屏風，可以看到有一張床，隱隱約約還能看見兩個人在屏風後面。

聽見她們進來的動靜，裡面走出來一個人。

男人印堂寬闊，兩腮豐滿，跟許之華一樣，兩人都不是一眼瞧上去好看的人，但五官怎麼瞧都讓人覺得舒服。只是不一樣的是，他的印堂上繚繞著一股淡淡鬼氣，想必是接觸到了邪祟。這個人，應該就是許之華的丈夫，青嶺鎮的鎮守了。

「夫人，妳這是⋯⋯」孟正看了一眼白芸，眼神裡有著不解，不知道自己夫人帶著個戴面具的人來幹啥？遮遮掩掩的，不像正常人。

「夫君，咱爹的情況特殊，我在李家大夫人的介紹下找到了這位仙姑，很有本事，我便請仙姑來看看。」許之華引薦道。

「無稽之談！世上本沒有鬼神之說，怪力亂神，君子不言！夫人，妳怎會這樣糊塗？」孟正眉頭一皺，看著對方，面色不悅，就差把「妳是騙子」幾個字寫在臉上了。

許之華被嚇得連連賠罪，趕緊拉過孟正，不知道講了什麼，孟正再回頭時，眼神裡半信半疑的，但終於沒有之前的臭臉色了，還讓人搬了張椅子給白芸坐。

白芸大大方方地坐了下來，眼睛也觀察著孟正。她沒看錯的話，這個鎮守的爹就是被髒東西纏上了，不過沒見到本人，她也看不出是什麼髒東西。

許之華告訴白芸，等裡面的大夫出來了，她們就可以進去了，還各種賠禮，讓白芸不要生氣，不要跟孟正一般見識之類的。

這種事情白芸時常遇到，她沒有放在心上，而是安靜地等著，想聽聽大夫出來了會說些什麼。

等了一會兒，裡面的人終於出來了，然而出來的大夫很眼熟，簡直眼熟得過分了！

這不是宋清嗎?!

宋清邊走出來邊皺眉，一臉疑惑。病人的身子沒什麼異常的，脈搏平穩，他各方面檢查了也都沒問題。

他一出來，孟正就迎了上去。「宋大夫，怎麼樣啊？」

宋清眉間思緒萬千，搖搖頭。「病人沒什麼問題，還得再看看。」

聽他這樣講，孟正眼底有點失望。或許是找的大夫太多了，聽到的答案都是一樣的，他也沒多問什麼，只笑了笑，讓宋清先坐。

宋清點了點頭，卻見凳子上坐著一個戴著面具的人，是個姑娘，看不見臉，但眼睛讓他覺得很熟悉。

他看著對方，對方也看著他，兩人對視了足足有三十秒，宋清才轉移視線，走到一旁坐下。

白芸只覺得太巧了，他們前腳剛分開，不料兜兜轉轉又碰在一塊兒了。

許之華跟孟正說了兩句，便走到白芸面前。「仙姑，請跟我進去看看吧。」

雖然覺得跟宋清相遇很巧，但白芸也沒忘了正事，點點頭，跟著許之華進去了。

屏風後面是一張床，床的旁邊點著香，估計是安神用的。

床上躺著一個老人，六十多歲，許是日子過得不錯，看上去只有五十來歲。

許之華讓人搬了兩張椅子進來，自己坐在凳子上，靜靜地看著白芸，也不打擾她。

白芸坐在椅子上，盯著老人的臉，老人現在是半睡半醒的狀態，雖然沒有言語，但表情看上去很痛苦。

老人眉眼中間印堂處一片漆黑，還有幾縷鬼氣，看樣子是沒幾天活頭了。

正當白芸看著，躺在床上的老人像是感受到了白芸的相氣一般，突然就睜大了眼睛，眼睛裡布滿了紅血絲，一動也不動地盯著白芸。

「哎呀！」許之華被嚇了一跳，站起來退了兩步，面色很是驚恐。「仙姑，這……這是怎麼了？」

白芸眯了眯眼睛，沒有回答她的話，而是仔細地盯著老人看。

外面的孟正和宋清聽見聲音，忙不迭地走了進來，想看看是怎麼回事？看到床上死瞪著眼的老爺子，孟正也被嚇到了。「這、這、這……」

宋清倒是沒有什麼表情，也沒有過去動手動腳。他剛剛診治了也有半個時辰，這期間病人什麼反應都沒有，甚至用針扎指尖時，病人都不帶動一下的，不用想也知道，這裡面肯定有古怪，他貿然上去會壞事。

白芸手裡掐了個手訣，眼裡的相氣絲絲縷縷地湧到了老人的印堂處，老人的眼睛一下子就恢復了正常大小。

「兒啊……」老人張了張嘴，面色看起來舒緩了許多，抬手想抓孟正的手，像是有話要說。

孟正離得最近，看得也最清楚，看老爹可以跟他對話了，很是驚喜，又不敢輕舉妄動，眼巴巴地朝白芸問道：「這是好了？」

白芸嘴角一勾，搖搖頭，從包袱裡掏出早就準備好的黃紙人，這黃紙人是她在家閒來無事的時候撕出來的，一直放在包袱裡備著。

她一手捏著紙人，一手沾朱砂，快速地在紙人上畫了幾下，然後趁床上的老人不注意，把紙人悄悄貼在床底下。

床上的老人看兒子沒有過來握住自己的手，張了張嘴想說些什麼，可是好像無形中有什麼東西不願意他多說話，他「啊嗚」了半天，就是說不出來。

孟正看自己老爹變成這樣，急了，開口求道：「這可怎麼是好？求大仙幫幫忙！」

「……」白芸的嘴角狠狠地抽了抽，好吧，這個稱呼更離譜了！接著白芸聲音冷下來，目光更是狠戾，盯著床上的老人喝斥道：「別裝了！」

床上假裝說不出話的老頭瞬間停止了動作，疑惑地看著白芸，那眼神一點兒也不像個老頭，反而像個孩子，好像在問白芸怎麼知道他是在裝？

「你出來，別折騰人，有什麼要求你儘管提。」白芸也就這樣看著他，她很確定這老爺子是被鬼物纏上了，怎麼纏上的現在還看不出來。

她是相師，不是專業打鬼的，她不會作法讓鬼物離開人體，驅鬼的唯一方式就是商量，商量到人家願意出來。

沒錯，就是這麼憋屈。

那老頭吸了吸鼻子，詭異地笑了，搖搖頭，拒絕了她的提議。從她身上，他感覺不出來有危險，自然也不怕她。

他一直伸著手，想要去抓孟正的手。

孟正不知道是怎麼回事，看老爹想握他的手，也立刻把手伸出去。

「別亂動！」白芸蹙了蹙眉頭。「你若是把手伸過去，這東西就會跑你身上去，到時候你就跟老爺子一樣了。」

孟正一聽會被上身，當即嚇壞了，趕緊把手縮回來。

許之華簡直沒眼看，伸手把自己夫君拉到後面。「仙姑說什麼就是什麼，你別跟著添亂了。」

「是是是，夫人說得是！」孟正連連點頭，也不敢再動了。

老頭看見這一幕，生氣了，身子僵直地坐了起來，眼睛狠狠地瞪著孟正，見孟正轉過頭裝作沒瞧見，他又瞪著白芸。

白芸笑了笑。「你瞪我也沒有用，識相的話你就趕緊出來，萬事都好商量，你要什麼他們就給你什麼；你要是不出來，這老頭也快沒命了，有我在，你休想再跑到別人身上去。」

老頭不信邪，伸手就要下床抓孟正，孟正對他來說是最好的新身體了。

孟正就算再傻，也知道床上的這個不是他老爹了，見他要來抓自己，嚇得躲在白芸身後。

白芸沒有反應，似笑非笑地看著床上的「人」。

老頭的手剛剛伸出來一點，就好像碰到了屏障一樣，「噌」的一下又把手縮回去了。他愣了一下，又伸手，就這樣試了好多次，終於知道是白芸動了手腳，瞬間露出了一口牙，好像想把白芸的頭咬掉。

「我說了吧，有我在，你是碰不到別人的。你啥時候想明白了就出來吧，若是老人沒了，你就沒機會提要求了，到時候我一樣可以收了你，但這樣你可就虧大了。」

白芸也不急，就這樣看著他，幫他分析狀況，等他思考。

鬼這個東西吧，真的特別倔強，也可以說是軟硬不吃，除非到了厲鬼那個階段，不然都是缺了兩魂，沒有思考彎彎繞繞的能力。

老頭不停地磨牙，彷彿很生氣。

白芸又把老頭的面相看了一遍，印堂已經黑得厲害了，霉氣沖天，陰邪入侵是肯定的。

可他兩眼之間鼻子上的疾厄宮生出了許多細碎、狹長的相紋，這是生病之兆，而保壽官已經有脫落的跡象。越看白芸心裡越驚，若是再不快點讓這個邪物離開，那就真的是天神難救了。

白芸雖然心裡慌，表面卻裝得很是淡定，默默地掐算著時間，見邪物還在猶豫著要不要出來，她直接起身。「我們走吧，若是老爺子出了什麼問題，我定要它魂飛魄散，補償你們的損失。」

「啊？」孟正不大願意。

白芸對著孟正使了個眼色。

孟正這才反應過來，第一個走了出去。

床上的老頭看最聽話的人居然走了，也跟著急了，「砰砰砰」地用手捶床，力氣大得好像要把手捶斷。

白芸知道他這是開始害怕了，嘴角一勾。

突然，身後響起一聲倒下的聲音，白芸回頭一看，老頭的身體已經躺在床上了，眉間那股黑氣淡了不只一點，而在床的上方斜角處則趴著一個黑影。

黑影披散著頭髮，穿著破爛的衣裳，臉是模糊的一片，只看得見五官輪廓，看不清旁的，看著是個男人。

白芸知道就是那東西了，趕緊轉頭，悄聲跟許之華說道：「吩咐人進來把老爺子抬走，記住，動作要快！」

許之華點點頭，左右看了看，沒覺得有什麼異常。「仙姑，那東西是不是走了啊？」

白芸微微搖了搖頭，又指了指床的正上方。「所以，動作要快。」

許之華只覺得害怕極了，雖然她看不見上面有什麼，但想想有個鬼怪在上面，也是讓人心裡直發毛。

宋清和孟正兩人同時往白芸指的方向看，發現自己也是什麼都看不見。但兩人都是男人，雖然感覺心裡發毛，也不至於待不下去。

許之華出去後，很快地就走進來兩個家丁，什麼話都沒說，伸手就把老爺子抬了出去，動作乾淨俐落。

等床上的黑影反應過來，以為自己也可以跟著出去了，卻又被一道光給打了回去，不禁蹲在床角歇斯底里地厲吼。

白芸的五官全是相氣，自然聽得見它說的鬼話，它正嗚嗚咽咽地控訴著她，白芸立即用手摀住自己的耳朵。人是不能聽太多鬼話的，尤其是鬼罵人，聽太多了就會信，信則入迷，那便完了。

宋清和孟正聽不見鬼話，可兩人卻感覺得到耳邊有風，陰涼涼的。屋內來風，一看就不是正常的。

那男鬼蹲在床角，知道白芸不聽它的話，也不再喊了。

白芸這才鬆開手。「我說了會幫你，你喊什麼喊？」見那鬼冷靜了，她才轉身對孟正說道：「這是你家的事情，你想趕走它就得問它要些什麼。一會兒，我會打開你的采聽官和監察官（注），你就能看見它。你最好快點，不要聽它說別的話，也不要聽它抱怨，只問它要什麼。若是說太多了損陽氣，你會生病，明白了嗎？」

孟正似懂非懂地點了點頭，又瘋狂地搖了搖頭。開玩笑，要他去見鬼物，就算不嚇人也不吉利啊！「明白是明白了，可是大仙，我能不能……」

白芸淡定地搖頭。「不能，這事只有你能辦。若是不辦好，你們家怕是會不得安寧。」

本來白芸是可以自己問的，但若是自己問就得承擔風險，等於是自己變相答應了鬼話。萬一這鬼物提了沒法做到的要求，孟正去了，她在旁邊還有個照應；若是她去了，孟正是絕對幫不到自己忙的。

而且還有一點就是，若是她答應了，孟正不去辦，或者不盡心辦，到最後倒楣的也是她。所以這件事情，給多少錢她都不可能幫忙辦。

孟正也想快點解決這件事情，便順著白芸的指引，坐到了床前的圓椅上。

白芸拿著朱砂唸了幾句，眼裡的相氣匯聚在朱砂上面，接著用手沾取，畫在孟正的眼皮上面，又用手點在孟正的一隻耳朵上。

「好了，睜眼。」

孟正聽見白芸的聲音，緩緩睜開了眼睛，頓時脊背一陣發涼，心臟驟然加速跳動。他看見一個半透明的黑影，離他們三尺不到，蹲在那裡，一樣在看著他！

白芸掐了個指訣，點在孟正的兩肩。「深呼吸，別怕，它出不來的。先慢慢聽它說，別嚇著它，能答應的就答應，不能答應的就沈默，不要說話。」

孟正點點頭，大口地吸著氣，努力平復著自己的心跳。

白芸退後一步旁觀著。

宋清轉頭看著她，眼裡是大大的疑惑。

白芸挑了挑眉毛，心裡戲謔橫生，她想起前世她死之前，旁邊站著的那個男人也是個醫生，還是個不信邪的醫生。

那醫生是沒有桃花緣分的，二十七、八了還沒有結婚，他母親急得不行，家裡找了門路求到了她的頭上。

她本來不想接這種單子的，奈何客戶給得實在太多了，她也就去了。

見到那男人的第一眼，就瞧見男人命宮上烏漆墨黑一片，一看就是個背時短命鬼。

注：采聽官和監察官，面相上有所謂的五官，一是耳朵，為采聽官；二是眉毛，為保壽官；三是眼睛，為監察官；四是鼻子，為審辨官；五是口，為出納官。

聽說她是來算命的，他還不信，說白芸是江湖騙子。

本著相不輕算的原則，人家不願意，她也不強求。白芸本來要走，又被男人的母親給攔下來了，說會勸他兒子，還加了一筆錢。

於是白芸就沒走，等著那位醫生下班回來，可等他回來的時候，他的命宮上忽然升起一團死氣，疾厄宮上也是黑濛濛的一片，這是要出大意外啊！

白芸嚇得立即強制要幫他看，可還沒等她看清楚，樓上突然傳來一陣電鑽聲，穿透了房頂，天花板就這麼掉下來了，直往兩人腦門上拍，兩人命喪當場！

想到這裡，白芸就氣得牙癢癢的，她合理懷疑是那個醫生自己要倒大楣，她只是個附帶的，只因為收了他媽媽太多錢，纏上了因果。

她轉頭看向宋清，笑問：「怎麼，你也想看？」

宋清盯著白芸的眼睛，點了點頭。「想看。」

「行，我剛剛跟孟大人說的話你也聽見了對吧？如果身體不行了，就把朱砂擦掉。」白芸笑了笑，手中正好有剩餘的朱砂，便抹在了宋清的一隻眼睛和一隻耳朵上面。

宋清一瞧，原來沒有東西的床上，居然真的有一個半透明的「人」！儘管他已經做好了心理準備，但還是被眼前的這一幕給震驚了。

白芸沒再管他，而是聽著鬼物與孟正的對話。

那鬼物嘴裡發出一陣嗚咽，乾啞又詭異，普通人根本聽不懂，但這些聲音傳到他們的耳朵裡，就變成了一句句的話。

鬼物告訴孟正，自己是附近的窮苦人家，當初建這座宅子的時候被石塊砸死了，從出生起就沒有吃過一頓飽飯。

它上老太爺的身也只是因為老太爺吃得最好，老太爺的身體又不好，它才有機可乘，它也只是想多吃幾天好飯。

孟正是鎮守，算起來還是個愛民的好官，儘管有時候也會偷懶懈怠，但聽說自己的子民自出生起就吃不飽一碗飯，心裡就直發酸。

白芸見狀，點了點他的背。「別聽太多，聽了就算了，別往心裡去。」

孟正隨即反應過來，他剛剛只覺得這鬼物可憐得很，不知怎的，頭暈乎乎的，心裡也不舒服。

那鬼物想起生前的苦楚，嗚嗚兩聲，身邊的空氣立即都涼了起來，鬼哭狼嚎最嚇人。

白芸看它準備長篇大論，立即問道：「所以你有什麼心願未了？說出來，我們幫你。」

最後，那鬼物說了幾句，孟正就知道該怎麼做了。

當初鬼物的屍首被丟進亂葬崗了，還有一隻鞋落在了老太爺的院子裡，就在門口的地裡。它在亂葬崗沒有墳墓，又被欺負，就來了這裡，它希望能有個衣冠塚，好歹有個陰宅住，最好還能吃到一隻燒豬蹄和一碗糖水。

孟正點頭答應了，立即出去找人來，一撥去門前挖鞋子，一撥去買燒豬蹄和糖水。

很快地，家丁就從門前挖出一隻黑色的鞋，破破爛爛的，底已經磨得快透了，鞋面也破了兩個洞，一看就是苦命人的鞋。

孟正讓人準備拿著鞋去郊外，置辦一個衣冠塚，點三把大香，又讓人把買好的燒豬蹄和糖水一併放過去。

鬼物聽著很感激，巴巴地看著白芸。

白芸明白它的意思，拿過旁邊的燭臺，一把將床下的黃紙人燒掉了，讓那鬼物出來。

鬼物終究是鬼物，出來後又回頭看了孟正一眼。

白芸見狀，立刻喝斥道：「有了陰宅就可以入地府投胎，你要是再敢回頭，我必拿個罈子把你封在裡面，讓你永生永世不得出！」

那鬼物立即打了一個哆嗦，它現在知道了面前這個人不只是個相師，她手裡還有秘術，因此不敢再留，一轉身就鑽進鞋子裡，被人放進盒子裡帶走了。

做完這些事情，白芸才坐回椅子上。給人開眼不是那麼容易的，她福報還不夠，現在只覺得腳軟。

「大仙，它還會再回來嗎？」孟正早已經沒有了一開始的那種懷疑，他是親眼所見的，只覺得面前的人真的是一個大仙。

「不會了。但是你這房子被鬼物擾過，得貼點東西。」白芸從包袱裡拿出一個辟邪紙人，放在桌上。「把這個放進你們大門的牌匾裡，方可辟邪，家宅太平。」

「是是是，多謝大仙！」孟正拱手給白芸鞠了一躬。

許之華急急忙忙走進來，看見自家夫君這模樣，就知道事情是辦完了，同樣對白芸福了福身。「多謝仙姑救命，實在是多謝了！」

白芸點了點頭，算是應下了。

許之華又轉身朝宋清說道：「大夫，可否再去看看我家老爺子？人剛才是醒了的，喝了一碗湯後，又睡過去了。」

宋清看了白芸一眼，就跟著出去了。

許之華讓人拿來一張銀票。「仙姑，我公公的命多虧了您！這是我們的心意，請您笑納，千萬別嫌棄。」

白芸看了一眼數額，是一百兩的，點了點頭，沒猶豫地把錢收入囊中。這回她用了法術，還上門服務了，並給人家做了售後保障呢，收一百兩是差不多的。

但是她覺得不多，不代表因果覺得不多，畢竟一百兩可以在鳳祥村蓋兩座房子了。

為了保險起見，白芸又讓孟正和許之華坐下，每人送了一卦，無關未來前程，只算出了明年兩人會有變遷，不是壞事，讓他們安心等待。

兩人聽了深信不疑，高興地又站起來給白芸鞠躬。

算完卦，事情就算完了，白芸就準備走了。

正好宋清那邊也結束了。

許之華就和孟正一起把兩人送到了門口，還問要不要安排車送兩人回去？白芸和宋清都拒絕了。

站在鎮守府門前，白芸看著高出自己一個頭的男人，有點尷尬。自己臉上還戴著面具呢，不知道宋清認出自己來沒有？

宋清也沒走，站在原地，半晌才把包袱遞給白芸。

白芸眨巴眨巴著眼睛。「做什麼？」

「家用。」宋清笑了。從白芸開口說第一句話的時候，他就已經聽出來了，只是礙於在鎮守家才沒說話，心裡也覺得很神奇。

「先走吧，這裡不是說話的地方。」白芸無奈地笑了笑，接過了包袱。果然是瞞不過去的，但她在裡頭辦事又不能不說話。

兩人走出了一段距離，白芸就把面具摘下來了。

看著面具下那張熟悉的臉，宋清想了想，才道：「我們之前就見過。」

白芸挑了挑眉毛，她怎麼不記得了？

「之前在茶樓，茶樓底下有人錢袋子被偷了，當時妳就預料到了，我就坐在妳身前。」

本來那件事對宋清的影響就不小，只是沒想到那個姑娘居然是白芸。現在想想，當初聽到的聲音雖然小，但音色跟面前的姑娘確實一模一樣。

經過他這麼一說，白芸倒是有點印象了，那日她是聞到了一股中藥味，所以才離開了茶樓。

兩人心照不宣地笑了，走在大街上，一起去買一些家用之類的。

「我比較好奇，這事娘和阿嵐知道，但是她們都沒告訴你嗎？」白芸側了側頭，奇怪地問道。她說的是自己會卜卦的事情，宋嵐和馮珍都是知道的，她也沒有特意叮囑過兩人不能告訴宋清。

宋清無奈地搖了搖頭。「我沒問，她們也沒說，跟妳比較親吧。」

那你可算是說對了！白芸笑了笑，心裡很得意。

宋清像是在想什麼，走了許久，才開口問：「世界上，真的有魂？」

「萬物有靈，復甦生長，人自然也有魂，也有自己的天命。」白芸笑道。

宋清看著笑顏如花的白芸，覺得她很神秘，有時候又特別通透，想起之前自己去山林裡找她時那副可憐兮兮的樣子，只覺得好像怎麼樣，她都很好看。

白芸看宋清一直盯著自己，她也不傻，縱然沒來得及談戀愛就來到了這個地方，但她也知道一個男人一直盯著一個姑娘看是什麼意思，不禁也有點臉紅。

她輕咳了一聲，宋清才反應過來，撇開自己的視線，覺得自己很唐突。「抱歉。」

為了避免尷尬，白芸笑著指了旁邊的肉攤，說道：「咱們給狗蛋買點肉回去吃吧？」

宋清點頭，兩人就往肉攤上走，買了兩斤肥瘦相間的肉。

回家的路上，白芸突然想起了給狗蛋改名字的事情，本來是說等公公回來了給取一個，但既然宋清先回來了，那就問問他吧。「宋清，我想給狗蛋改個名字，一直狗蛋狗蛋的叫著怪難聽的，孩子長大了肯定不樂意。」

白芸覺得宋清雖然不是孩子的親生父親，但平時看他對狗蛋也是很關心的，所以才想著一起商量，畢竟宋清才是最先收養狗蛋的人。

「可以，我也是這麼想的。妳有什麼想法嗎？」宋清沒意見，脫口而出就問道。

白芸想了想，她還真想過一個名字。「你覺得叫宋丞丞怎麼樣？」

宋清點了點頭，叫得順口，而且不會讓人覺得光芒太甚，只是……他瞇了瞇眼。「妳識字？」

「當然不認得，街上的店鋪牌匾我都不認識，經常走錯店呢！」白芸理直氣壯地否認了。她確實不認識這裡的字，她可沒撒謊，這話回得簡直毫無負擔、毫無壓力。

「那怎麼會取名字？」宋清不明白。

「取名字有什麼難的？」白芸鄙夷地看了宋清一眼。「丞相的丞，以後我兒子就當丞相！當然，這只是期待，我不會逼狗蛋的。」

宋清啞然失笑，原來就這樣簡單，是他想得太複雜了。「嗯，好。」

名字的事情定下來了，回到家後就由宋清去找馮珍商量。

馮珍一聽是兒媳婦想的名字，想也沒想就答應了。

於是乎，狗蛋就有了新名字，他自己剛聽見這個名字的時候，開心得要命。

「阿娘，以後我就不叫狗蛋了，跟那些哥哥一樣有自己的大名了對不對？」小傢伙眼裡都是喜悅，他聽別的叔、嬸們說，有了大名，那才算長大。

「對，以後我們都喊你丞丞了。」白芸摸了摸小傢伙的腦袋。

「太好啦！阿娘，我現在可不可以把這個好消息告訴二寶去？」狗蛋雀躍地歡呼著。

二寶是他的新玩伴，就住在村西前面幾家，是老陳家的孩子，跟狗蛋差不多大，自從狗蛋搬到村西後，兩人就成了好哥兒們。

「可以。」白芸點頭答應了。

狗蛋立即飛快地跑了出去。

第十二章

自從新房子蓋好後，村裡上門的人也多了，尤其是看到宋家認識有馬車的富貴人家後，都猜測著宋家蓋新房子和買牛車，是不是都是這個富貴人家幫助的？是不是要一飛沖天了？

無論如何，宋家的日子過得火熱，是全村人都瞧見的。

這個消息又一次傳到了馮珍的小叔子耳朵裡，就是上次上門來借錢沒借到的宋長江耳朵裡。

夫妻倆這次沒閒著，帶著自己十六歲的女兒來了，不過沒提上次借錢的事情，而是帶來了一包點心。

白芸見他們來還有點驚訝，驚訝這夫妻倆的臉皮厚如牆，上次都已經把臉皮撕破了，這次居然還能當作沒事人一樣的來了。

他們的女兒叫宋春香，長得倒是比一般泥腿子出來的姑娘白淨，嬌滴滴的，看上去很出眾，話也不是特別多，只乖巧地喊了一圈人。

「嫂子快別忙活了！」章麗一改往日的高高在上，笑容燦爛得跟花一樣。

馮珍看了她一眼，說道：「啊，我把這點菜摘完就成了。」

「嫂子，我來幫妳！」章麗一聽，都不顧馮珍的拒絕，上手就把籮筐裡的菜收拾乾淨了，還順帶洗乾淨，看上去要多懂事就多懂事。

事出反常，必定有鬼。

白芸看著這舉止奇怪的一家人，知道他們來這裡獻殷勤，肯定是有所圖。

不過這次宋長江沒有一來就開口，而是熱切地拉著馮珍聊天，直到飯點也沒走，還讓妻子回家去，拿來了兩罐酒。

「我大姪子好不容易回來一次，我這個做叔叔的肯定要和我大姪子好好地喝上一杯！這可是家裡封罈的老酒，一般人我才不拿出來給他喝呢！」宋長江說完，拍了拍酒罐子，呵呵地笑著。

若不是之前白芸見過他那副嘴臉，怕是也要覺得他是個疼愛小輩的長輩了。

宋清搖了搖頭。「叔父，我身子剛好，不喝酒。」

「哦？也是也是，那你就喝茶，不礙事！」宋長江通情達理地說道。

看這樣子，這一家人是要留在這裡吃午飯了。

馮珍跟白芸商議了一下，到時候見招拆招就是了，都是親戚，人家笑臉來，也不能棍棒趕走，不然就是他們理虧了。

白芸點了點頭，也是這樣想的。能趕走一次，不代表能趕走第二次、第三次，總歸是要面對的。

馮珍去灶房裡做飯，章麗和宋嵐一起去幫忙了。

因為白芸不會做飯，馮珍從不讓她進灶房。

章麗的女兒宋春香也定定地坐在椅子上，想來也是個不會做飯的。

白芸不想應付這些人，找了個藉口回房裡了。有這個功夫她還不如多做幾個紙人呢，到時候讓她婆婆做幾個荷包裝在裡面，給家人一人一個戴著，也能保平安。

正當她剪著紙時，房門被敲響了，白芸收起黃紙，走去開門，來的是宋春香，一臉羞澀地站在門前。

「堂嫂，我能進來嗎？」

白芸挑了挑眉毛。「進來吧，有什麼事嗎？」

宋春香走到白芸床邊，坐了下來才說道：「外面太無趣了，我第一眼瞧著堂嫂就覺得喜歡，所以才想進來找堂嫂說說話。」

喜歡？白芸勾了勾嘴角，也沒說啥，就讓她在旁邊坐著。

宋春香看白芸不回答，且沒有想像中的和她親近，也沒生氣，而是好奇地看著白芸問道：「堂嫂在家裡不悶嗎？我之前跟著我爹住在鎮上，這次回來就準備在村裡住下了。鎮上有好多好玩的地方，不如下次我帶著堂嫂一起去可好？」

「嗯，有機會的話。」白芸淡淡地說了一句。她不太習慣一接觸就跟人親切的交談，總覺得彆扭。

宋春香沒有被白芸的冷淡擊退，而是越發親近，還順著床邊往白芸那邊靠了幾回。

「我們出去吧。」白芸實在覺得不習慣，準備出去。直覺告訴她，面前這個十六歲的姑娘沒表面上看起來那麼單純。

「好，堂嫂，正好咱們去看看堂哥和我爹說什麼呢！」宋春香點頭，屁顛屁顛地跟在白芸身後，一點兒也不把自己當外人。

宋春香就這樣纏著白芸聊了好久，聊得白芸都覺得這人是個人才，放在現代絕對適合當業務。

離奇的是，在吃飯的時候，這一家人也沒有提出什麼過分的要求，和和氣氣地吃完飯就走了。

章麗拎來的酒就放在宋家，也沒有帶回去，說是讓他們留著招待客人，好像來這一趟只是為了串門子走親戚罷了。

白芸和馮珍狐疑地看著一家三口的背影，都不知道該說什麼好。

也罷，該來的總會來，躲也躲不掉。不管他們是真改了，還是做個樣子，只要不是存了什麼害人的心思，就無所謂。

宋長江坐在家裡，妻子站在他旁邊，兩口子沈默了好一會兒，宋長江才說道：「看來老大家是真的有錢了，新房子建那麼大不說，我們今天吃的可是大米飯呢，愣是沒摻一塊地瓜！妳上次跟我說的那事，估計是真的。」

章麗驕傲地抬了抬下巴。「我可是看得真真切切的！那日我沒去吃酒，卻瞧見了馬車，那駕馬車的人就是上次去你們客棧裡幫東家傳話的，錯不了！」

「娘，那我們今天怎麼不提啊？」宋春香不解地看著自家娘。「不是說好了讓我巴著堂嫂，讓她給我想辦法找個好人家，再讓爹爹幹個好點的活計嗎？我可不願意嫁到村子裡！」

「這事可急不得，妳上次是沒瞧見，那死丫頭精明得很，我們要一兩銀子都沒要到。」章麗眼珠子轉了三轉。「妳爹老是被那掌櫃的擠對，若是日後通過老大家認識了東家，那掌櫃的也得客氣著來，所以必須把老大家哄好了。」

她的話一下子戳到宋長江的心窩上。他在客棧裡當帳房，卻被那老掌櫃管得死死的，一點油水都偷不出來，憋屈死他了。

若是認識了東家的人，那客棧就沒人管得了他了，從帳上漏幾個錢出來，都夠他們一家人吃幾個月的了！

越想他心裡越暢快，嘴角也掛著得意的笑，彷彿看見了美好的明天，但又不想讓妻女看出來，因此咳嗽了一聲。「好了，明日再拿點東西去老大家，嫂子最是心軟，妳到時候說話好聽些。」

「是是是，我曉得的！」章麗知道男人高興了，心裡也跟著高興。

果不其然，第二天一大早，宋長江一家人又來了。

一向鄙視下地的章麗，破天荒地跟著馮珍和宋嵐一起下了地，即使馮珍說了地裡沒活，就是去看看而已，她也硬要跟著。

宋春香沒有去，安安靜靜地坐在旁邊。

宋長江則是跟個大老粗一般，坐在院子裡，笑吟吟地誇著新房子。

「這房子建得真是漂亮，我敢說，這是我們村裡第一氣派的房子！果然還是咱們宋家人有出息啊！」

他說話的聲音極大，白芸下意識看了一眼不遠處的村長家。本來她家蓋房子儘量低調，沒蓋太大，也沒有買新地，還四處說是老屋太破沒辦法才蓋的，就是不想讓人家覺得越過了村長家去，結果現在宋長江卻跑到她家裡來講這種話！若沒人聽見倒還好，要是給人聽見了，再傳進村長的耳朵裡，那不是讓人家心裡不痛快嗎？

宋清想的跟白芸一樣，因此都沒跟宋長江搭這句話，這樣到時候要是旁人心裡不舒服，也扯不到他們頭上。

宋長江不知道自己馬屁拍到馬腿上了，還繼續說著。「我們家宋清也是有出息的，就是小時候身子不好，現在病好了可是一表人才呢！若是日後你堂弟學成歸來，再謀個差事領官糧，我一定讓他好好提攜你！」

「那就謝謝叔父了。」宋清點點頭。

「謝什麼？一家人就是該互相幫助的，你幫幫我，我幫幫你，咱們家裡才能越來越好不是？」

他一口一個「咱們家」，叫得很是親熱。

「宋清，咱們今天不是要去鎮上嗎？得抓緊了，再晚點集市要收了。」白芸知道宋長江話裡有話，但也懶得猜他是什麼意思，只想早點把這一家子打發走。

儘管他們提著東西來了，留下來吃個飯也沒占什麼便宜，但有他們在，白芸覺得吃飯都不香了。

「嗯，是要去的。」宋清一下子就明白了她的意思，配合著說道：「叔父、堂妹，我們還得去鎮上買點東西。」

言下之意就是：我們都不在家，要去忙了，你趕緊走吧！

但他們還是低估了宋長江的臉皮，就連宋春香的臉皮也一起低估了。

只見宋長江大手一揮。「買東西讓她們女人去就成了！正好我家春香也去鎮上逛逛！」

宋春香立即過去挽著白芸的手。「是啊，堂嫂，咱昨天還說有空一起去逛逛呢，現在不就有空了嗎？你們家還有牛車呢，去了也不麻煩。」

白芸蹙了蹙眉頭，剛想找個理由拒絕，外面又來人了，是村長周良，說是讓宋清去他家幫忙寫村志，看宋長江也在，就把他們一起叫去了。

宋清無奈地回頭看了白芸一眼。

白芸點點頭讓他去了。

這下好了，家裡只有白芸和宋春香兩人，想不帶著宋春香去都沒辦法了。宋春香想跟著去就去吧，反正她也只是去給家裡買東西而已，沒什麼見不得人的。

白芸之前已經學會了駕車，她剛套好牛車，宋春香就鑽進車廂裡坐好了，接著才探了個頭出來。

「堂嫂，辛苦妳了。我家裡沒車，所以我不會駕車。」

「沒事，坐好了吧？」白芸拉著牛繩，聽她說坐好了，牛車才緩緩出了門口，往村口走。

村頭不少人家見牛車出來，就知道是宋家又有人要去鎮上了。

宋春香坐在牛車後面，到處摸了摸車廂，心裡沒有剛坐上來時那麼好奇了。

她還是覺得以後得找有錢人家嫁，坐馬車要好一點，這牛車坐著人顛得慌，還不比馬車威風。

但是快要走到鎮上的時候，她又是另外一副樣子了，高高在上地坐在車上，時不時跟路邊攤販對視一眼。她們這可不是租來的牛車呢！這麼想著，宋春香的虛榮心得到了極大的滿足。

如果她這堂嫂好相處一點，她甚至想讓堂嫂把牛車駕到她鎮上那些小姊妹的家門口，讓她們看看這牛車呢！

可惜這是不可能的，她娘說過，她這堂嫂不是個好說話的人，且相處中她也看出來了。為了他們一家子的前途，她暫且還能忍。

白芸不知道她心裡的小九九，一路駕車去買菜，鎮子口的集市今天沒有了，她們就去了遠一點的菜市。

這個菜市比較大，賣的東西也很齊全，小到鞋子、大到野味，應有盡有。

不過由於宋春香在，她沒買肉，怕這一家人看到，日後更是賴著不走了，只買了幾把青菜，便要回去了。

「堂嫂，我們是要回去了嗎？」宋春香好奇地問。

白芸點點頭。「準備回去，買完菜了。」

「可是我們還沒逛過呢，那麼早回去做什麼？爹爹他們在家呢，有什麼要緊事嗎？」宋春香一臉捨不得的樣子。

白芸眯了眯眼睛。倒也不是有要緊的事情，就是覺得不舒服。她看得出宋春香一直都在裝乖巧，她不太喜歡宋春香，所以也不喜歡和宋春香待在一起。

「回去吧，家裡還有活兒沒幹。」白芸說道。避免被算計最好的方式就是不多話，也不廢話。

「嗯，也行，堂嫂說回去我們就回去。」宋春香點了點頭，忽然抬頭看了眼街邊，又喊道：「堂嫂等等！」

白芸疑惑地扭頭。「怎麼了？」

宋春香指著旁邊的客棧，笑道：「堂嫂，這就是我爹爹做活計的客棧，我爹爹在裡面當帳房先生呢！」

白芸來了興趣，看了一眼，是個滿大的客棧，叫同樂客棧，裝潢什麼的也都很不錯，一樓好像是茶樓形式的。門口的柱子上拴滿了牛車，看上去生意不是一般的好。

怪不得宋長江在村裡那麼得臉，就連村長周良看到他都殷切許多，在這種地方當帳房先生，確實是村人羨慕的對象了。

但白芸不知道的是，宋長江也是有苦難言。

老話說得好，不聾不瞎不能當家，但鋪子裡的掌櫃長了一雙慧眼，愣是不給他撈油水的機會，只能每月拿著基本月銀，勉強供著兒子上學堂，日子過得跟村人沒什麼兩樣。

「堂嫂，我正好進去幫我爹拿東西，妳也進來坐吧，我讓人上壺好茶！」宋春香看到同樂客棧，得意的表情就憋不住了，熱情地招呼著白芸進去，像是回到了自己家裡。

白芸看了看頭頂的太陽，雖然是秋天了，但還是毒辣得很，曬得人皮膚疼，因此也不勉強自己在外面等，跟著她進去了。

宋春香一進門，就抬著下巴掃視了一圈，然後逕自到櫃檯去，小二問她要什麼，她也不識字，隨意點了一個看起來筆畫少的茶，才走去和白芸挑了個地方坐下來。

「堂嫂，這個地方不錯吧？我爹爹平日在這裡工作，我也經常來玩，大家對我都很照顧呢！如果妳想喝點什麼，儘管說就是，他們不會收錢的。」宋春香說道，滿臉都是驕傲的表情。

「嗯，很不錯。」白芸誇道。難得宋春香沒有再裝乖，現在這樣倒是比之前可愛，有十六歲姑娘的樣子了。為自己的爹自豪，這也是很正常的。

宋春香坐在店裡，整個人都覺得暢快了許多，又跟白芸講了一些她覺得有趣的事情。比如她的哪個小姊妹出了糗，又比如鎮上誰家的男娃對她表示過好感。

「就比如我爹的東家，對我就很好，我許多小姊妹都很羨慕我呢！」宋春香不知道想到了什麼，一臉的嬌羞。

她正說著，客棧的小二把茶給端來了。

小二把茶具擺放得整整齊齊，又把茶杯當著她們的面燙洗乾淨了，甚至還往她們的桌上放了盞香後，笑著介紹道：「客官，這是我們的竹香和雪茶，都是我們東家從安溪縣帶回來的，今天就這一份，請慢用。」

白芸挑了挑眉毛，這個陣仗有點大了，一看就不便宜，這姑娘不會為了炫耀，坑了自己的老爹吧？

宋春香也是如此覺得的，她只是隨意點了個茶，怎麼就擺了一堆東西？再瞧別人桌子上的，都只是一壺茶、幾個杯子而已啊！

但她還算是鎮定，沒有表露出來。她今天帶了一百文，想來一壺茶而已，怎麼都夠用了。

白芸喝著也沒負擔，邊喝還邊點頭，這茶確實不錯，她不太懂茶，但是聞著茶香、看著茶湯，就知道是好茶。

不是她喜歡白嫖，宋春香的錢是宋長江給的，而宋長江這些年拿了她婆婆多少銀子，就出這點血，還是九牛一毛呢！

宋春香看白芸喝了，自己也跟著喝了好幾杯。「這茶果然不錯，剛剛我去點的時候，那小二一眼就認出我來了，還給我們上了這麼好的茶，我得跟我爹提兩句，讓我爹誇誇他！」宋春香說這話的時候，眼神一直往櫃檯那邊瞟，其實她也怕被人聽去了，因為她只來過這裡兩回，且匆匆忙忙就走了，人都還沒有認全呢！

她想著，反正一會兒自己偷偷去結帳就是了，應該不會被看出什麼端倪來。她主要是想讓白芸反過來巴結她，帶她認識貴人，可不想多生是非。

白芸微笑，提醒她。「妳不是要幫叔父拿東西嗎？快去吧，我在這裡等妳。」

宋春香愣了一下，才想起來她自己說過要幫她爹拿東西，當然，這只是她的藉口，但白芸問了，她也不好不去拿，便起身過去了。

「噯，客官，那裡不能進去！」

白芸剛放下茶杯，就聽見櫃檯那邊傳來小二的聲音，她轉頭一看，宋春香已經被攔在了櫃檯前。

宋春香很尷尬，指了指裡面。「我爹是你們這兒的帳房先生宋長江，他讓我來幫他拿東西。」

小二一臉將信將疑的表情，不確定地問道：「妳爹是宋長江？讓妳幫他拿東西？他為什麼不自己來？」

「我爹不在，所以我來。你快讓我進去吧，我們還見過呢！」宋春香只覺得丟臉極了，眼神左右亂晃，她都不敢回頭看白芸，也不知道白芸聽見沒有？

「抱歉，客官，我不能讓妳進去。」小二攔在櫃檯前，笑容溫和地解釋道：「我們掌櫃的有話，要取東西得本人取，不能讓旁人進來，您也別為難我了。」

看小二死活就是不肯讓自己進去，宋春香只覺得他很不給自己面子，心裡怒氣橫生。

白芸默默把頭轉了過來，像是沒瞧見一樣。有時候不拆穿別人的尷尬，也是一種積德。

宋春香悄悄回頭看了一眼，發現白芸沒往這邊看，不禁鬆了一口氣，又轉回來瞪了那小二一眼，悄聲說道：「那行吧，這樣，你幫我一個忙，我先把錢給了，一會兒我們走的時候，你就說不用給錢，行不行？」

「這個是可以的。」小二點了點頭。只要客人付錢，讓他說什麼都行，但心裡難免對宋長江父女有些鄙夷。

本來宋長江在他們客棧就愛搞這種面子工程，經常請朋友來喝茶，還得讓他們配合著他吹大牛。一次、兩次還行，可這宋長江卻次次都是如此。

都是一起找活路的，又不能不給這個面子，掌櫃的心裡都覺得不舒服了，而他們點頭哈腰得也難受，還沒有好處拿。

沒想到有其父必有其女，這個小姑娘看著文靜又好看，怎麼也是如此？

「那給我結錢吧。多少錢？」宋春香這才滿意地點了點頭，掏出錢袋子。

「兩百文。」小二面不改色地說道。

「多少?!」宋春香瞪大了眼睛，不可置信地問道。

她聲音太大了，以至於店裡所有人的目光都往她那邊投去。

白芸的嘴角狠狠地抽了抽，這回她想裝聽不見都難。

「這人誰啊？發生什麼事了？」

「不清楚，聽聽看。」

周圍的人全往她那兒看，竊竊私語地討論著這新鮮的一幕。

宋春香的臉憋得漲紅，她今天只帶了一百文，但又不想被人看笑話，便擺了擺手，道：「兩百文就兩百文，又不是花不起。你記在我爹帳上，之後我爹會來給的。」

小二看了她一眼，搖了搖頭。「不好意思，本店概不賒帳。」

「我爹後天就回來了，又不是不給你們！就兩百文而已，你們何必這樣欺負我？」宋春香氣急了，她真覺得這個小二是故意針對她，壞她的事情，這下子白芸肯定都知道了！

「並不是欺負您，本店不能賒帳。」

儘管她又氣又急，但小二依舊不為所動。笑話，什麼叫「就兩百文」？兩百文能買十斤大肉了！不知道的，聽她這口氣，還以為她是富貴人家的姑娘呢！

白芸嘆了口氣，站起身來，說道：「另外一百文我給吧。」

白芸可不想宋春香哭哭啼啼的回去，到時候章麗還以為自己欺負她女兒了，日後他們求的事情自己辦不了，定會拿這件事情到處說事。

本來白芸就難得對外人動惻隱之心，宋春香卻沒有領情，手掌一拍櫃檯，怒道：「你們要不要這麼欺負人啊？我爹在這裡出工，我來拿東西你們不讓，說記帳上你們也不讓，明明多少人都在你們店裡記過帳，你們當我不知道是不是？我告訴你們，我堂嫂在你們東家那兒有人，你們再這樣，我就告到你們東家那裡去，看看你們東家給不給你們臉面！」

此話一出，小二掃了白芸一眼，又看了看宋春香，眼裡滿滿都是鄙夷、不屑，覺得物以類聚，人以群分，牛皮吹到這個分兒上可真行。

要知道，他們東家是青嶺鎮的首富林家，產業多得很，若宋長江家人真的認識東家，能幹了那麼多年還只是一個小小的帳房？早就當掌櫃的了！

白芸的臉色跟著一黑，她就知道跟這個人出來準沒好事，吹牛也別拿她的名聲啊！她可不認識什麼東家西家的，這不是單純的胡說八道嗎？她就不該多餘地站出來，聖母心要不得！

宋春香不覺得怎麼樣，反正她又沒說謊，白芸是真的認識同樂客棧的東家，上次人家還派人給白芸送進房禮了，不認識能大張旗鼓地來送禮嗎？她娘親眼瞧見的，那還能有假了？

她這麼說，一方面是想給自己逞逞威風，把剛剛丟的臉面找回來；另一方面，反正她爹爹老是被擠對，倒不如趁白芸也在，把事情先辦了！都是一家人，白芸總不能落了她的面子吧？

但白芸還真就不如她的意！

小二問了白芸一句。「客官，您可是我們東家的友人？」

白芸搖頭，直接來個否認三連發。「我不是，我不知道，我不認識。」

宋春香沒想到白芸會這樣說，才剛想把進房禮的事情說出來，裡面又傳來了一個聲音──

「納財，怎麼回事？怎麼吵吵嚷嚷的，還像不像話了？」說話的是個四十歲左右的男子，穿得很體面，還有外袍。

那小二應了一聲，想必他就是納財了。

「掌櫃的，這位客官想賒帳，說是宋長江的女兒，這才……」

「宋長江的女兒？」掌櫃的瞇了瞇眼，臉色依然沒有好起來，眼中反而生出了一股子厭煩。

白芸看在眼裡，好傢伙，她這位便宜叔父看來是很不得人心啊！上司的心都得不到，怕是混不長久了。

掌櫃的看起來很是老到，先是抬了抬手面向喝茶的客人們，賠禮道：「諸位客官，實在不好意思。」然後又轉頭，笑呵呵地看向宋春香。「宋姑娘，不是我們不通人情，有些事情我們還是私底下說好了。」

宋春香搖頭，一臉驕橫。「我不願意跟你們私下說，就要在這裡說！憑啥別人能記帳，我不能？我堂嫂那是不想鬧得太大，給你們臉呢，不然我早讓我堂嫂去林家告狀了！」

白芸冷冷地斜了一眼正在氣頭上而口不擇言的宋春香，只覺得無語，在旁邊找了個凳子坐下，就這麼看著，不再管她。

「宋姑娘，既然妳執意要在這裡說，那我便跟妳說說，為什麼別人可以記帳，你們父女不行。」掌櫃的笑容不變，可接下來說出的話卻讓宋春香震驚了。「因為妳父親宋長江假公濟私，在我們客棧裡已經記了十五兩銀子的帳了，加上預支了幾個月的月銀又是五兩，這已是我們店裡夥計的頭一份。自打上個月起被我們發現後，他就跟我們東家簽了契，每月只拿一半的月銀，剩下的全部用來抵債。也是我們東家體恤，所以才沒告官，也沒讓他每月白幹。簽了契的人又要來記帳，這到哪裡去說都沒有道理。」

掌櫃的話像是一道驚雷，炸得宋春香體無完膚，整個人傻傻地站在原地。老天爺啊，這事情她可是一個字也沒聽她爹說過，她不知道啊！

她要知道是這麼回事，絕對不會讓掌櫃的當著這麼多人的面，把這話給說出來！

白芸的眼角狠狠地抽了抽，怪不得這掌櫃的看起來這麼不待見宋長江，原來都是有原因的。

要不是宋春香是她帶出來的，她還得負責把人帶回去，否則她真的準備掉頭就走。這麼丟人的事情，她這輩子也沒有體會過。

掌櫃的又說道：「如果妳想告到東家面前，正好我們東家今日在客棧裡，我可以給妳引薦，也讓大家夥兒都瞧好了，免得說我們同樂客棧店大欺人。」

宋春香看了看白芸，又看了看周圍一臉看熱鬧的人，心裡很沒底，她這個堂嫂剛剛就沒給她面子，等會兒還不知道會怎麼樣呢！

但是話已經說出去了，宋春香還是硬著頭皮點了點頭。「那你去喊來。」

掌櫃的點頭，頭一偏，那小二就機敏地跑進後面請人去了。

宋春香扯了扯白芸的袖子，看上去有點可憐。「堂嫂，妳可得幫幫我，妳明明認識那東家，妳怎能見死不救啊！」

宋春香不理解，她這也是給白芸掙臉面，白芸只需要順便幫她作個證就能長長臉，明明是一舉兩得的事情，為什麼她這個堂嫂不願意？

白芸眉頭一蹙，只覺得煩得很，她並不需要這種臉面。剛想駁她，裡面走出來一男一女，而剛剛進去的小廝跟在他們後面低著頭走。

那男的穿著華貴，倒是一副正人君子的面相，額頭沒有那麼豐滿，但是財帛宮相氣很好，這一生都是吃穿不愁的。

而在他旁邊的那個女人，白芸就非常熟悉了，她瞇了瞇眸子，這不是她的大客戶李夫人嗎？她就是這裡的東家夫人？

如果是這樣，那這一切就都說得通了。那日她擺進房酒，不少人都在，想必是馬車上下來送禮的人被宋長江夫妻見到了，所以這幾日才會屁顛屁顛的上門來。

李夫人現在已經有了幾個月的身孕，肚子已經顯懷了，一臉幸福地把手放在肚子上。

本來有孕的女子是不能出門的，但她已經坐穩了胎，正好今日天氣不錯，婆婆就讓她陪著夫君出來轉轉，也好散散心。

沒想到，到了自家店裡休息的時候，卻被人叫了出來，說是有人自稱認識他們，不給賒帳還要告狀，兩人覺得很稀奇，就出來看看。

豈料來的人居然是白大師！這可把李夫人嚇壞了。她對白大師一向都很尊敬，這是個能斷未來的神人，人品也是難得的貴重，如果被下人得罪了，那可就不好辦了。

「白大——」李夫人脫口想喊白芸，卻見她旁邊還站著個姑娘，於是硬生生憋了回去。「白姑娘，您居然來這兒了，真是有緣分啊！我還想著過些日子我身子好走了，再去拜訪您呢！」

「李夫人，許久不見，一切可還好？」白芸淺笑。這就是緣分，無論如何總是會再相見的，就是這相見的時機有點讓人尷尬啊！

「託白姑娘的福，我現在好得不得了。」李夫人殷切地上前托住白芸的手，又轉頭對自家夫君介紹道：「夫君，你來，這就是我跟你說過的白姑娘。」

林子成早就聽夫人說過有一個能人，他們的孩子就是這個能人算出來的，如今人就在眼前，雖然看著年紀小，但他不敢不尊重，立即上前拱手。「白姑娘，久聞大名了！在下是林子成。」

「林公子。」白芸也點了點頭。

掌櫃的看自家東家真的認識宋春香帶來的人，瞬間大驚失色，而且東家們都如此客氣，對方肯定是很重要的人物！

就連剛剛的小二納財都白了臉，這宋長江的家人居然有這個本事，這是他怎麼也沒料到的！這可怎麼好？依照宋長江那錙銖必較的性子，他們日後還能好過嗎？

宋春香高興得不得了，她堂嫂果然認識東家！再看面色不怎麼好的掌櫃和小二，她心中那股愉快怎麼都憋不住了！

宋春香笑容大大地走上前，自我介紹了起來。「李夫人、林公子，我是宋春香，我爹爹在咱們客棧當帳房先生。」

李夫人淺笑著點頭，轉頭看向白芸。「白姑娘，這是……」

白芸剛想說話，宋春香就著急地自己說了出來。「李夫人，這是我的堂嫂，我是她的堂妹。」

她賣乖地笑著，臉上還有一個小酒窩，看起來甜得很，把少女的甜美都展示出來了。

她的目的不就是為了通過堂嫂結識大人物嗎？現在正好有這個機會，她怎麼可能會放過？當然是要儘量表現自己啊！

儘管白芸不想承認，但事實就是這樣，也只能點了點頭。「嗯，是這樣的。」

李夫人點點頭，笑道：「妳父親在客棧裡工作？那可真是太巧了。白姑娘的家人肯定不一般，改日我定要見見。」又轉頭對掌櫃說道：「日後白姑娘來了，都不許收錢，可明白了？」

說這話就單純是給白芸的面子了，這個客棧的帳房如何，他們都是知道的。每個月各家的掌櫃都會上宅子裡報帳，也把宋長江這個帳房假公濟私的事情說了，他們印象很深刻。

今日來就是想把這個帳房安排去後廚幫忙的，這種蛀米蟲留在帳房裡，遲早都是要嚼出窟窿的。

但，若宋長江是白大師的家人，她倒是消了這個心思。這個面子她不能不給白芸，橫豎也不是特別大的錢，就算是花錢買人情了，怎麼著都是划算的。

宋春香一聽李夫人這樣說，立即喜笑顏開。

白芸怕她又整出什麼么蛾子，冷冷地看了她一眼。

宋春香才反應過來這個堂嫂還在旁邊站著，只能忍著氣閉了嘴。

白芸從錢袋子裡摸出了兩百文，遞給掌櫃，笑著跟李夫人說道：「可不能這樣，生意歸生意，感情歸感情，妳要是日後都不收錢，我便不敢來了。」頓了頓，涼涼地斜了一眼宋春香，眼裡的冷漠不言而喻，才又繼續說道：「我之前也不知道這客棧是妳家的，只剛剛聽我夫家這個堂妹說我叔父在這裡當帳房，所以才進來看看。我叔父既然是做工的，那麼是不是人才還得你們說了算。我跟叔父相處得不多，我相信李夫人處事公正，若是叔父做得好，自然是不會虧待的。」

白芸把「公正」兩個字咬得很重，雖然話是好聽話，但是配合上她的表情，就是另一番味道了。

李夫人一下子就明白過來，白芸說的公正和相處不多是什麼意思了。

她就覺得奇怪，若大師是喜歡賴帳的人，之前就不會推辭她送的謝錢了，想來都是這宋姑娘惹的么蛾子。看著大師那一臉糟心的表情，她就通通曉得了。誰家都會有幾個煩人的親戚，大師肯定也很苦惱。

「白姑娘說得不錯，生意歸生意，感情歸感情，我知道該怎麼做的，若帳房真做得好，我必不虧待。」李夫人笑了笑。既然大師說要公正，那她絕對安排得明明白白的。

白芸笑著點頭。李夫人是聰明人，什麼事情都是一點就通。

白芸寒暄了一會兒，就要走了。

李夫人看白芸付了錢，又讓小二給打包了幾份茶點，說喜歡她家的孩子，讓她帶回去給孩子吃。

人家的一番心意，白芸沒有拒絕，拿著就走了。

宋春香還想賴一會兒，怎麼說到不虧待她爹就沒有下文了？要怎麼個不虧待法，李夫人還沒有說呢！但看了看白芸那煩躁的目光，她還是見好就收地跟著走了，走前還不忘回頭，媚眼如絲地看了一眼林子成的背影。

他們是見過的，就在宋春香第一次來同樂客棧的時候，自己當時還站在門口不敢進來，是他讓自己進來的，還讓人給她帶路，去找她爹爹。

想必今日假裝沒認出她來，是因為李夫人在的緣故吧？別說林子成了，她也不敢胡亂造次。

她生得漂亮，這是全鳳祥村公認的，眼看著快成親的年紀了，村裡那些泥腿子的男娃總是來她眼前晃悠，都快把她愁死了。

林子成是她見過最有氣度的男人了，雖然沒有她堂哥長得好看，但架不住人家有錢啊！

她就算是給林家當妾，也是脫了農籍，一朝飛成金鳳凰，她心甘情願。

宋春香越想越覺得可行，正好李夫人懷有身孕，肯定是不能伺候林子成了，她得好好巴結堂嫂，爭取機會！

白芸坐在牛車上，看宋春香站在烈日底下也不躲閃，像是不覺得熱，一副少女思慕的樣子。

思慕？宋春香思慕誰？

白芸忽然就想起來了，先前宋春香好像說過，這裡的東家對她很好，那不就是李夫人的丈夫林子成嗎？

再結合宋春香這個模樣，白芸立即清楚她心裡的如意算盤了。

白芸想著，絕對不能再跟這個女人扯上半點關係，也不會再帶她出門，不然若是真給她找到了機會，跑去挖人牆角，那自己的名聲都得跟著臭。

「上車吧。」白芸目光不悅，本來今天宋春香藉著她的名頭耀武揚威，她就已經很不爽了，現在還想踩在她的頭上算計人，這也是她不能忍受的。

若宋春香安安分分的，日後怎麼樣都好說，可惜她並不想安穩。白芸也不是個傻子，絕不會容許這樣一個定時炸彈在身邊。

宋春香爬上了車，白芸駕著車就走了，連個眼神都沒有丟給她。

「堂嫂，妳跟同樂客棧的東家夫人是怎麼認識的呀？快跟我說說。」

宋春香又恢復了那一臉賣乖的樣子，但總不比之前態度好了，而是一上車就打聽起李夫人的事情，絲毫不知收斂。

事情她都辦完了，今天見到貴人說上了話，還給她爹也掙了臉面！她嘗到了甜頭，怎麼可能還沈得住氣？

沒聽貴人說的嗎？要見見她爹，還說了不會虧待她爹呢，這都多虧了自己！

保不齊她爹欠了二十兩的事情，也就這麼算了，反正二十兩對於林家來說也不算多的。

白芸越聽越無語，想了想，停下牛車，單手抓著牛繩，微笑著轉過身子看她。「先不說這個，一百文給我。」

「什麼一百文？」宋春香一愣。

「剛剛的茶錢啊！堂妹，一共兩百文，我先替妳墊付了，妳是不是該把錢給我啊？」

白芸可不是傻的，若是她喜歡的人，那出多少銀子她都樂意。

但像宋春香這種又蠢、又壞、又不自知的，為她花一百文，還不如買幾斤豬肉回去，起碼能香香嘴。

當然，她也不會占宋春香的便宜，雖然宋春香說了要請自己，但她只要回一百文而已，要多了宋春香估計也沒有。

宋春香的臉色忽然難堪了起來，或許是想起了剛剛自己鬧的笑話，面目都猙獰了一點。如果是當眾付茶錢買東西，她可以毫不猶豫地拿出來，日後還能當作談資，又能讓白芸高看她一眼。

可是讓她在這種沒有人的地方付那麼大一筆錢，她是捨不得的，畢竟一百文對於她來說已經很多了。她哥在學院讀書，來來去去讀了那麼多年，銀子花得跟丟進河裡一樣快。

這錢都是她爹喝醉了，才額外大手筆給她的，一次給個十文、二十文，她攢下來的。

「堂嫂，我也沒想到會點那麼貴的東西，這錢我還想留著買一朵頭花戴，能不能……不給啊？」宋春香勉強地笑著，她很想賴掉這筆帳。

可惜白芸不是心軟面軟的馮珍，更不是生長在宋家的人，宋春香對她來說就是個占著親戚名頭的陌生人。

「嗯，不能。」白芸想也沒想，乾脆俐落地拒絕了，眼神直直地盯著宋春香。

「那……那好吧，我給妳。」宋春香咬咬牙，心裡很生氣，卻又不敢跟白芸起爭執，畢竟自己還得通過她才能接近林子成，只能慢慢拿出一百文，遞給她。

白芸收下錢後，才繼續趕車。

宋春香則是偷偷啐了一聲，她這堂嫂哪裡是不好說話？分明就是不近人情！

她都已經表現得夠好了，這死女人怎麼還是不喜歡她？連幫她說兩句話都那麼難。

而且她也看得出來，堂嫂錢袋子裡根本不差錢，怎麼還跟她要錢呢？不是應該順勢請她喝茶就算了嗎？宋春香想著，眼裡滿滿都是對白芸的責怪。

白芸一開始就沒打算給宋春香留下什麼好印象，最好宋春香一家子都把她當成毒婦，少來招惹她。

而且她也是為了宋春香著想，畢竟她脾氣不好，怕會控制不住自己抽人的衝動。

第十三章

牛車搖搖晃晃地走在鄉道上，在快接近村口時，看見一個婦人蹲著，看樣子是在歇腳。看婦人的穿著打扮，不像是鳳祥村的人，小嘴塗得紅豔豔的，臉上還抹了些胭脂。因為鳳祥村很少有外人來，加上她又化了妝，格外引人注目。

可不知道為什麼，宋春香看著那婦人，竟有一種不祥的預感。

回到家裡，宋清和宋長江已經從村長家回來了，馮珍、宋嵐和章麗也從地裡回來了，圍坐在一起喝茶。

見白芸回來了，宋嵐立即起身去問：「嫂嫂，妳去鎮上怎麼也不跟我說一聲？我都多久沒出門了。」她語氣像撒嬌，還有一點俏皮，眼睛瞪著白芸，嘴角卻是笑。

白芸今天跟假面人似的宋春香待了一個上午，心裡煩躁得很，可在看見宋嵐的這一刻全都消失了，也挽著她的手，笑罵道：「想去什麼時候不能去？非得我喊妳？就不能妳喊我？妳這潑皮，可太不講理了！」

馮珍也笑著插了一句話。「天氣熱，妳別纏著妳嫂嫂。妳嫂嫂說得是啊，想去什麼時候不能去？」

宋春香站在旁邊，心裡有點嫉妒，合著她今天就是白白給這個該死的女人陪笑臉！貼著她一天了，都不見這個女人對自己有半點親暱，回來了就跟宋嵐有說有笑！

宋嵐有什麼好的？不過是個被男人甩了的賠錢貨，村裡誰不知道她啊？日後也是個沒人要的賤命，跟這種人在一起，能得了什麼好？

要是白芸聽見她內心的這些話，估計會給她兩個嘴巴子。真以為誰都跟她一樣啊？與人相處就只會計較得失，有好處就緊緊貼著，沒好處就踹到一邊去，外熱內冷，比蛇還可怕。

章麗看自家女兒傻傻地站在那裡，趕緊笑著問了一句。「香啊，怎樣？跟妳嫂嫂去鎮上好玩不？有沒有好玩的事情？跟妳伯母說說。」

她不問還好，一問宋春香就更覺得委屈了，走過去坐在她身邊。本來不想說話，但又怕白芸把今天的事情說出來，宋春香才勉強點頭笑著說：「好玩，不過日頭太大了，我都曬黑了。」

黑了？這可不行！

章麗嚴肅地看了眼女兒的小臉蛋，見女兒的臉確實是黑了一點，當即用手戳了戳她的腦門。

「妳傻呀？日頭曬妳也不知道躲著點？要不妳買把傘也好啊！就算妳沒錢，讓妳堂嫂給妳買把傘遮遮也行啊，一把傘也沒幾個錢。女孩子曬黑了可怎麼得了？得多久才能白回來啊！」

宋春香幽怨地看了白芸一眼，眼底都是委屈。何止是沒給她買傘，還問她要了銀子呢！白芸挑挑眉毛，這母女倆是來找抽的吧？都有毛病吧？她憑啥給宋春香買傘啊？她又不欠她們！

馮珍也不悅地轉頭看著章麗。怎能這樣說話？自己的女兒曬黑了跟她兒媳婦有啥關係？那是她兒媳婦又不是宋春香的娘！

宋長江稍微精明一點，見狀咳了兩聲。

章麗就不敢再說了，忙陪著笑臉。「姪媳婦兒，我就是那麼一說，妳別往心裡去。」

「放心吧，叔母，我心大。」白芸笑了笑。「而且我看春香也帶了銀子，我就沒多管閒事了，春香還帶著我去了叔父做活計的客棧喝茶呢！」

她一說去了同樂客棧，宋長江夫妻立即跟打了雞血一般，眼神齊齊看向宋春香，像是在詢問她怎麼回事？

宋春香不敢說，就可憐巴巴、一言不發地坐在椅子上。

知女莫若母，章麗一瞧就知道女兒這是受了委屈。「妳怎麼回事啊？是不是有人欺負妳了？」說著，眼神止不住地往白芸身上瞥去。是誰讓女兒受了委屈，除了白芸，她想不到第二個人。

「不是。娘，妳就別問了。」宋春香害怕她娘要鬧，去質問白芸。要是白芸把她爹欠了二十兩的事情說出來，那她家都得被自己娘攪散了！

「妳這孩子！」章麗嘀咕了一句，倒是真的不再問什麼了。

她心裡也會盤算，知道現在跟白芸撕破臉皮得不了好，等以後女兒高嫁了，她再找白芸算帳！

白芸也沒興趣管他們家的破事，不說還好，說完了就怕這一家沒臉皮的又要借錢。

宋長江倒是很有興趣，嘰哩呱啦地說了一堆同樂客棧的事情，話裡話外都在彰顯他在客棧裡的地位，根本停不下來，腰背都挺直了。

「我們客棧啊，那是鎮上最好的，房間敞亮又舒服，就是貴了點，不過貴有貴點的好處嘛，我每次去睡上一覺，身子都舒服了。」

沒等他多說幾句話，村長周良來了，站在門口敲了敲門，問道：「宋長江還在不在？」

宋長江一看又是周良，眼睛都不抬，很是傲慢。「我在。怎麼了？村志不是寫完了嗎？」

「村志是寫完了，我來找你不是這件事情。」周良的眼神有點古怪，看了章麗一眼，莫名其妙地說了一句。「你婆娘也在啊？」

「喲，村長，你這話說得好笑，我男人在哪裡，我自然也在哪裡，你找我男人啥事啊？」章麗的話可沒有多少尊重，雖然他們也是住在村子裡的，但她男人在鎮上做活計，又不跟別的村民一樣，在地裡刨食，不受周良管轄，所以她自然也不怕周良。

周良沒好氣地看了章麗一眼，這個婆娘說話從來都是這樣，跟她男人一樣，都是狗眼看人低的，因此他也就不遮掩什麼了，直接帶了一個人進來。

「宋長江，村裡來了個人，說是來找你的，人我給你帶來了，你看看認識不認識。」

那女人一進來，眼淚就啪嗒啪嗒地流，嬌怯怯地喊了一聲。「長江～～」

周良搓了搓胳膊，只覺得雞皮疙瘩掉了一地。這女人到他家的時候就一口一個「長江」的，聲音拉得又長又嗲，嚇人得很。

宋長江手裡本來握著茶杯的，聽到這熟悉的聲音，手驀地一抖，杯子就往下掉了。

白芸見狀瞪大了眼。

宋清的手更快，伸手接住了那個往下掉的杯子。

白芸這才鬆了一口氣，這杯子可不便宜，要是被宋長江打碎了，她得心疼死。

章麗像是聽見了什麼不可思議的話，噌地一下子站了起來。「妳這個賤貨！妳喊我男人喊得那麼親密做什麼？」

女人很是聰明，與潑辣凶蠻的章麗形成了鮮明的對比，也不回答她，只是又嬌怯怯地喊了一聲。「長江～～她是誰啊？」

宋長江此刻只想裝作什麼都沒聽到！來的人是他藏在外面的女人，叫花娘，他是怎麼也沒想到，花娘居然找到這裡來了，還撞見了他婆娘！

想到章麗，宋長江更慌了，按照這個河東獅的性格，今天這件事情怕是不能善了！

白芸人都傻了，好傢伙，宋長江這是悶聲放大屁啊！還好她回來得早，不然這瓜她就吃不上了。

別說白芸了，在場所有人都驚呆了，連忙從桌子旁邊撤了出來，看著事態發展。

見那打扮得花枝招展的女人不理自己，而是又呼喚著自己的男人，章麗漲紅了一張臉，指著宋長江就罵。「宋長江，你給我說清楚，這女人是誰？來找你做什麼？你是不是背著我在外面有人了？你說！」光說還不解氣，她氣沖沖地上前去，拉扯著宋長江的手，要他說個明白。

宋長江本來是抱著頭思索著應該怎麼辦，被章麗這麼晃來晃去的，頓時覺得腦子都要炸了。

花娘見狀，用帕子捂著嘴說道：「妳別晃大江了，他都要被妳給晃暈了。」

「我呸！妳這個下三濫的貨，給老娘滾一邊去！」章麗一手抓著宋長江的衣服，一手插腰瞪著花娘，胸膛劇烈起伏著，只覺得自己快氣炸了。

有了花娘的柔弱對比，宋長江覺得自己這個婆娘真的是一點面子都不給他，還抓著他的衣服，一副要撕了他的樣子，頓時怒從中來。

又想著自己這些年都辛辛苦苦在外面掙錢，而章麗一直在村裡，他在外面有女人又怎麼樣？就算他有錯好了，但有什麼話是不能好好說的？

想到這些，宋長江心裡對章麗的最後一點愧疚都被壓了下去，站起來反手就是一推，把她直接推到了地上。

宋長江扯了扯自己被章麗弄皺的衣裳，沈聲道：「妳動手動腳的幹什麼？我是在外面有人了，可是我也沒虧待妳吧？妳這個潑婦，我真是受夠妳了！」

馮珍不忍心，上前扶了章麗一把。儘管章麗平時做事不得人意，但好歹是在自己家鬧的事情，她不扶也說不過去。

但馮珍也學乖了，只是把章麗扶了起來，沒多說什麼話。

「宋長江，你怎麼對得起我？我十七歲嫁給你，給你生了一兒一女，個個都長大了，你居然在外面找女人？你不是人啊！」章麗咬著牙罵，惡狠狠地瞪著自己的男人和外面找來的賤貨。

這個賤貨嘴上塗了口脂，臉上搽了胭脂，穿的也是好衣裳，章麗忽然覺得很自卑。自己的頭髮亂糟糟的，身上只穿了件灰不拉幾的粗布衣裳，天一熱都是汗味，雖然自己也不怎麼幹活，但各方面就是比不上這個女人。

這一對比，更加刺激了章麗。她推開馮珍，就要上前去撓花娘。「妳這個下三濫的貨，一看就是窯子裡陪睡的玩意兒，敢跟我搶男人？我打死妳！」

馮珍被她推得一倒，差點摔了，好在宋嵐扶著她。

白芸拉過馮珍。「娘，這是他們的事情，讓他們自己解決，妳去管了，到時候叔母還得怪妳多管閒事呢！」

馮珍點點頭。不知道事情是怎麼樣的，她也不太敢幫忙。

「呀！」花娘看章麗撲上來，喊了一聲，連忙躲到宋長江的身後。

宋長江皺起了眉頭，抓住章麗的手，吼道：「妳鬧夠了沒有？丟不丟人啊？」

章麗不可置信地看著宋長江。「你居然幫著這個賤人，還罵我丟人？到底是誰丟人啊？」

「不可理喻！」宋長江偏過頭，看著躲在自己旁邊的柔弱花娘，只覺得自己婆娘過分了。

「娘，妳沒事吧？爹，你也太過分了！你怎麼能聯合外人來欺負我娘？我娘才是你的妻子！」宋春香看自己娘被欺負，也坐不住了，上前扶住了她娘。

從小到大對自己好的都是她娘，爹雖然對自己也好，但卻是偶爾的好。

面對女兒的指責，宋長江倒是沒有說話，他不知道該說什麼好。

章麗眼淚直掉，罵著宋長江，沒有停過嘴。「我這是造了什麼孽啊？我辛辛苦苦地照顧家裡，你就這樣對我？我說你這兩個月怎麼都不往家裡送錢，不給我送也就算了，連兒子的讀書錢都得我貼，原來你的錢全都拿去養女人了！」

章麗這樣說，倒是提醒了宋春香一件事情——她爹在客棧欠了二十兩，如果不是給大哥了，她爹怎麼能自己花掉二十兩？

她狐疑地看了花娘一眼，又看了一眼她爹，她爹臉色不太自然，一看就是心虛了；而花娘一臉風塵樣，連腰肢都用紗裹著。

宋春香頓時整個人都不好了。「爹，你不要告訴我，你拿著銀子把這個賤貨買回來了？」

「怎麼說話的？我是妳老子！」宋長江瞪了宋春香一眼。平時乖巧的女兒，居然也跟章麗一樣，一口一個賤貨的，現在還敢質問起他來了！他理直氣壯地挺了挺腰板。「是，她已經被我贖身了！贖都贖了，怎麼樣啊？」

宋春香能想到，白芸自然也想到了。好傢伙，原來宋長江的錢用到這裡了！

「那你讓我回來村裡住，是不是也是因為要把我那小院給這個女人住？」宋春香瞪大了眼睛，只覺得她這個爹怎麼能這麼荒唐。

「是。」宋長江見瞞不住，乾脆就破罐子破摔地承認了。

章麗一聽，頓時又炸了。「什麼？你把我女兒趕回來，居然是因為這個賤人？你還想跟這個女人在鎮上過日子？你到底有沒有把我放在眼裡？」

宋長江不跟她說話，而是拉著花娘坐到了椅子上，冷冷地看著發了瘋的章麗，眼裡的意思不言而喻。

他當然沒有把章麗放在眼裡，他原本想著的是兒子唸書，女兒跟婆娘就住在村裡，他則帶著花娘在鎮上住。以前他也是一個月才回來一次，章麗肯定發現不了。

現在計劃全部打亂了，他煩躁之餘，更是覺得章麗比不上花娘。

這個念頭在他腦海裡一閃而過，又被他給抓了回來。

對呀，他為什麼非得跟章麗過呢？反正兩個孩子都大了，女兒也到了年紀，明年以前肯定是要嫁人了。

若是章麗容得下花娘，那他還可以過；若是容不下，乾脆就把這個婆娘休了，把花娘討回來過！

花娘的身是他贖下來的，她已經跟自己說過了，生是他的人，死是他的鬼，又柔情似水，從不指著他的鼻子罵，他往後的日子豈不是很好過？

他是這麼想的，也就這麼做了，當即指著章麗的鼻子就說道：「妳這個河東獅，我要把妳休了！妳趕緊收拾東西滾回妳娘家去！」

「你說什麼？你要休了我？你……」章麗被他這句話嚇懵了，一臉的驚恐。

「宋長江，你是不是氣糊塗了？休妻這種話怎麼能隨便亂說？」周良一看事態發展不對，趕緊出來打了個圓場。

宋長江要休了自己的髮妻，找別的女人，這怎麼行？他們村就沒有出過這種事情，這若說出去，對村子的影響都不好了。

再說了，章麗辛辛苦苦半輩子，早就已經不年輕了，要是把人休了，讓人家日後怎麼辦？她一個女人要怎麼活？

村長的媳婦石丁香聽到動靜走過來了，正好聽見自己男人說的話，問了幾句事情的經過後，也加入調解的隊伍裡。「是啊，宋長江，這話可不能胡說，章麗又沒有做錯什麼，你怎麼能休妻？你讓她怎麼活啊？讓別人怎麼看她？」她說完，又走過去安慰章麗。「妳也別放在心上，妳男人就是氣糊塗了，他怎麼可能休妻呢？」

章麗看著宋長江，那張臉上都是溫柔，卻不是對著她的，而是對著那個穿著豔麗的女人。

他們兩個在一起許多年了，早就是知根知底、互通心意的，剛剛宋長江說休妻的時候，眼裡的篤定不是騙人的，他是真的想要休妻！

「大江，你別休妻，我不吵了，也不鬧了，你讓這個女人走，我們好好過。」她慌了，用手抹了抹眼淚，苦笑著，想讓這個男人心軟。

即使剛剛這個女人找上門來的時候，她也想過這種日子不能過了，但想是一回事，宋長江真的提出來了又是一回事，她還是想繼續過的。

「她不可能走，妳要想過，就繼續過，我還是跟以前一樣，一個月回來陪妳幾天，她也不會來村子裡。」宋長江說道。

「這怎麼行？不要讓我住在村子裡，你不是嫌沒有人陪嗎？我跟你去鎮上好不好？大江，你就讓她走吧，成嗎？」章麗不同意，苦苦哀求道。

家裡要是真多出來這麼一個貨色，那她會被笑死的！

「大江～～你可別不要我，我能給你洗衣、做飯，能給你洗腳、打水，別人可以的，我都可以！我是你的人了，我不要走。」

花娘三十有餘了，但是臉上那股少女氣息一直都在，話語柔軟得跟棉花一樣，掃在宋長江的心頭。

「放心，我不讓妳走。」宋長江一下子就淪陷了，當著眾人的面，不管不顧地承諾著。

章麗對宋長江沒了脾氣，但不代表她對花娘沒脾氣，見花娘像條鼻涕蟲一樣黏著她男人，心頭又是一堵，控制不住地罵道：「妳是誰的人了？妳的男人那麼多，妳非得找我男人做什麼？妳找妳第一個男人去！」

白芸聽了都想為章麗叫好，說了那麼久，終於說了句有用的。

她這叔母確實是滿可憐的，但可憐之人必有可恨之處，她不心軟，畢竟章麗算計自己家的時候，可同樣沒有心軟。

如果章麗沒有和宋長江分開，兩人還是會擰成一股繩，來算計他們家。

再看宋長江這邊，章麗可算是罵到宋長江心頭去了，他抿了抿嘴。花娘哪裡都好，就是男人太多了，他也確實很吃味。

花娘瞪了瞪眼，眼裡瞬間就灌滿了淚珠，哀切地哭出聲來了。「是，我是從壞地方出來的，可我也不想啊！若是能當個好人家，誰願意去那種地方？自從遇見了大江，我才覺得我是活著的，是大江把我買出來的，我從此以後就只有他一個男人了。」

白芸一聽，就知道章麗可能是鬥不過這個花娘了，人家雖然是從窯子出來的，但嘴皮子索利，拿捏一個宋長江簡直易如反掌。

果然，宋長江的心軟得一塌糊塗，居然還伸手牽住了花娘的手。

「別哭了。」

很顯然，花娘的話取悅到了宋長江。

章麗本來心就涼了半截，宋長江這樣，她另外半截也涼了，看著站在旁邊的女兒，章麗一句話也說不出來，只知道哭。

「娘，妳別哭了。」宋春香咬了咬嘴唇，覺得自己的爹太不是個東西了。

章麗哭了許久，誰來勸都沒有用，她就這麼淚眼汪汪地看著宋長江，可是這個男人居然連一點餘光都沒有分給自己，更別說安慰了。

人心都是肉長的，宋長江跟她過了那麼多年，就算是隻貓啊狗的都得有感情了，可宋長江對她還不如貓跟狗呢！

以前她總是炫耀自己男人有本事，活路好，對自己也好，別人提醒她要看住宋長江，她還不信，現在想來真是個笑話，自己太傻了。

他們爭吵的聲音太大，村人聽見了都往這邊來了，七嘴八舌地詢問著發生了什麼事。

章麗本就是個強勢的人，人多了心裡的自尊就起來了，既看透了宋長江是個什麼玩意兒，她也死心了。

她站起來，說道：「你想跟這個女人過，那你就過去吧！村裡的房子給我，我不管你，我也不和離，你只要管好兒子跟女兒就成。」

宋長江聞言點點頭。「他們是我宋長江的種，我自然會管好。妳放心，我每個月都會回來看妳的，我們的日子不會變。」

章麗搖搖頭。「你沒事就別回來了，但每個月你最少要給我八十文，畢竟女兒還在家吃飯。」

她也不傻，同意繼續過，不代表跟宋長江過。和離是不可能的，但錢她得要，男人她就不要了。

提到錢，宋春香轉了轉眼睛，覺得她娘要得太少了，立即出聲反駁道：「爹爹，我跟我娘每個月八十文可不夠，最少也要兩百文！你都能給這個女人花二十兩，那也不能虧待我們！」

「什麼二十兩？香啊，妳把話說明白了。」章麗蹙了蹙眉頭。

二十兩？宋長江哪裡來的二十兩？兒子上書院可把家底都掏空了，怎麼可能會有二十兩？

「娘，今日我跟嫂嫂去客棧裡丟盡了人，爹爹同客棧借了二十兩銀子，人家都跟我說了！」

宋春香撇了撇嘴，把宋長江欠銀子的事情都說了出來。

是她爹先不給自己娘面子的，也怪不得她了。若是這個女人進門了，哥哥還好說，起碼是爹爹唯一的兒子，不用愁，但她可就不一定了，嫁妝有沒有都不知道呢！

「宋長江！」章麗一聽，怒目圓睜。「你到底都幹了些什麼？二十兩銀子？我看你怎麼還！兒子怎麼辦？」

宋長江沒想到女兒會知道這件事，整個人都覺得不好了，但這麼多人都看著呢，他只能強裝鎮定。「妳一個婦道人家懂什麼？二十兩銀子而已，我能還上！」

「你拿什麼還啊？」章麗明顯不信。

她男人是比村人有本事，但是還這二十兩，就算不吃不喝也得還個好幾年，更別提還有兒子要養活了。

兩人僵持不下，直到被花娘的聲音打斷。

「大江，你給我贖身的銀子，是借的？」花娘的臉色也不是很好看了，但還是擺出一副擔憂的模樣。「那你還有沒有銀子？日後我們怎麼生活？」

宋長江深情款款地看著花娘。「妳放心，我一定能養活得了妳的。銀子我會想辦法掙，有我一口吃的，就也會有妳的一口。」

這麼說，就是沒錢了？花娘的笑容都淡了不少。「大江，你不是同樂客棧的掌櫃嗎？怎麼會欠那麼多銀子來給我贖身？」

「妳別——」宋長江抬手想捂住花娘的嘴，卻沒攔住。

白芸都忍不住笑了，這也太精彩了，怪不得宋春香是那種性格，這完全就是遺傳了宋長江啊！

章麗冷眼看著兩人，當場戳穿道：「喲，我男人什麼時候成了掌櫃？我怎麼不知道？」

「妳！」宋長江又想去阻止章麗說話。

章麗可不是嬌滴滴的姑娘，兩三下就躲開了他的手。「妳的如意算盤打錯了，他就是個帳房而已，可沒那麼多銀子！」

花娘沒想到宋長江是騙她的！

宋長江來光顧的時候，都說自己是鎮上最大客棧的掌櫃，很得東家器重，每次出手花費不說豪爽，但也很大方。

再加上她的年紀在窯子裡來說已經很大了，雖仍可以接客，但很少人會來幫她贖身，有也都是一些上了五十的男人，且只是有點家底而已。

但宋長江出現了，說要把她贖回去。

按照他說的，他很年輕，又有前途，得人賞識，花娘也是看中了這些，才選擇跟他過日子的。

眼下她才發現被這個男人騙了！

要是跟著宋長江出來是過苦日子，那她為什麼要出來？還不如待在窯子裡，起碼有銀子賺啊！

等年紀再大一點，她還可以去找個比自己大幾輪但有家底的男人，給人家做妾，不愁吃穿，兩不耽誤。

花娘的面色變換得很明顯，宋長江不會看不出來，他也有點慌了。他剛剛已經為了花娘把自己的妻子徹徹底底得罪了，可不能賠了夫人又折兵。

「我對不起妳，我是騙了妳，但我還年輕，我一定會當上掌櫃的。妳放心，我會給妳幸福。」生怕花娘不相信，他又捂著自己的胸口。「我保證！」

花娘這下是真的笑不出來了，冷眼看著面前的男人。

「你這個騙子，沒錢你贖我出來做什麼？陪你一起吃糠嚥菜嗎？」她瞧了章麗一眼。「我可不是你婆娘這種鄉下女人，跟著你我還不如回去陪男人睡覺！」

看著與之前判若兩人的花娘，大家都覺得心寒。妓子無情，這句話真是說得太對了。不過人家也不能挑這妓女的理，只能說宋長江活該，誰讓他兩頭騙，這下好了，看看他怎麼辦。

宋長江被噎，不可置信地看著花娘。「妳這是不願意跟我了？」

「宋長江，你別指責我，是你先騙我的！我也想跟你過，但過的是日子，不是苦日子！」花娘的語氣很冷漠，說完乾脆就轉頭要走了。

宋長江看她想走，立即上前阻攔。「妳想去哪兒？妳生是我宋長江的人，死也得死在我宋長江面前！妳不要忘記，是我花錢贖的妳！我去到哪裡都有地方說理！」

花娘輕輕甩開他的手，嘲弄地笑道：「你贖的我？你有證據嗎？你拿了我的賣身契嗎？我還真就告訴你了，我現在是良籍，你隨意去官府查！你要是再糾纏我，可就別怪我報官抓你！」

她話一出，大家都愣了，買賣妓女他們沒做過，但是他們也聽說過，要買妓女是要拿到賣身契的。

當然，妓女自己贖身，拿了賣身契，也可以去官府證明，從今以後就是良籍。

沒想到宋長江居然沒有拿到花娘的賣身契？

宋長江也愣了，他不是不知道賣身契的事情，賣身契是他自己給花娘的，因為他信任花娘，想給花娘安全感。

沒想到花娘居然早早地就已經拿著賣身契去官府恢復良籍了。

眼下，他再也沒有理由攔住花娘。

花娘擺脫了他的糾纏，頭也不回地就離開了鳳祥村，留下傻在原地的宋長江。

眾人一陣唏噓，你看看我、我看看你，都不敢多說一句話。

章麗抹著眼淚，好好的一個家，就被花娘這個春雷炸得四分五裂了。

宋長江一下子跪坐在地上，雙眼無神地目視前方。他已經不知道該怎麼辦了，原來想像的日子全都不復存在，他也不知道為什麼會變成這樣。

白芸嘆了一口氣。

宋嵐悄悄走近白芸，問道：「這都是些什麼事啊？那叔母以後怎麼過呢？」

白芸打量著泣不成聲、抱著女兒哭的章麗，回道：「放心吧，叔母會原諒他的。」因為這是男人的社會，女人想要獨立、想要自己生活，比男人想要做皇帝都難。無論如何，總是會有一雙無形的大手把妳拉扯回來，叫妳永遠也逃不出去。

最終，章麗沒說一句話，只是帶著女兒走出了宋家。

宋長江沒臉繼續待在這裡讓人笑話，也跟著走了，像一條被人丟進臭水溝裡的狗般，耷拉著腦袋。

他們一家子走了，村長左右看了一眼，跟宋清說了幾句話也就回去了，總歸是別人家的事情，只要不影響村子，他管不了那麼多。

馮珍嘆了一口氣。「這老二也太荒唐了，活該他的。」

「就是。」白芸笑了，自家婆婆真是良善的人，就連吐槽人都不會說什麼狠話。

宋長江和章麗那邊一直閉門不出，一連幾天，都沒有見到夫妻兩個的人影，既沒見宋長江被趕出來，也沒見宋長江去鎮上上工。

沒了宋長江這一家人的打擾，宋家又回歸了平靜。

白芸的日子過得美滋滋的。

馮珍和宋嵐想去鎮上擺攤賣點東西做生意，因為農閒了，地裡不需要日日去看。

白芸讓她們兩個先別急，自己打算在鎮上盤一間店面，到時候讓她們兩人幫忙看鋪子，也比自己擺攤拋頭露面安全得多。

宋嵐和馮珍一想，確實是這麼回事，便細細地跟白芸商量了許久。

白芸也不知道要做些什麼，只想讓以後看相的錢有個進帳的地方，而且鎮子離家裡其實不太遠，還不必去買房子，住在家裡也可以，只需要盤一間店面就好。

最終，白芸想了想，決定還是開一個小小的茶鋪就好，清閒不說，也不用日日早早地趕去開門，正午去，開到下午便差不多了。

白芸也不指望這茶鋪能掙錢，只要平本就可以了，還能讓婆婆及小姑子有事情幹，一舉兩得。

當然，能掙錢是最好的了，兩人自己掙錢自己花，活得有價值感，會讓人覺得生活有盼頭，不至於一輩子都在小山村裡。

而且鎮上茶鋪的受眾還是挺廣泛的，常常都是沒有空位，只要經營好了，養活兩人完全沒有問題。

說幹就幹！

當然，也不是白芸一個人去幹，她還拉上了宋清，就怕到時候盤店，別人看她是個女人就不給她盤。
兩人在街上逛了許久，位置好的店鋪他們沒去問，問了人家也不會盤出去，畢竟別人也不傻。
但是逛了兩、三圈下來，也沒看見有人掛著賣店鋪的牌匾。
白芸覺得很奇怪，就跟旁邊賣包子的老闆打聽了一下，才知道這些店鋪要轉出去，是不能明目張膽地掛牌子的。
賣的人得找官府同意的牙行，才能保證有人盤，買的人得去牙行，才能正常盤過來。
而且還得給牙行交錢，就跟現代的房屋仲介一樣，但是比現代的房仲要賺錢一點，因為是官府的灰色產業，壟斷得很徹底。
白芸挑了挑眉毛。「那若是我自己找到的人呢？」
那包子鋪老闆樂呵呵的一笑。「自己找到的，那便不用那麼多講究了，直接交接地契就成。但是想找到轉賣店鋪的人可不容易，大多都是關著門的，人可能都不在鎮上了。」
白芸點點頭，看著樂呵的老闆，問了一句。「那您認不認識要轉店的人呢？」
包子鋪老闆意味深長地看了她一眼，也不說話，摸著鬍子就只是笑。
「老闆，你知道什麼就說吧。」白芸心領神會，從錢袋子裡掏出五十文，遞給包子鋪老闆。

老闆抬著下巴，睨了一眼她手上的錢，臉上雖然是笑著的，卻始終沒有接過來，而是伸出了一根手指頭。「一百文。」

五十文還嫌少了？竟要一百文？白芸笑了。「那我先去四處找找看看，一會兒再回來找你。」

五十文都不夠介紹一個人的，這不是獅子大開口嗎？姑奶奶自己去找，她還真就不信了！

那老闆也不惱，依舊是笑瞇了眼，見怪不怪地點點頭。「姑娘，那你們就去看看，我保證你們一會兒一定會回來的。」

這麼肯定？白芸心裡泛起了嘀咕，拉著宋清的手就走了。

宋清低頭看著白芸抓著他的衣袖，也沒想掙開，甚至覺得就該是這樣，乖乖地跟著白芸走了。

「五十文還不夠介紹費？多少人一天都不能掙到五十文，我覺得他是在把我當傻子呢！」白芸一邊找著牙行的路，一邊跟宋清吐槽著。

可是當她找到了牙行，卻發現根本不是這麼一回事，那賣包子的老闆比起牙行來說，可有良心得多了。

這牙行居然要他娘的二兩銀子，才能得到轉店鋪的商戶資訊！不過貴有貴的服務，他們還會帶著買家去看房子。

白芸想也沒想，帶著宋清就走了。誰要他們帶著去了？他們完全可以自己去好不好！二兩銀子跑一趟，是金子做的腿嗎？

宋清陪著她來回跑，也不覺得厭煩，就老老實實地跟在她的身後。

最終轉了兩個牙行，白芸也不掙扎了，回到了那賣包子的店鋪前，問道：「大叔，生意怎麼樣啊？」

賣包子的老闆看是她回來了，像是意料之中。「姑娘回來了？怎麼樣，是不是還是我最有良心？」

白芸點點頭，一臉贊同地吹捧道：「那是！我本來就覺得您有良心，剛剛只不過是想去瞧瞧他們究竟有多黑心，這一對比，您簡直就是天大的好人啊！」

千穿萬穿，馬屁不穿，老闆聽了也很是高興。「行了行了，既然妳要買鋪子，我也正好認識人，鋪子的位置挺不錯的，妳往那裡看。」

白芸順著老闆指的位置看了一眼，就見那一排商鋪中有一家關著門的，位置什麼的都很不錯，就是小了一點。

不過大小麼，街上的都差不多，也沒什麼可以挑的，茶鋪這種店，大一點、小一點都無所謂。

「怎麼樣？」看她仔細地看著，包子鋪的老闆說：「我帶你們走近了瞧瞧。」

白芸點點頭，跟著包子鋪老闆走了過去。只是，站在跟前看，跟在遠處看差不多，白芸不太理解。「大叔，這要怎麼看？」

「這妳就不懂了。」包子鋪老闆呵呵一笑，往鋪子的側面走，在手指頭上哈了一口氣，快速地往那側面的偏門上戳出了一個洞來。

白芸和宋清在一旁看得滿臉黑線，她算是明白了，這老闆也是個活寶，居然想讓他們偷窺。

白芸忍不住揉了揉額角，暗暗地深吸一口氣，壓制住心中的暴躁情緒。

不氣不氣，便宜就得有便宜的壞處，不然別人還能白便宜嗎？

「快來呀！」包子鋪老闆看他們遲遲不來，招手催促道：「再不來要被別人發現了！」

白芸的嘴角抽了抽，壓低聲音對老闆說道：「大叔，你這樣若是房主發現了，生氣不賣了怎麼辦？」

「放心，肯定賣！妳趕緊看吧！」包子鋪老闆拍著胸脯保證道。

白芸無奈，只得貼著那老闆戳出來的洞口往裡看，看了一圈，發現裝潢什麼的都很時興，沒有什麼擺設，看著像是沒有用過的鋪子，除了有點灰塵，一切都很乾淨。

白芸看了一圈，覺得還可以，又招呼宋清來看。

宋清盯著那灰撲撲的門洞，搖了搖頭。「妳覺得好便是好。」

白芸知道這個人是有潔癖的，也沒勉強，既然他這樣說，那她就決定了。

「大叔，這鋪子我覺得還行，你告訴我鋪主在哪兒，我也好問問價。」

「不急不急。」包子鋪老闆的大拇指和食指交互搓了搓。「一百文。」

白芸點點頭，從錢袋子裡拿出了一百文，遞到老闆的手上。

「行，姑娘是個爽快人，我這就帶妳去買鋪子。」包子鋪老闆收了錢，就拐到了鋪子正門，然後用手在身上摸著。

白芸瞇了瞇眼睛，莫非這個老闆是個精神病？怎麼不帶他們去找人，反倒像抽筋一樣在身上亂摸？

半晌，那老闆才像是摸到了什麼東西，掏了掏，掏出了一大串銀晃晃的鑰匙。

「嘿嘿，找到了！」

白芸都看呆了，就見老闆拿出鑰匙後，動作還沒完，又上前去試了幾次，才把鋪子的門打開了。

「你們兩個進來看看吧，若是滿意的話，咱們就一手交錢、一手交房契。」

白芸這下看明白了，額角狠狠地抽動著，合著這大叔就是這鋪子的主人，剛剛那是在耍她呢！

「大叔，你這也太不厚道了吧？」白芸沒好氣地說。

「噯，此言差矣，反正妳去找牙行也要錢，且起碼都得二兩銀子，我才收妳一百文，我可太厚道了！」包子鋪老闆不贊同地說道。「既然我收了銀子，那肯定要帶你們走個流程不是？我這也是為你們考慮。」

白芸無語。「……」嗯，你開心就好。

宋清在旁邊微微低著頭，想笑，得忍住。

白芸再深吸一口氣，平復自己超級暴躁的心情，才跟著老闆進去看了一圈鋪子。

別說，老闆人不正經，房子還是很正經的，白芸覺得很滿意。

跟老闆討價還價了一番後，最終以八十兩的價格買了下來。

鋪子不大，也不是鎮上最熱鬧的地方，但其實老闆要賣一百兩也說得過去，這回省下了二十兩，白芸高興得不得了。

白芸跟老闆拿了店鋪的鑰匙後，就留在店裡，讓宋清趕緊去把婆婆和小姑子接過來，大家一起看看，商量商量。

宋清離開後，大概一個時辰的功夫就把人接來了。

馮珍和宋嵐抱著丞丞一進來就驚呆了。

聽兒子說他們在鎮上買了個鋪子，兩人就趕忙來了，又聽說鋪子不大，但是很多灰，兩人就把家裡的笤帚什麼的都帶來了。

儘管已經做好了心理準備，但她們還是有些難以置信。

本來兩人以為只是一個小小的鋪子，就跟早餐鋪那麼大，但並不是的，起碼能放下七、八張桌子，且還寬敞著呢！後院還有耳房和水井，簡直比他們家裡還豪華！

一想到這裡也變成他們家的了，她們就很高興。

兩人是能幹的，又像當初搬進村西一樣，立即開始幹活了，白芸想攔都攔不住，只得由著她們。

自己除了幫忙上手幹活以外，差了什麼東西就讓宋清去買，餓了還讓宋清去外面的鋪子買了幾份麵條回來。

但白芸卻忘了，外面天很熱，宋清來回跑著，額頭上出了汗，嘴唇都有點乾裂，卻愣是沒吭一聲。還拿著抹布、挽起袖子擦著髒污，儘管做得不是很好，因為宋清真的有潔癖，同個地方花了太多時間。

白芸愣了愣，她好像有點太習慣吩咐宋清做事情了，而這男人也不知道拒絕，太實誠了。

白芸想了想，笑著問道：「宋清，你有沒有什麼喜歡的東西？」

宋清不明白白芸是什麼意思，但還是說了一句。「喜歡薄荷。」

白芸點點頭，沒再說話。

到了下午，白芸留著家人在鋪子裡，自己去找了木匠，訂了一批普通茶樓用的桌子、椅子，還有一系列的設施。要花不少銀子，宋清說讓他來想辦法。約好了先交訂金，家具三天後送來，一個月以後付尾款。

天黑後，一家人就駕著牛車回家了。

第二天一早，一家人又齊刷刷地去了鎮上，就這樣一直持續了好幾日。

村人自然是好奇的，都想知道為啥這宋家人老是往鎮上跑，且一去就是一天，晚上才摸黑回來。

但是誰也沒有消息，因為他們一家人白天都不在村子裡也不在家，根本就沒有機會問。

宋家的鋪子在鎮東，白芸原本給鋪子取名叫「白宋茶鋪」，本意是自己的姓加宋家的姓，一家人整整齊齊，誰也不落下。

後來宋清說「白宋」諧音是「白送」，不太合適，白芸才反應過來，哭笑不得，自己怎麼取了這個名字，就把宋和白兩個字對調了一下。

城東這條街算不上是商業街，周圍賣的都是瓷器或綢緞，比比皆是，宋白茶鋪倒不是特別的顯眼，在一排鋪子的左邊。

裝潢就沒怎麼弄了，因為原來的裝潢白芸還是很喜歡的，就沒有改變。

只是在前面擺了一個大大的櫃檯，櫃檯不一樣，是淡色的，沒有紅色的釉面，雕刻著百花，很漂亮，拋得光亮，這也是木匠的存貨。

木匠說是早兩年就有人定下來，但是一直沒來取，就擱置了，可以賣給白芸，白芸喜歡就要了。

店鋪的周圍放了各種櫃子，錯落地隔開了桌椅，也算是不像一般的大堂一樣一覽無遺。

櫃檯上面，白芸特意讓宋清寫了幾張菜單出來，什麼茶、什麼糕點都標注得清清楚楚，馮珍好手藝，會做的糕點不少。

栗子糕白芸也嚐過，特別合她的胃口。

鋪子的後院也整理出來了，雜草什麼的通通拔掉了，中間石子鋪的路倒是不用怎麼費心，掃一掃就已經很乾淨了。

就是雜草除掉以後，看著一片光禿禿的，不是很美觀。

一家人打掃完後齊聚在大堂裡，找了張大的桌子坐在一起，馮珍和宋嵐愛惜地摸著這些桌子，心底對生活有著滿滿的期待。

宋嵐很是高興，有點羨慕地說：「嫂嫂，妳真有本事，能買鋪子和牛車，又蓋新房子，妳是村裡的頭一份。」

「是咱們家人厲害，買鋪子的錢妳哥也出了很多。」白芸給宋嵐和馮珍都倒了一杯茶。

「妳夫家人不行，咱們娘家可得撐起來，到時候那些潑皮、無賴來找，我們也有底氣不回去，如果想，還可以狠狠把人打出去，給妳出氣。」

這段時間白芸時不時就會想起這回事，宋嵐從她夫家跑回來已經有些日子了，那群人就跟沒發現一樣，也沒來找。

不過沒來找也就沒來找了，記得見宋嵐第一面的時候，白芸就給她看了面相，如果那群無賴找來，怕是會有血光之災。

若日後實在覺得不安心，她就雇幾個壯丁，護送宋嵐回去拿和離書。

「欸，謝謝嫂嫂！」宋嵐的笑容大了些，她是很感激嫂嫂的，要不是嫂嫂，他們家的日子估計難過得就快活不起了。

她娘一個女人，帶著孫子，她爹在外家找了個活計照顧大哥，現在大哥回來了，但是父親還沒回來，就是因為有活計，脫身不得。

如今哥哥回來了，嫂嫂也輕鬆一些，日子可不就是欣欣向榮、蒸蒸日上了嗎？

一切都在往好的方面發展。

大家正說著話時，外面的大門被敲響了，所有人都愣了愣，趕忙過去開門。

門一開，外面來了一男一女，身後跟著兩輛板車，一板車上面是各色的花花草草，另一板車是一盆盆的薄荷，鬱鬱蔥蔥的，還散發著淡淡的清香。

「客人，這是您要的花草和薄荷葉，我們可是尋摸了很久，都在這裡了。」那女人站了出來，對著白芸笑了笑。

「麻煩你們幫著抬去後院吧，多謝。」白芸讓他們幫著搬去院子裡放。

「妳買的？」宋清掃了一眼那些薄荷，目光看向白芸，眼裡有點驚訝。

他記得白芸昨天才問過他喜歡什麼，他當時說的是薄荷。

白芸注意到了他的目光，對著他笑了笑。她只是想感謝一下這段日子以來宋清的照顧和信任，而且這店鋪也有一半是宋清的錢，鋪子的裝飾、擺件，什麼都是按照自己的喜好定下來的，應該也讓他有參與感才是。

「是我買的，這些日後可以做成飲品，好看又好聞，日後你要用，也可以隨時找到。」

宋清本來對院子裡放什麼花草是沒有什麼想法的，但是看白芸笑得如此多嬌，他忽然覺得這些薄荷格外漂亮、養眼。

第十四章

到了開業當天，宋家人一早就來了，甚至比平時來得更早。

其實已經沒有什麼活兒要幹了，一切都已經準備妥當，連買回來的茶杯、餐盤、茶壺都是洗了又燙、燙了又洗。

但由於大家昨天晚上太激動了，都沒有怎麼睡好，所以乾脆一大早就起來了，想著來早一點，再把事情都弄得更完善一點。

白芸坐在店鋪裡打著哈欠，其實她睡得挺香的，但因為昨天晚上踢了被子，一大早秋涼，給冷醒了。

一起來發現院子裡婆婆、小姑子、丞丞都已經穿得整整齊齊地坐在院子裡了，她還嚇了一大跳，這一清醒就再也睡不著了。

宋清是在她洗漱的時候起來的，她也不覺得奇怪，這個男人向來喜歡早起。

醒都醒了，一家人就來鎮上了，還讓外面做餅子的老闆做了幾個甜醬餅子送到店鋪裡，又按人頭買了豆漿喝，算是結束了早餐。

馮珍和宋嵐是要一直待在店鋪裡經營的，兩人眼裡彷彿有幹不完的活，就怕一會兒萬一有客人來了招待不周，要鬧了笑話。

「娘、阿嵐，不必如此緊張，如果有人來了，盡心招待就是了。我們是第一天開業，不必做到面面俱到，日後自然有的是時間更完善。」白芸寬慰道。「再說了，也不見得咱們開門就有生意了，若是沒人來，那不是白激動了？」

馮珍和宋嵐一想，白芸說得是啊，這才終於坐下來休息了一會兒。

中午一過，大夥兒吃完了午飯，便把鋪子門大大地打開了，亮光一下子就照了進來。

因為鎮上不認識什麼人，白芸就沒想大辦，買了一掛炮竹，往門口一丟就算完了。

宋清拿了根竿子，把牌匾上的紅布一扯。

白芸就朝街上喊了一句——

「各位，麻煩讓個道！我們新鋪開業，燃個炮竹，大家都一塊兒樂呵樂呵！」

大家都是喜歡吉利的，人家新鋪子開業，也是大好事，沒人會這麼不識趣，便都往旁邊靠，留了一個空位出來。

馮珍拿著一根火棍出來，點燃了引線。

白芸眼疾手快地把炮竹丟在空地上。

鞭炮噼哩啪啦地大聲炸開，靠得近的人都捂上了耳朵。

丞丞不怕炮仗，便在旁邊笑呵呵地鼓掌。

鞭炮燃盡以後，路過的人都駐足鼓起了掌。

大家看了看鋪子的牌匾，見是個茶鋪，有些沒興趣的就走了，有些正好走累的，就徑直走了進去。

馮珍和宋嵐一喜，連忙招呼人進去。

因為兩人準備得很好，白芸便沒有上前幫忙，想著兩人應該能應付得過來。

宋嵐負責給客人點茶，雖然剛開始有點磕巴，但很快就適應了，變得像模像樣了。

馮珍則是負責按照宋嵐傳來的單子，在櫃檯泡茶，然後又由白芸端出去。

時間用得有點長，不過還可以接受，幾個客人聊著天，也沒覺得有多慢。

剛剛開門就來了一桌客人，可以說是還不錯了。

馮珍和宋嵐剛剛坐下，又來了一群公子哥兒，一個個都讓白芸覺得眼熟，穿的衣裳都是緞子做的。

那群人一進來，先掃了一眼，看見白芸時眼睛都亮了。

為首的那個公子哥兒一站出來，白芸就想起來了。

這不是她第一次擺攤的時候，來找她卜卦的那個騷包嗎？

萬一鈞走上前來，搖著手上的摺扇，給白芸做了一個抱拳禮。「白大師，恭喜開業大吉！」

儘管白芸很懵，不知道為什麼萬一鈞會認出自己，畢竟她給他算卦的時候，面具遮得那是嚴嚴實實的。但來者皆是客，何況人家還是來賀喜的，白芸的態度自然也很好。「多謝多謝，快坐！你們怎麼知道我這裡的？」

萬一鈞坐了下來，嘿嘿一笑。「大師，看到對面的布莊了嗎？那是我家的鋪子。我前兩日就看見您了，看您在忙，便不好來叨擾，開業了才特地來賀喜。」

白芸的目光轉向門外，那布莊好像還挺有名氣的，許多牛車、驢車都往這邊來，算是拉動了這一片的人流，原來就是他家的。

「原來是這樣，多謝萬公子捧場了。」白芸點了點頭。說實話，萬一鈞的變化還挺大的。當然，外表穿著還是一樣浮誇，但是談吐氣質已經發生了很大的變化。想來，當初她幫萬一鈞算的卦已經應驗了，他找到了他的貴人。「不過，萬公子是怎麼找到我的？」白芸想了想，還是把心中的疑問說了出來。她實在很好奇，難不成她的面具是能透視？

萬一鈞愣了愣。「大師您不知道？」

「我該知道什麼？」白芸的嘴角抽了抽。很奇怪嗎？她是會看相，但也不是什麼事情都能知道的好嗎？

萬一鈞立即說道：「鎮守家的老太爺是不是得您相救？」

白芸點了點頭。「是有這麼一回事。」她還拿了好大一筆錢開了個鋪子，是個難得的大活。

「那不就成了嗎？」萬一鈞拍了拍大腿。「孟老爺子是咱們這裡有威望的人物，我們家也同鎮守交好，所以老爺子大病初癒，我爹就領著我去登門拜訪了。老爺子那是紫氣東來、面色紅潤，說大師您的手法高超，能驅魔降妖，還是個戴著面具的仙姑，特地請人畫了您的畫像，說是您救了他的命，不敢忘記您的真容。我要看，老太爺卻非不給看，我就偷偷趁他不在時瞧了一眼，想都不用想，我就知道那是您。得了老太爺的宣傳，您可算是咱們鎮上最近數一數二的風雲人物了！我都沒敢說我認識您，不然我萬家的門檻怕是要被踏破了。」

萬一鈞鬼鬼祟祟地說了一大串，白芸聽得額角都狠狠地抖了抖。好傢伙，到底要不要那麼誇張啊？那她戴面具還有個什麼用？

不過想想也是，自己還是個草根平民呢，人家想知道自己的底細一點都不難，且人家只是留著感恩用的，也沒讓別人看，她沒什麼意見。

而且她日後也打算不戴面具了，現在有了產業，算是站穩了腳跟。

最主要的是，家人也都知道了她的事情，戴不戴面具也沒什麼影響了。

摘了面具她也能輕鬆一些，茶鋪後面有個耳房，她整理一番，日後還可以作為算卦的地方，只要有了名氣，就不用出去擺攤了。

店鋪門前排排站了六個人，手上皆拿著長棍，長棍上掛著一掛鞭炮。

萬一鈞拍了拍手，一聲令下，那些夥計就拿著小香點燃了鞭炮，鞭炮的硝煙滾滾而出，那陣仗，要多精彩有多精彩，比白芸自己扔的炮仗顯眼多了。

放鞭炮一般都會吸引很多人來，其中一個原因就是鞭炮很貴，算是一個響噹噹的節目了，大家自然會駐足欣賞。

鞭炮放完後，萬一鈞說了幾句大吉大利的祝詞，又問了白芸日後是否會常在鋪子裡，這才告辭了，說是過幾日再來叨擾。

白芸滿感激他的心意的，他這鞭炮一放，整條街的人都圍過來了，店裡不說人滿為患，那也是桌桌客滿。

馮珍和宋嵐忙得變成了陀螺似的轉，白芸和宋清也自覺地加入幫忙的隊伍。

到了傍晚，一家人坐在牛車上算帳，數數居然也賺了五百文，已經很不錯了。

「我的乖乖喲，一天就掙了五百文，不是說咱們鋪子的位置偏嗎？這要是兩天，豈不就是一兩了？」馮珍捧著錢，都不知道該往哪裡放好。

這是她們通過一天的勞動換來的錢，她們格外珍惜，也覺得很不可思議。本以為女子只能在家裡做家務，要不就是下地跟男人一起賣苦力，否則賺不到什麼正經錢，眼下兒媳婦卻告訴她們，還有別的路可以走，而且比以前的日子好過，這讓她們整個人都像窩在雲彩裡，幸福得飄飄然了。

「娘，這是因為今天放了太多的鞭炮，吸引了許多人的注意，否則可能真沒那麼多人。」白芸笑著，她也沒想到鞭炮的威力這麼大，不然她老早就買個二十掛，整條街地放！

第二天的生意就如同白芸所說的，沒有那麼好了，只坐了幾桌，都是昨天來過的，說馮珍的栗子糕做得好吃。

正當白芸覺得沒那麼忙，可以躲進耳房裡睡個午覺的時候，旁邊來了一個婦女，探著頭進來就問——

「你們掌櫃的在哪兒？」

馮珍愣了愣，沒瞧見白芸，便用抹布擦了擦手，走了出去。「怎麼了？」

「哎呀，妳家孩子被馬車軋了，嚇死個人，你們快過去看看吧！」

「什麼?!」馮珍驚叫出聲，二話不說就往外走。「人在哪兒？快帶我去瞧瞧！」

丞丞被馬車軋了？聽到這個消息，白芸和宋嵐也第一時間從凳子上跳起來，跟著那報信的人去了，桌子被白芸一撞，還摔了一個茶盞。

客人們被這一變故驚了一下，但誰也沒有多說什麼，畢竟孩子的事情就是大事，換了他們也會這樣，沒什麼不能體諒的。

馮珍在前面飛快地跑著，白芸和宋嵐在後頭追，不知道一向乖巧懂事的丞丞怎麼會突然跑出那麼遠，還被馬車給軋了。

白芸心裡無比自責，整個鋪子就她最閒，卻沒有把孩子看好，出了那麼大的事情，她也有一點責任。

跑沒多久，拐過一條巷子，那報信的婦人就停了。「快去，就在那裡！」

馮珍都來不及回應，就瞧見那大道上面停著一輛馬車，馬車旁邊站著三個人，有兩個看著是小廝模樣的，另外一個人站在旁邊，趾高氣揚的，額角還垂下一縷碎髮，一看就是兩個人的主子。

看來看去，卻沒有瞧見小丞丞的身影，白芸都不敢想了。走到馬車前面，就看見小丞丞像垃圾一樣被人丟在旁邊，小小的眼睛閉著，胳膊和腿上的衣服都被擦爛了，有血跡冒出來。

「這是誰家的野孩子？快點上前來！本少爺也不是那不講理的人，不管人是死是活，都賠五十兩銀子！」那碎髮男的聲音很大，自認為很瀟灑地說道。

聞言，周圍圍觀群眾的眼神由心疼孩子轉為有些許的羨慕。一個孩子，無論死活都賠五十兩？賣到人牙子手裡都賣不出這個價格呢，真是有點闊綽。

只有那些真正當了母親、愛孩子的，眼裡不僅心疼，還閃出了幾縷憤怒。難道五十兩就可以買一個人的命嗎？若是換了她們，她們絕對不會願意的！

白芸現在什麼都聽不見了，她顫抖著手，走過去跪在小丞丞面前，都不敢碰他。

他那麼小，此時蜷縮在冰冷的地上，手上有著大片大片的傷，看著觸目驚心。

白芸的眼淚一下子就掉落在地上，有些害怕地伸出手來，探了探丞丞的鼻息，心臟也跟著怦怦怦地跳，直到手指頭感受到微弱的氣息，才讓她稍微鬆了一口氣。

「娘、阿嵐，快！快來！快來抱丞丞去醫館！」白芸大吼道，生怕因為自己的猶豫而耽誤了孩子的生命。

馮珍和宋嵐看丞丞這樣，連哭都不敢，抱著孩子就往醫館跑。

圍觀的人迅速讓出了一條通道來，讓她們出去。

「喲，這撞了人的是誰家的少爺啊？咱們也沒見過啊！」

「是沒見過，還駕著馬車呢，一看就不是簡單的人家。」

「廢話，要是簡單的人家，能張口閉口就賠五十兩嗎？我看啊，又是一個得罪不起的主兒，那家人怕是要吃癟咯！」

眾人的議論聲傳進白芸的耳朵裡，她冷冷地看著站在一旁抱著雙臂的男子。她很擔心兒子，也想跟過去看看，但又不能讓兒子白白挨人撞。

「喂，妳那是什麼眼神？」碎髮男不悅地反瞪她一眼，冷笑道：「我又不是不賠妳銀子！喏，五十兩，買一個孩子，夠了吧？」

他語氣有點輕蔑，周圍議論的人也好，剛剛被撞的人也好，面前這個姑娘也好，總之在他眼中都不過是賤命一條。

他沒有時間浪費在這群人身上，沒錯，連一點愧疚的時間都沒有，因為在他眼裡，這些都不算人。

說完，他從錢袋子裡掏出了一張五十兩的銀票，隨意往跟前一丟。

那銀票掉落在跪著的白芸面前，像是在打發叫花子。

白芸盯著眼前的銀票，嘴角一勾，眼裡的寒意更甚。

她緩緩站起身，與碎髮男平視，冷冷地說：「你撞了我兒子，道歉。」

「我道歉？」碎髮男好像聽到了什麼好笑的事情，皺眉說：「我看妳年紀小，聽我一句勸，拿了錢就趕緊滾，別給自己招來禍患。」

白芸也笑了，彎腰撿起那五十兩銀票。

「嗯，算妳聰明！我們走。」碎髮男看她把錢撿起來了，眼裡更是不屑，以為事情就這樣解決了，轉身就要走。

「等一等！」白芸喊了一聲。

碎髮男轉身。

白芸上前，手握著那張銀票，一拳頭就砸在他的臉上！

「嘶——」

這突如其來的一幕驚得大家猝不及防。

碎髮男也是措手不及，連躲閃都沒有，結結實實地挨了一拳。

白芸的力氣比起馮珍這種長年幹活的人來說不算大，但她的力氣也絕不是一般小姑娘可比的，畢竟原主在白家的時候，也是鎮日裡提桶挑水的，最近又吃得好了，不過是因為馮珍心疼她，常常說她沒力氣，所以才讓周圍人都覺得她很柔弱。

這一拳頭打下去可不算輕，把那碎髮男的嘴都打破了。

「誰他娘的差你這五十兩銀子？」白芸揉了揉拳頭，從錢袋子裡掏出五十兩銀票，甩在碎髮男的面前。「這五十兩你拿去，是死是活我都賠你！」這是她買完店鋪以後最後剩下的錢了，可如今被人欺負到頭上，她也管不了那麼多了。

「妳好大的膽子！」

碎髮男身邊的兩個隨從看到自家少爺挨揍，立即跳了出來，氣勢洶洶的態度把路人都嚇了一跳。

白芸卻沒有退卻，不卑不亢地看著碎髮男，悄悄從袖口裡捏住一張黃紙人。要是這些人上來她肯定打不過，但是她也絕不會讓這些人好過就是了，大不了就來個玉石俱焚。

「你們兩個給爺退回去！」碎髮男用手抹了抹嘴角上的血漬，眼神陰鬱地盯著她。「我很欣賞妳這種下賤的人，敢打本世子的妳是頭一個，但人有高低貴賤之分，五十兩能買你們的賤命，卻買不了我的一滴血。今日我不打妳，但我必定會讓妳知道什麼叫後悔。」

「我等你來讓我後悔！同樣地，我也會讓你後悔！」白芸眼神冷漠，一字一句說得很鄭重。

碎髮男沒有再聽她說話，逕自上了馬車，兩個隨從也坐了上去，駕著車揚長而去。

他們一走，圍觀的人就圍了上來。

「小娘子，妳這是何苦啊？那人一看就是富貴人家的，妳怕是要遭難了。」

「是啊！不然妳追上去磕兩個頭、說幾句好話，看看能不能就這樣算了？不然好好的日子都要被人給攪和了，犯不著啊！」

「你們這些沒骨氣的，是他先撞了人家的孩子，怎麼反倒要她去道歉？」

「呸！你安的什麼心啊？我們都是為了她好，這時候了你還說這種害人的話！」

人們勸慰的聲音有大有小，意見卻難得的統一了起來，都是讓白芸追上去道歉的。

唯一一個跟白芸想法相同的還被罵了一遭，說他動機不純。

這個世道，大多數人都是苦難者，苦難者有苦難者的生存法則，讓自己全身埋到塵埃裡，連頭都不敢抬起來。

白芸沒出聲，撿起地上的兩張銀票，往醫館走去。

她不傻，看得出來那個男子是個大富大貴的，而且得祖上庇佑，近兩年來的氣運好到讓人嫉妒。

但是白芸不怕。

這個世道就是這樣的，人雖從出生起就分好了高低貴賤，但她白芸可不是這個世界的，她就算來到了農家丫頭的身子裡，骨子裡也還是相師白芸。

匆匆趕到最近的醫館，就瞧見宋嵐站在門口，白芸上前去問丞丞的情況。

宋嵐一臉急切，看白芸來了，求助一般地說：「嫂嫂，我先不跟妳多說了，妳知不知道我哥在哪裡？丞丞一直都不醒，還得喊我哥來瞧瞧。」

一直不醒？白芸也跟著急了。這一直不醒的原因可大可小，若只是受傷、受驚才昏迷，那還好；若是摔到了腦子，變成了植物人，那可就造孽了。

「嫂子，妳快想想辦法好不好？我哥一早就出去了，也沒跟我們說去哪兒，這鎮子那麼大，我該怎麼找？」宋嵐急得淚花都要往下掉。

白芸拍了拍她的背，從袖口捏出紙人，灌進了幾縷相氣，又扯過宋嵐的一根頭髮。想要找到宋清的方位，那就得用本人的東西，或者至親的毛髮之類的。

把頭髮壓在紙人上，白芸掐出了個手訣，觀察著，十多秒以後，她抬起了頭說：「西南方向，水的旁邊，樹的下面，妳哥在那裡，快去找找。」

「欸，我這就去！」宋嵐一聽，雖然不知道那是個什麼地方，但有了方向，她立即拔腿就跑，生怕晚一點姪子就被耽誤了。

白芸緩緩吐出了一口濁氣，才踱步進入醫館裡。

醫館不是很大，有一整面牆的抽屜，抽屜上面刻著大大小小的字，旁邊則是用厚布圍了起來。

白芸猜丞丞就在裡面，趕忙走了過去，把布掀開，對上的就是丞丞那雙緊閉的眼睛，還有蒼白的小臉。他像個沒有生命的娃娃一般，躺在小小的床上。

馮珍早在一旁哭紅了眼，看兒媳婦來了，才抹著眼淚站了起來。「阿芸啊，妳不是會看相嗎？妳快給娃兒看看，看看娃兒能不能醒來？娘求妳了……」

白芸握了握馮珍的手，點點頭。「娘，我這就看。」她走向丞丞。

這種時候看相其實沒有意義，就算看也只能看出個輕重緩急來。不用想也知道，孩子傷得不輕，這種時候，大夫永遠比相師管用。

白芸只是略微掃了一眼，就知道丞丞傷得很嚴重，但她還是一直坐在床邊認真地看，就為了給馮珍一個心安。

看了半晌，她才起身。

馮珍便著急地問：「怎麼樣啊？」

白芸抿了抿嘴才說道：「娘，不算特別嚴重，等宋清來，應該就好了。」

其實白芸也不是很確定宋清能不能救丞丞，只是安慰自己、安慰馮珍罷了。但她心中就是莫名相信宋清可以，她的第六感一向很準。

「欸，那就好，那娘就放心了！」馮珍對白芸是一百個相信的，她的兒媳婦有神通，跟天上的仙人一樣，說什麼就是什麼！

得了白芸的話，馮珍才放心了一點，眼神一直往醫館外察看著，看看宋清來了沒有。

宋清要過來估計沒有那麼快，越等越讓人心發慌，與其讓馮珍眼巴巴地乾等著，不如給她找點事情。

白芸想了想，便讓馮珍去店裡拿給丞丞備好的衣服，他身上這件是穿不了了，一會兒好給他換上。

馮珍一聽，趕忙就起身去了。

宋清回來了，他步子很匆忙，額角上都是細汗，罕見的沒有掏出帕子來擦，而是任由它掛在臉上。

「宋清，你回來了？快給丞丞看看！」白芸「噌」地站起來。

「嗯，我來了，別怕。」宋清對上她那焦急的臉，有一絲心疼，她從來都是從容不迫的，好像沒什麼是她看不見、算不到的，如今這個樣子他倒是第一次見。

白芸幾乎是推著宋清去給丞丞看病，自己則是站在旁邊等著。

雖說她不是丞丞的親媽，但她和這個孩子有緣分，平日裡也是丞丞給了她許多安慰，如今丞丞變成這個樣子，她不比別人好受。

宋清認認真真地給丞丞檢查了一下全身，才站起身掏出帕子把額角的細汗擦了。

「怎麼樣？你可以治好嗎？」白芸的眼睛死死地盯著宋清，心裡有些緊張，生怕宋清說出什麼不好的結果來。

「別怕，沒什麼事，雖然傷得有點重，但可以治好。」宋清很快地給出了答案。

聞言，白芸一下子坐回了凳子上，整個人都鬆快了。能治好就行，別的都不怕。

「所以丞丞的傷到底是怎麼回事？」宋清也是光顧著給丞丞治病了，還不瞭解前因後果，不知道究竟是怎麼了。

白芸冷笑一聲，把事情的前因後果跟宋清說了個明白，又說道：「生在這世界上，就沒見過這麼無恥的人，就算他不來找我，我也是要去找他的，傷了我兒子就得付出代價。」

「嗯，我也是這麼想。」宋清點點頭，眼裡也染上了一絲惱怒。「不過，那些人是誰？」

白芸愣了愣。「不知道。」

宋清嘆息了一聲。「也許很快就知道了。」

鎮上的大夫沒有宋清的醫術好，住的環境也差勁，除了多了許多藥材，因此白芸乾脆抓了許多治療內傷的藥，就帶著丞丞回鳳祥村了。

這兩日鋪子是宋嵐去張羅，馮珍和宋清留在村裡照看還沒有醒的丞丞，白芸則是去了鎮守府。

鎮守府內。

孟正和許之華都坐在八仙椅上，白芸坐在他們的正對面。

「仙姑今日怎麼有空來了？我們還想著過兩日去拜訪仙姑您呢！五日後我家老爺子過壽，不知道您可否賞臉來吃酒？」許之華笑吟吟的，她很樂意仙姑來，跟這樣有本事的人處好關係，日後有什麼不順都能知道。

孟正也在一旁點頭，讓丫鬟上了茶水、點心。

「吃酒好說，不過我這次來，是想請鎮守幫我個小忙。」白芸也不廢話，直接把自己的來意說了出來。

「小忙？」孟正沒想到白芸是來找他的，有點驚訝，隨後又有點慌亂。「敢問仙姑，是什麼忙？」

「鎮守放心，我不會讓你為難的。」白芸喝了一口茶水，才又道：「我就是想問問，最近這兩天有沒有什麼貴人來了咱們鎮子？」

「貴人？」孟正疑惑地傾了傾身子。「什麼樣的貴人？」

「駕著馬車的，看穿著打扮應該不是咱們鎮上的，身邊跟著兩個隨從，喔，額頭前面留著碎髮。」白芸耐心地描述道，把那碎髮男的特徵都說清楚了。

許之華想了想，拋出了一個線索。「額前留碎髮？那不是長安郡的人嗎？我聽安溪縣的夫人們說，那地方跟咱們這兒不一樣，人們額前要留著碎髮。」

白芸不知道，只點了點頭。「也許是的。」

孟正捏了捏下巴，沈思一會兒後，突然拍了拍手。「呀，好像真有一個！五日後是我家老太爺的生辰，老太爺之前有許多交好的好友，其中就有長安郡毅安王的世子要來，聽您這麼說，難道他是提前來了？」孟正興奮地說著，忽然察覺白芸的臉色不對，猛地住了口，又問：「仙姑，可是發生什麼事情了？」

白芸點了點頭。「這人撞了我兒子，我想找他討個說法。」

孟正的臉都綠了，他站了起來，想說點什麼，又坐了回去。

早知道他就說不知道了，一邊是神通廣大的仙姑，一邊是權勢滔天的毅安王府，兩邊都是他要小心伺候的角色，怎麼這兩邊卻對上了？老天爺這是在玩他呢！

如果兩邊真起了什麼衝突，那人是他們家請來的，他該如何是好？

許之華看了眼自家夫君，嘆息了一聲，才坐到白芸身旁。「仙姑，這毅安王的世子叫毅陽，向來都是無法無天慣了的，長安郡又是毅安王的封地，毅陽世子從小就長在那裡，除了強搶民女外，其他的惡事那是一樣不落的，名聲很是不好。不是覺得仙姑您不行，但有毅安王在他身後坐著，這仇怕是不好尋。」

「我知道。」白芸點了點頭。「可再不好尋，我也要尋。我兒子到現在都沒醒，若是他在他的地盤無法無天也就算了，但他傷了我兒子還出言不遜、不知悔改，這仇我必還之。」

白芸壓抑著自己身上的戾氣，她明白許之華說這話是為她好，且她來之前就做好了心理準備，知道對方敢那麼囂張，來頭肯定不小。

但她不惹事卻也不怕事，就算對方是天王老子，她也得把仇報了。

白芸一席話，把許之華再要勸說的念頭堵得死死的。是啊，人家的兒子被馬車撞了，到現在都沒醒過來，若是換成她，她也得急。

許之華抿了抿嘴，又說道：「仙姑，我也不勸您了，您是個有本事的，又對我們家有大恩，只是我們全家人微言輕，這事怕是幫不上什麼忙。但只要是能做到的，您知會一聲，就算旁的人不幫，我許之華幫。」

白芸詫異地看著她，沒想到許之華會說這種話。她本只是想來打探消息而已，沒有想把鎮守一家往禍水裡滾。

鎮守家到底是不一樣的，若有點差池，得罪了毅安王，那麼之後人家來算帳，他們想跑也跑不掉。

但即便如此，許之華還是說了要幫忙，這份心倒是不可多得，她記下了。

想了想後，白芸說道：「無事，我不會為難你們的。我最後再問一句，你們可能幫我打聽打聽那毅陽世子在哪裡下榻？」

許之華點頭。「我這就去打聽，若是得了消息，我讓人給您送去。」

「好，多謝許夫人，那我就告辭了。」

白芸從鎮守府出來後，想著先回茶鋪裡等許之華的消息，等走到鋪子前時，沒等來宋嵐出來迎接，卻見自己鋪子的門前被幾個兵官圍住了，烏泱泱一群路人正在指指點點的旁觀。

「哎喲，怎麼這麼嚇人！發生啥事了呀？」

「是啊，老嚇人了！也不知道這茶鋪是犯了啥事啊？」

「我倒是知道一點，這個茶鋪東家的孩子日前被馬車撞了，那馬車的主人雖說要賠錢，但口氣可不小，根本不把我們這些尋常老百姓放在眼裡，還說要人家後悔呢！我估計啊，就是那日惹出來的禍事喲！」

「我還來過這個茶鋪喝茶呢，掌櫃的是個孀子，在店裡的態度很是不錯，看著都挺好的啊！女人們能犯啥大事咧？估計是那撞人的不講理吧！」

「你們幾個，都給我滾旁邊去，別看了！」官兵們聞言，蹙了蹙眉頭，手裡的長矛往群眾面前一劃拉，嚇得人們一下子退了兩三步。

不知道是誰在退後的時候，把身後一個賣菜的大爺給撞翻了。

大爺還沒來得及起身呢，青菜也散落了一地，當即哀號道：「哎喲，我的菜啊！大家別踩，都別踩啊！我的菜啊！」

他想伸手去撿菜，但是密集的人群沒給他這個機會，菜早就被踩踏得不成樣子了。

大爺心疼地撿起一些好一點的，扒開外面髒了的菜葉子，一點點地往自己的筐裡放。

白芸見狀，蹙了蹙眉頭，還沒來得及上前，耳邊就傳來了宋嵐的哭聲——

「你們也太欺負人了！我們犯了啥事？你們目無王法，我要去告官！」

「呵，妳去告吧！得罪了毅陽世子爺，妳告破天去也沒人敢管！快點走，不然老子一棍把妳叉出去！」裡面的官兵罵罵咧咧的，拿著長矛指著宋嵐，把她逼出門外。

宋嵐知道是怎麼回事了，也不敢再上前，只是死瞪著那官兵。

白芸怒了，上前就打掉那名官兵的長矛。「有事說事，刁難女人算是怎麼回事？有什麼話跟我說！」

宋嵐看白芸來了，眼淚簌簌地就往外流。「嫂嫂，妳來了！咱們的鋪子被這群人占了，他們啥都不說就把我們的客人趕走了，還說咱們不能繼續待了，這可怎麼辦啊？」

「沒事，妳先站後面去，有我呢！」白芸拍了拍她的肩膀，擋在她的面前，安慰道。

那官兵上下打量了白芸一眼，不怒反笑。「喲，又來了個女的！長得倒是不錯，不過嫁了人的，妳官爺爺沒興趣！走開走開，別耽誤我們辦事，有啥不滿的讓妳男人來說！」

白芸面對這不知道從哪裡來的流裡流氣的官兵，只覺得心裡很暴躁。

她剛剛也聽明白了是怎麼回事，不就是毅安王世子那天說過的，要讓她後悔的話嗎？原來就是指這個。

「阿嵐，我們先回家，這裡他們要占就讓他們占，日後嫂子定讓他們爬著滾出去！」白芸不與他們多糾纏，這些人都是聽毅安王世子的話來的，就算她今天趕走了一個，後面還有一群等著呢！

他們想讓她們做不了生意，白天她不能怎麼樣，但晚上她會讓這些孫子哭著滾回去的！

鬧劇持續沒多久，有個眼熟的人悄悄從人群中走了出來，往鳳祥村的方向走去。

那個人就是宋春香，宋清的堂妹。

自從上次在同樂客棧丟了那麼大的臉，又在同村人面前被花娘羞辱了一家子，她就覺得憋屈、難受。

尤其是自己的爹，居然欠債買了妓子，結果打腫臉充胖子卻還被一個妓子嫌棄了！她曾經是多麼崇拜她爹，如今都變成泡影了。

想當初在村子裡，在那群村姑眼中，她向來都是被人羡慕的對象，誰不知道她從小金枝玉葉，一看就是要嫁去富貴人家當太太的。

可哪裡想得到，出去一趟回來後就變成了這個樣子，反而她這個堂嫂是越發能耐了，還偷偷背著他們家開了個鋪子，半句話都沒說！

這還叫一家人嗎？為什麼不把那銀子借給他們家解燃眉之急？如果那銀子給了他們家，那她爹就還是風風光光的帳房先生，她也就不必被人偷偷在背後笑話了！

而且，會發生這種事，她這個堂嫂也要負很大一部分責任，誰讓白芸不拿出個長輩的樣子，搶著去付錢，不然她哪裡能知道自己爹欠錢的事情？

她今日出來本是想散散心的，順便看看能不能碰上有錢人家的公子，晃悠了好久都沒看著，卻聽到了這麼振奮人心的好消息。

老天爺啊！她都聽見了，那可是世子爺啊！

聽旁邊的大娘說，白芸不僅得罪了世子爺，還往人家臉上甩了一個大嘴巴子，這下白芸肯定死定了！

誰讓白芸不知好賴，人家不就是撞了一下丞丞嗎？反正生下來也是賤命，死了就死了唄，還敢還手、回嘴，真是不要命了！

宋春香激動地冒汗，邁開腿就往鳳祥村跑，回到村子裡後，逢人就說宋清家要倒大楣了。

「妳說啥呢？怎麼可能嘛！」旁邊有村婦不信，質疑著。

「怎麼不可能啊？你們這些人天天待在這小破村裡，能知道個啥哩！」宋春香嫌棄地看了她一眼。「我親眼瞧見了，他們家開了個鋪子，就在鎮上！這些日子早出晚歸的，估計就是因為這件事。她瞞著村裡所有人，不就是怕你們這些人找他們家借銀子嗎？真不地道！而且那個白芸膽子可大著呢，得罪了世子爺，還打了人家一巴掌，要是人家不找她算帳才有鬼了！這不，立即就讓人把他們家鋪子給封了！我看啊，這還不算完呢，早晚找到咱們村裡來！

「你們說白芸是不是瘋了？人家是什麼人，輪得到她來教訓嗎？哈哈，到時候來人了，你們可得躲著點喲，別讓他們的血濺到你們身上去，省得買不起新衣裳，穿著還晦氣呢！就算她先前認識什麼大人物，估計人家也不會幫著她了，誰會為了個鄉下人得罪世子爺啊？」

宋春香說得得意又張狂，臉上的喜悅盡現，讓村裡人心裡泛起了嘀咕，寒毛都豎起來了。

「春香啊，白芸和宋清到底是你們家的親戚，還是近親呢，怎麼他們落難了，妳這麼高興？」

宋春香有點尷尬，接著白了那農婦一眼。「妳不懂就別瞎猜，親戚那也分好親戚跟壞親戚啊！就他們家這種親戚，再近都得遠離了，不然就要惹禍上身。」

儘管宋春香這落井下石和冷眼旁觀的態度讓大家不寒而慄，但她的話還是在村子裡掀起了一陣浪潮。

大半的人都成群結隊地聚在相好的鄰家，竊竊私語著，對一個農家女惹上了世子爺感到不可思議。

畢竟那個階級的人，是他們這一輩子都無法瞧見的，青嶺鎮除了縣官老爺，從未來過什麼官，這下來了個世子爺，這也太嚇人了。

「這下子宋家是真的不行了，先前還覺得白芸那丫頭有分寸、夠懂事，怎麼這回辦事那麼衝動？」

「可不是嗎？這一巴掌打下去，那可是祖宗十八代都完了！」

「娶妻要娶賢，還好不是我家娶了她，要是兒媳婦都跟她一樣，那還不亂了套？」

「這宋家也是倒了大楣了，唉……」

宋春香聽了這話，有點得意，跟著罵了幾句以後，就回家去了。

章麗聽見這個消息後，也很是驚訝，隨後就表示日後一定要跟宋家撇清干係，別被這場禍事給牽連了。

只有宋長江一個人眉頭緊皺，怒罵道：「愚蠢！光是撇清干係有什麼用？這算起來可是毆打皇親國戚，是誅連九族的大罪呢！咱們可都算在九族內。」

這話如同炸雷一樣，把宋春香和章麗都嚇傻了，尤其是宋春香，手裡喝水的杯子都砸在了地上。

她可不知道這回事啊！不然她剛剛絕對不會這樣高興的！這下可完蛋了，被這死女人給連累了！

章麗瞥了一眼驚慌失措的女兒，扯了扯宋長江的袖子。「長江啊！那怎麼辦啊？就沒有別的辦法嗎？」

「急什麼？」宋長江看章麗這麼多天來終於同自己說話了，嘴角不禁上揚，裝作一副高深莫測的模樣，說道：「咱們現在就去宋家，跟他們一家子斷絕關係，再拿書契到官府認證，就什麼事都沒有了。」

「還能這樣？」章麗有種劫後餘生的感覺，覺得宋長江也不是那麼沒用，起碼這種見識就比她多得多，當即點頭表示道：「那咱們快去吧！別等晚了，那一家子被人打死了！」

「嗯，我這就去寫契紙。」

宋長江寫完契紙後，就帶著章麗和宋春香一起去了宋家。

看著大哥家這剛剛蓋好的新房子，又想到大哥家裡還有不少銀子以及一輛牛車，宋長江就高興。

雖說是要斷絕關係，但這只是在官府走個過場，到時候這一家子都被處死了，這房子啥的不還是他們家的嗎？

第十五章

屋裡的白芸和宋嵐一回來就湊在丞丞的床旁邊，想看看他怎麼樣了？鋪子發生的事情，由白芸告訴了馮珍和宋清。

兩人聽完也沒說什麼，老實厚道的一家人面對這樣的禍事，也沒有人想著去指責白芸半句。

白芸剛想把自己心中的解決辦法說一下，就聽見外面傳來砸門一般的聲音。

「白芸，妳在不在家？白芸快開門！」

白芸挑了挑眉毛。找她的？這聲音聽著有點耳熟啊！她看了一眼丞丞，就起身去打開院子的門，映入眼簾的是宋老二一家人。

「怎麼了？叔父、叔母，有什麼事嗎？」

宋長江瞥了白芸一眼，像是在看一條落難的狗。「當然有事了！讓我們進去說。」

白芸眯了眯眼睛，沒說什麼，側過身子讓他們進來。

三人進屋後，宋長江就開口了，他眉毛豎起，有點不確定的樣子，問道：「姪媳婦，妳家最近怎麼樣啊？」

「不太好。」白芸笑了，用手點了點桌子。「有啥事你就說吧！借錢我們家是沒有的。」

「不借錢。」宋長江搖了搖頭，確認了女兒說的事情後，就從袖口裡拿出了那張他寫好的契紙。「這書契妳看看。姪媳婦兒，我知道你們家得罪人的事情了，妳堂弟是讀書人，可不能被連累，妳要還是個人，就簽了吧！」

經過這些日子的學習，白芸已大概看得懂這時代的文字了，她淺淺掃了一眼契紙上面的內容，挑了挑眉毛，有點意外。這是知道那世子的事情了？

「叔父想好了？簽了咱就不是一家人了。」白芸直勾勾地看著宋長江，把契紙放在桌子上。

「想好了，不是叔父不想跟你們成一家人，只是這事情太大了。沒辦法，若叔父只是孤身一人，那必定與你們共存亡的。」宋長江把契紙一推，臉上都是哀愁，還重重地嘆息了一聲。

那副樣子，不知道的還當他多捨不得老大家似的。

白芸點了點頭。「叔父想好了就成，我去把家裡人都喊來。」

「行，妳快去快去！」宋長江聽白芸答應了，心裡一喜。

白芸起身往屋裡走，她並不覺得宋長江這樣做有什麼不妥。世界上不是人人都跟宋清一家子一樣的，趨炎附勢是人的本性，他們會害怕也是正常的。

畢竟若是那勞什子的世子追究起來，確實是誅九族的大罪，宋長江這樣做很對，撇清干係，罪責自然落不到他家頭上。

但是白芸可不覺得自己解決不了這件事，既然她敢打人，那麼再大的人物她都不怕，不過正好藉著這件事，把宋長江一家子撇開。

古人云，不怕賊來偷，就怕賊惦記。這契紙簽了也好，省得宋長江三人天天藉著一家人為由來算計他們。

宋清和馮珍聽白芸說了這事，也沒有覺得不妥，痛痛快快地就把契紙給簽了。

「行，那我可就走了啊！」宋長江拿著契紙，像撿了如意寶貝一樣，揣在懷裡就要走。

「欸，叔父別急著走啊！」白芸見狀，攔住了他。「既然咱們不是一家人了，還是把契紙拿到村長那邊，讓村長在村子裡公示一下吧？日後有個什麼也說得清不是？」

「有契紙在就成了，要公示做什麼呢？」宋長江有點猶豫，他還想著宋家人沒了以後，占住房子呢，若是村人都知道了這事，那房子還有他的分兒嗎？

「叔父，你可得想好了，若是不公示，那在別人眼裡，咱就還是一家人。我得罪的可不是一般人，到時候人家不分青紅皂白地找到你們，你可沒處說理去。」白芸一臉「我是為你好」的樣子勸說著。

宋長江仔細一想，發現確實是這個理。萬一到時候人家還認為他們是一家人，那不就引起不必要的麻煩了嗎？這可不行，錢跟命比，那肯定是小命重要點！

宋長江立即就點點頭。「行，妳說得對，那咱們這就去村長家。」

白芸點頭，轉身同馮珍說：「娘，妳就不用去了，丞丞在家，還需要妳照顧，宋清跟我去就成了。」

「哎，那你們快去快回啊！」馮珍有點擔心地說道，生怕白芸還沒回家，在外面就被那富貴人家的世子給報復了。

看著馮珍提心吊膽的樣子，白芸心裡泛起了愧疚，握了握拳頭，帶著宋清就走了。

村長家不遠，多走兩步就到了，石丁香看他們一起來了，還覺得奇怪。

「這是怎麼了？」

白芸微微低頭，笑了笑。「伯娘，我們來找村長。叔父要同我們家斷絕關係，想請村長幫我們在村子裡公示一下。」

「斷絕關係?!」石丁香有點吃驚，趕緊側過身子。「那麼大的事情，你們先進來再說吧！」

周良就坐在院子裡，這番話聽得一清二楚，他們進來後，他就焦急地說道：「你們怎麼會鬧到這個地步？斷絕關係這可不是小事啊！這是因為啥啊？」

怕宋長江惡人先告狀，白芸就把當初丞丞被撞的一連串事情說了出來。「村長伯伯，不是我們想斷關係，是叔父想斷，我們也不是非得拖著別人陪我們去死的人，自然得同意了。」

「還有這種事情？」周良瞪大了眼睛，這可是天大的禍事啊！但是冷靜想了想，他還是悄聲罵了一句。「這狗東西真不是人，明明是他糟蹋了娃兒！」

「死老頭子，快閉嘴！」石丁香聞言，立即瞪了周良。這話是他們能講的嗎？人家有權有勢，捏死他們就跟捏死螞蟻一樣。

若是只有白芸一家子在就算了，講了就講了，他們也不會外傳。可到底宋長江也在呢，這人最不講究了，鬼心眼又多的是，別讓他抓到了把柄，到時發瘋了亂咬人。

周良一想也是，便閉嘴乖乖不說話了。

「村長，你就幫幫忙吧？」宋長江可沒心思管周良說了什麼，他只想快點把事情辦了，好高枕無憂地看熱鬧。

「我下午就去村子裡跑一趟，從今日後，你們兩家就一刀兩斷，互無關係，日後是福還是禍，都與對方沒干係了，知不知道？」周良拿著契紙，嘆息了一聲。這事情沒有誰對誰錯，要錯也是窮人的錯，這事他不能攔，也沒法攔。

「知道。」白芸和宋長江齊聲回答道。

「行，那你們就回去吧，這事我下午會辦的。」周良揚了揚手，讓他們走。

白芸從錢袋子裡摸出一吊錢，放在桌上。「村長伯伯，那我就先回去了。」

「妳這娃兒，這是幹啥？不用。」周良蹙了蹙眉頭，宋家都已經啥樣了，他要收了這錢，那他還是人嗎？

「村長伯伯，您收下吧，這事本來就不是您的事，您肯幫忙跑一趟，我們自然要感激的。您拿著，我們就先走了。」白芸說完，拉著宋清就跑，連個背影都沒給周良留下。

「唉！多好的孩子啊，怎麼就……」周良更是憂愁了。他是不想宋家出事的，宋家的為人他清楚，他也挺喜歡的，村子裡就是得多幾個宋家這樣的人才好啊！

宋家老大和宋家老二斷絕關係的事情，經由周良的通知下，在村裡傳得沸沸揚揚的。再加上宋春香跟村人說過，白芸在外面得罪了大人物，因此他們立即就明白是怎麼回事了。

白芸回到家裡以後，就躲進房間裡忙，也沒人去打擾她。

到了日落，白芸跟馮珍說了一聲，就駕著牛車出門去了。

宋清剛從山上採完藥回來，沒看到白芸的人影，便問了一句。「娘，白芸呢？」

馮珍說道：「阿芸說有點事情，要去鎮上辦。」

「去鎮上？」宋清想著，便把後背上的背簍放了下來。「娘，我去找她。」二話不說就出門去了。

太陽下山了，山路不好走，鄉道方向多，人容易迷路，牛車被白芸駕走了，他只能靠雙腳快步地追趕著。

他邊走腦子邊快速地飛轉著，思考著為什麼白芸會大晚上的去鎮上？除了找那些人的麻煩，他想不到別的。

也不是他不信任白芸，相反地，他就是因為很信任白芸，這才會跟過去的。

他知道，依著白芸對丞丞的喜愛程度，這件事不可能大事化小、小事化了，他自己也是不喜歡受氣的人。所以他才要跟過去，給白芸謀一條後路，如果白芸失敗了，起碼他在她附近，能找機會救她。

他越走越快，可即使是這樣，他還是被白芸甩開了一大截。到了鎮上，人早就不知道去哪裡了。

宋清眉頭緊鎖地思考著，如果白芸想要知道那天那人的身分，最有可能去找的就是鎮守了，便快步往鎮守府走。

白芸來到了自己鋪子斜對面的小巷子裡，站在牆邊正好能瞧見鋪子的門口。

街上已經沒有行人了，這周圍也沒有窯子和喝酒的地方，顯得格外冷清。

但秋天的月亮總是特別明亮，白芸藉著月光看清楚了，自己鋪子前面還守著一群人，寸步不離的，像是知道她要回來一樣。

白芸心裡有數了以後，轉頭就走了，繞開了前面，往鋪子後面走去。如果後面沒人把守的話，她知道有一個地方可以溜進去。

當初選這個鋪子的時候沒有在意，定下來後才發現後院的耳房漏了一個洞，不是很顯眼，白芸就用幾塊石頭給堵上了，外面看著像是一起的，但石頭是後放的，一推就可以推開。

白芸的耳根子貼著牆，仔細聽著，沒聽見什麼動靜，就知道鋪子後院應該沒有人在。

她走到牆的旁邊，輕輕挪開了幾塊石頭，兩個足球那麼大的洞就露了出來。

還好當初太忙，她沒有找人來把這個洞給補上，否則今天她就得翻牆了！這牆上還有尖石頭呢，可不是那麼輕易就能翻過來的。

她很瘦，即便後來吃得好了也比一般人瘦一點，因此很容易就從那個洞裡鑽了進去，來到了鋪子的耳房。

聽著前院傳來稀稀落落的談話聲，白芸勾了勾嘴角。

從耳房出來，往鋪子的門上湊近一聽，幾個守衛的聲音就傳來了，聊的都是些妓子和寡婦的話題，幾個男人聊完了就「嘿嘿嘿」地淫笑，很是猥瑣。

白芸翻了個白眼，不再去聽，怕髒了自己的耳朵。她從袖口拿出厚厚一沓的小黃紙人，看起來起碼得有百張，無一例外，上面全都寫了字的。

白芸踮著腳，在院子裡一圈圈地晃悠，嘴裡唸唸有詞，好大一陣陰風吹來，白芸眼裡的相氣緩緩流入到黃紙人身上，那些黃紙人就像活過來一樣，攀爬著門柱子往房梁上走。

白芸默唸一聲「停」，那些黃紙人就趴在房梁上，一動也不動了。

白芸做完這一切，又悄悄退回了耳房裡，找了個木箱子坐下來，喘著粗氣。

好傢伙，一次控制一百多個紙人，還怪累人的。

但是這幫孫子敢占她的鋪子、罵她的小姑子，她必然不可能讓他們度過安穩的夜晚，非得嚇死他們不可。

沒錯，白芸今天忙了一下午就是做紙人去了。

這是她奶奶交給她的絕門秘術之一，算是招鬼術，用起來嚇人得很，如果控制不好，那就會損道行，是會被天道懲罰的。

但白芸也不是第一次用了，前世在整治某位地位很高的油膩老男人時她就用過一次，效果還不錯，所以這一次，她還是很有信心的。

白芸坐了半個時辰才恢復過來，她緩緩唸了個咒語，周圍忽然就冷了下來，一股鑽心窩子的冷。

鋪子的周圍盡是呼呼吹的陰風，就連在鋪子前站崗的官兵都察覺到了不對勁。

「哎，今晚的風是真的大啊，怎麼了這是？按理說現在不是颳大風的時候啊，真是奇怪。」

「奇怪啥呢？你小子管天管地還管老天爺颳風下雨了？老天爺颳風那是能預料到的事情嗎？傻子，老老實實站你的崗得了！」

「不是啊，頭兒，我也覺得很奇怪。我是農家娃兒，這個時候不該颳那麼涼的風，且那風一颳過來，我的心都跟著涼了，這也太不正常了。」

被叫頭兒的那個官兵愣了愣，忽然，一陣風像是有意讓他感受一般，直直朝他撲面颳來。

冷，是真的冷！那頭兒打了個大大的寒顫。這風好像颳進他的骨頭裡了，不僅冷，還讓人皮膚疼。

嗚嗚嗚的風聲伴隨著黑夜，聽起來像鬼哭狼嚎一般，還有絲絲詭異，瘆人得很，幾個大男人當即就有點害怕了。

最後還是那個頭兒大手一揮，道：「是有點冷，估計是站累了，咱們回屋裡坐一坐，休息休息。老三，你再去酒館買兩壺燙酒回來，咱們喝了暖暖身子，再出去站崗也不遲。」

「得嘞，我這就去！」那個叫老三的答應了一聲，便快速往外面跑去。

頭兒便帶著剩下的幾個官兵進了茶鋪裡，把門關得嚴嚴實實的，那股寒意才被隔絕在門外面。

其中一個官兵掏出來一個火摺子，把牆上的燭臺點亮了，暖黃色的燭光照耀著半個大堂，他們一夥人就坐下來休息了。

很快地，第一個發現風不對勁的官兵坐不住了，因為他無意中往燭光沒照到的地方看了看，居然發現從地上到牆上有著密密麻麻的人頭，正瞪著他們！那官兵的心一下子就提到了嗓子眼，身子僵直地往那邊指著，嘴張得老大，卻半天都說不出一句話。

官兵的頭兒把帽子放在桌上，看他這副樣子就覺得來火。「行了！你這孫子，是不是又想嚇人？神神叨叨的做什麼？消停點兒，爺沒空陪你玩！」

「啊不……我不是……我沒有，頭兒，你……你們看那兒啊！」他嚇得都快哭了，手指頭顫抖地指著那個角落。

官兵頭兒看他不像是說謊的樣子，便緩緩扭過頭去，這一看，臉色頓時就不好了，立即拿過桌上的帽子，狠狠往那官兵的頭上砸去！「你他娘的耍老子玩是不是？老子打死你！」砸帽子猶不解氣，那頭兒還想站起來打。

旁邊一個有眼力見兒的忙攔住了他。「頭兒，你看小五這樣也不像是撒謊，許是太累了看花了眼，你就別生氣了。跟他生什麼氣啊？別把自己氣壞了！」

帽子雖然不像石頭，但邊邊角角都是硬的，砸到頭上也會痛，小五的頭被帽子砸出了個大包來，也跟著發愣。他揉了揉眼睛，使勁地往那邊看去，卻發現之前看到的那密密麻麻的人頭不見了，除了幾張桌子外，啥也沒有。

這下可讓他傻了，難不成真是他眼花了？但他明明就瞧見了一群沒有身子的頭，很是可怕啊！他撓了撓頭，呆呆地坐在那裡。

他不知道，他瞧見的那些東西都附身在牆體裡、房梁上，貪婪地蜷縮在召喚它們上來的小黃紙人周圍。

而後院的白芸也同樣很震驚，她的面前站著一個穿著白色衣裳的美麗女「人」，腳上踩著繡花鞋，虛幻的臉逐漸變得真實。

白芸眯了眯眼睛，雙眼迸發出巨大的驚喜，激動地握了握拳頭。「鸞月！妳怎麼也在這裡？」

「主子，能再見到您，真是太好了！」叫鸞月的女鬼甜甜地笑了，身子貼著白芸，像一條蛇一般，把頭搭在白芸的脖子上。雖然面前的主子跟之前長得完全不一樣，可這靈魂的味道它再熟悉不過了。

「妳是怎麼來到這裡的？什麼時候來的？為何一直沒來找我？」

「主子，我也不知道我是怎麼來的。當初您故去了，我就被陰差拉入地府裡，這次，我感受到您的召喚，就來了。」

白芸看著旁邊的鸞月，心中只有感激。

鸞月是她前世養的鬼，是她奶奶故去前給她的，說是能幫著做事的陰靈。只是她們本就是邪相，練的也是邪術，儘管日日行善，這事情也不能傳出去，不然怕是會招來殺身之禍。

前世鸞月陪伴了她許久，只不過死前沒能在她身邊，不然她也不會死得那麼狼狽。

鸞月是個好脾氣的女鬼，嘴上總是笑著，世界上只聽她一人的指引，從不抱怨什麼。

「主子，為什麼又用這個陣法？」鸞月看著滿是黃紙人的屋簷。它跟著白芸的時間久了，白芸的陣法招數，它最是明白。

「被人欺負了，嚇嚇他們。」白芸勾了勾嘴角，眼裡散發著寒光。

鸞月偏過頭去，笑容是甜的，但氣場忽然就冷了下來。「是裡面那些人？」

「不算是，真正的在這鎮上，往南去，應當是城中，但我沒空去一家家找。」雖然鎮守沒來傳信，但白芸早就算出那世子爺在哪裡了，可她沒法兒自己去找。

第一是沒時間，第二是白天她去找了也沒有用，那世子爺的住所人太多，她不好動手腳，所以正打算藉著這群官兵的手，讓他自己找過來呢！

「主子，我去。」鸞月離開了白芸的身子，它最喜歡幫主子做事了。

白芸看了看鸞月，突然覺得非常可行，在鸞月耳邊嘀咕了兩句，鸞月就消失不見了。

屋裡的人已經喝上了酒，划起了拳。

白芸此刻很高興，鸞月回到她身邊了，那以後能辦的事情就更多了，再也不必縮手縮腳的了。

抬頭望了望天，今日月光泛白，旁邊卻有一片烏雲飄來，等了十多分鐘左右，烏雲就完全把月亮遮蓋了。

天色越來越暗，屋裡的人卻絲毫沒有察覺，依舊喝著酒，也不知道是哪個倒楣蛋，居然說起了宋嵐的事情，惹得一群人大放厥詞——

「我說，今天那個端茶倒水的小娘兒們真是不錯，成熟、有風韻，又不老氣，曼妙得很！」

「頭兒，你這是看上人家小娘子了？嘿嘿嘿！」

「噯！別瞎扯，我是有婆娘的！就是覺得她好看而已，啊哈哈哈……」

「嗐，頭兒，這跟我們有什麼不能說的呀？我們又不告訴嫂子！這樣吧，我看她們遲早還要來鬧，到時咱們乾脆直接把人拉進來，把門一關，啥事都辦妥了！」

「這樣也行？」

「怎麼不行？有咱們幾個在，任憑那小娘兒們叫破天也動彈不得啊！你們說是不是？」

「是啊！怎麼不是？」

緊接著就是一群猥瑣的笑聲，笑得白芸心煩又憤怒。

看差不多是時候了，她也不再等，掐了個手訣，眼睛裡的相氣又再次充裕起來，往四面八方的黃紙人湧去。

「我拿相氣供養，託八方鬼神幫忙，聽我令，震懾這群無良人！」

白芸的話音剛落，那些黃紙人就顫動著，緊接著就是一陣陣的大風，拍打著鋪子的窗戶，還伴隨著嗚咽聲。

很快地，鋪子的窗戶就被推開了，大風把幾人的酒杯吹倒在地上，噼哩啪啦的。

饒是他們心再大，也覺得詭異得很。

「頭兒，這、這是……」有個官兵結結巴巴的，有些害怕。

「他奶奶的，真是邪門了！」官兵頭子眉頭緊皺，拔出身上的刀，警惕地看著四周。

白芸站在耳房裡，把一切都看得清清楚楚。呵，面對一群邪祟，拔刀可沒有用！

很快地，站在房間裡的幾人就傻了，只是一眨眼的功夫，他們就發現自己待的屋子裡站了滿滿的「人」！有在地上站著的、有貼在牆上的，還有在屋簷上的，全都以一種古怪的眼神看著他們！

「鬼……鬼……鬼啊！」他們當即就坐不住了，「噉」的一聲跪下了，跪得整整齊齊。

「我、我們沒害過人啊！不要找我們、不要找我們！」

這話一出，那些陰靈們齊齊把頭一偏，以一種極其詭異的角度看著他們幾個，好像有什麼不滿。

那些官兵嚇得再也不敢開口了，圍在一起瑟瑟發抖，只覺得自己的小心臟無法承受這些詭誕的事情。

白芸坐在耳房裡，看見那個頭兒雙腿都在打顫，這姿勢她熟啊，再過一會兒，這人可能要被嚇尿了。

真沒出息，看著那麼剛硬，結果也是個膽小鬼！白芸腹誹道。

她可不想自己好端端的店鋪染上了別人的髒水，那就跟癩蝦蟆似的，不咬人，但膈應人。

白芸起身，嘴裡唸叨了幾句，那些陰靈頭就轉正回頭。

陰戾之氣隨即越是旺盛，周遭的聲音越發嘈雜，一百來隻陰靈都在說話——

「滾出去，給我滾出去！」

「你們這些人通通滾出去！滾出去！」

「滾出去！不許再來，再來我們就吃了你們！」

「鬼啊！救命——」那幾名官兵哪裡還敢留？連刀和帽子都沒敢拿，抱著頭就往門外衝，但他們不知道的是，有幾個陰靈趴在他們後背上，雙腳勾起來，像是被幾人揹在身後一般。

白芸看人都走光了，便起身出了耳房，走到鋪子裡，看著那些吸附在黃紙人上的陰靈，從櫃子裡拿出一大把香來，放在蠟燭上燒了燒，那濃郁的香火就燃了起來。

白芸把香插在土盆上，那些陰靈聞見這味道都離開了黃紙人，慢慢聚攏過來，臉上滿是陶醉的笑容。

「都過來吧！在下面不容易，平日裡吃不到香火，今日吃一吃再回去。」白芸像祭祀一樣，蹲在香火前面，嘴裡唸唸有詞。

那些陰靈果真就像進食一般，不爭不搶地吸了起來，一縷縷香煙飄向它們。有的鬼時不時會抬頭看一看白芸，好奇是什麼樣的人能把它們從酆都弄上來，判官大人居然也同意！而且這個人也不怕它們，還對它們有莫名的親近感。

但是好奇也比不上這香火的誘惑，它們都在努力的吸著，這一過程持續到最後一點香線燃盡，它們才化作一縷縷煙鑽入了地下。

白芸沒有離開，天色已經太晚了，如果這個時候回去的話，馮珍他們也睡不踏實，所以她打算就在耳房裡湊合一晚。

叩叩叩！有人敲門。

白芸挑了挑眉毛，不知道這個時候還會有誰來找她？難不成是那群人發現自己在這裡，又回來了？想到這裡，白芸有些警惕，從地上撿起他們剩下的刀，握在身前，側身開門。

來的人是宋清，白芸愣了愣，有點不敢相信。「你怎麼來了？」

宋清說：「娘說妳出門了，我來看看。」

「那你是怎麼來的？」白芸覺得很奇怪，畢竟她把家裡唯一的一輛牛車給駕走了，天黑路暗的，宋清是怎麼來的？

「走來的。」宋清又說。

白芸這才發現，宋清的衣襬上沾著很多泥點子，一看就是走路著急，沒注意，這可不像他這個潔癖的人能幹出來的事情。

他走得那麼急做什麼？難不成是……擔心自己？有了這個猜想，白芸忍不住瞧了宋清一眼，卻發現對方也在看著她，眼神裡確實是滿滿的擔心。

白芸臉一紅，趕緊打開了門，讓他進來。「先進屋說吧，外面風大。」

宋清點了點頭，走了進去，眼神卻被地上的土盆吸引了，上面還留著一把燃盡的香，再結合地上和桌上被人遺落的帽子等物，他都能想像到這裡發生過什麼事。

白芸也不掩飾，把那些人留下來的東西一起收了起來，反正這個人已經知道自己是做什麼的了，還掩飾個什麼勁兒？

「那些人都走了？」宋清問。
「嗯，都走了，都是些膽小鬼。」白芸坐下來，給自己和宋清都倒了一杯水。
「妳……」宋清想了想，說了個「妳」字又閉上了嘴。他真的很好奇白芸是怎麼做到的？是否又發生了什麼靈異事件？這對他的吸引力甚至比遇上一個疑難雜症的病人更大。
天知道他看見鎮守家的那個「人」時，有多麼震驚，從那以後，他就很想問問白芸關於這方面的事情，但又不知道該怎麼說，總怕這個脾氣爆的姑娘不願意跟他說，覺得自己冒犯了她。
白芸瞥了他一眼，就知道他心裡在想什麼，笑道：「你是不是想問我是怎麼做到的？」
「對，如果方便的話。」宋清誠實地點了點頭，他確實是想問的。
白芸喝了一口水，大大方方的就同他說了起來。她沒有什麼方便不方便的，除了陣法和一些咒語她沒有說以外，其他的都大致跟宋清說了個清楚，就當滿足一下這個青年的好奇心，畢竟這個人也是擔心她才找來的，她承這個情。
「所以，那些人就被嚇跑了。」宋清總結了一句。
「是啊，可真夠膽小的！」白芸不屑地說道。就是有這種惡人，明明壞事都做盡了，心裡比誰都骯髒，所以才更害怕鬼，殊不知鬼可比他們善良多了。
這哪裡是膽子小？這世上的任何一個人瞧見上百隻鬼烏泱泱地圍住自己，都會害怕吧？

這幾個人沒有直接瘋掉，已經是很大膽了。同時，宋清也在心裡猜想著，這幾個官兵都已經是這樣了，那麼另一邊的毅陽世子會是怎麼樣呢？

他不用猜都知道，肯定不會好到哪裡去。

別看白芸平日裡什麼都不說，一臉笑吟吟的，但其實很講究「禮尚往來」，不整那世子才是見鬼了！

毅陽本來在窯子裡喝酒，可這地方窮得不行，連窯子裡的妓子都難看得不得了，身上一股爛野花的香味，一聞就知道用的是極其差的香粉，讓人想吐。

他正鬱悶著，就瞧見門外有一個極其美麗的妙齡女子，那一顰一笑都讓人心曠神怡。

他自認為是風流才子，就沒有哪個女人會拒絕自己，就算拒絕他這個人，他身後還有毅安王府，想要的那必須要得到才行。

看著姑娘婀娜曼妙的身姿，又見她時不時搖曳起來的裙襬，毅陽只想趕緊上前去，問一問這姑娘的芳名，聞一聞姑娘周遭的香氣。

他甩開旁邊姿色平平的妓子的手，快步追了出去。

那女子就像在和他捉迷藏般，他走過去，那女子就跑到另一頭去，還時不時回頭衝他咯咯地笑。

直到走進一個沒有人在的巷子裡，毅陽才覺得不對勁了，這女子分明是把他往沒人的地方引！

他警惕地看了看周圍，但沒發現任何異樣。

鸞月看他不追了，也停了下來，就這麼轉身看著他。

毅陽這才近距離地看清了她的臉，她的臉很白，像打了一層白霜似的。

他蹙了蹙眉，冷聲問道：「妳是何人？把我帶來這裡做什麼？」

鸞月冷冷地盯著這個男人，主子說了，就是這個人欺負了她，雖然不知道是發生了什麼事，但能讓主子這麼費勁的報復，肯定很嚴重。

見她不說話，毅陽覺得被戲耍了，惱怒得很。「裝模作樣的做什麼？還不快說話！」

「你是臭的。」鸞月冷不防地吐出了一句話。

這話傳到毅陽的耳朵裡，就是一陣空靈的、從四面八方傳來的聲音，根本不像是人在說話，再結合她那渾身慘白的膚色……他的臉色變了變，心裡有一個大膽的猜想，但又不敢多想。

「你真臭，比我腐爛的時候還臭，一定是做了很多壞事。」鸞月慢慢靠近他。

毅陽害怕了，面前這個女的絕對不是人！豆大的冷汗止不住地從額頭淌下來，他想跑，但雙腿就像被人釘住一樣，動彈不得。

「妳到底想幹麼？什麼事都可以商量，妳想要什麼，我都可以給妳，只要妳讓我走。」

鸞月忽然脖子一伸，眼眸直勾勾地瞪著毅陽。「你得罪了不該得罪的人，你完了，你該贖罪，不然你就該死。」

「我？我得罪誰了？」毅陽一臉懵，什麼人是他不能得罪的？再說了，他最近沒得罪誰啊！前幾天是撞了一個孩子，但他也賠錢了，還被一個村婦給打了呢！

面前這女鬼總不可能是為了一個下等村婦和一個泥腿子的孩子來的吧？

除此之外，他真的什麼壞事也沒幹！當然，他也不屑幹。

正當他抬頭想問個究竟的時候，卻發現面前那個女鬼已經消失不見了。

毅陽只覺得莫名其妙，甚至懷疑是不是自己喝多了？他搖搖頭，嘗試著挪動自己的腿，發現能動了，便扭頭就走。

剛開始是走著，越走越覺得瘆得慌，為了防止那女鬼再回來找他，他飛快地跑了。直到跑到剛剛的窯子前，看到了亮光，才理了理衣裳，慢下了腳步，準備回去再喝一點，他總覺得身上冷得不行。

不過好在接下來並沒有再發生什麼靈異事件。

第二天一早，毅陽回到他剛買的宅子準備休息的時候，卻瞧見七、八個官兵站在大門前，縮成了一團。

「你們幾個，站在這裡做什麼？」

「世子爺，小的叫程大勇，咱們是聽從縣太爺的吩咐，來替您收鋪子辦事情的。」官兵頭兒扶了扶頭上的帽子，點頭哈腰地說道。

「既然是收鋪子的，你們不好好守著，來小爺這裡做什麼？還不快回去，別想偷懶找藉口！」

程大勇本來是不敢把昨晚的事情說出來的，就怕這世子爺覺得他們幾個合起夥來撒謊，尋思著找個別的藉口回縣衙去，可眼下世子爺卻讓他們再回去，他們那是一百個不願意的，這下子不說也得說了。

他給其他幾個人使了個眼色，幾個官兵咚一聲就跪倒在地，尤其是程大勇，更是一把鼻涕、一把眼淚地哭了起來。

「世子爺，救命啊！小的們願意留下來替世子爺保駕護航，可那鋪子小的們卻是不敢再去了！求世子爺體諒體諒小的們，寬宏大量地給小的們一條生路吧！」

毅陽本來平靜下來的心，又被他的哭聲給攪渾了，用手使勁摁了摁前額，怒道：「吵什麼？發生什麼事了？好好說，再哭爺就讓人把你們宰了，丟去餵狗！」

程大勇立即止住了哭聲，但是想到昨天的事，他的聲音還是控制不住地顫抖著。「世子爺，您有所不知，那鋪子不乾淨，它……它鬧鬼啊！我們幾個本來站崗站得好好的，結果突然間來了上百隻惡鬼，想要我們的命啊！」

程大勇說著，同他一起跪著的官兵們想起來，也無一不打起了哆嗦，太嚇人了。

早知道這份差事是這樣的，他們幾個說什麼也不來！見鬼本來就是晦氣的事情，折了福報不說，還得在這裡挨罵道歉，哪裡是什麼好活計？

最主要的是，不知道這個世子爺到底信不信他們說的話？若是不相信，那他們又該怎麼辦？

鋪子裡見鬼？毅陽下意識就想到了昨天那隻女鬼，再一聯想，那個鋪子是那個粗蠻的村婦的，這之間的聯繫就深了，絕對不是巧合。

昨天那隻女鬼說的，他得罪了不該得罪的人，莫非就是指那個村婦？一個小小的村婦，居然也有這種本事？

毅陽抿了抿嘴，那麼這一切就說得通了。他就說這裡的民風不至於那麼剽悍吧，一個村婦都敢當街打男人，原來是個不一般的人。

忽然，毅陽對白芸這些下等人有了改觀，有這個能耐的怎麼會是下等人呢？那些下等人只會互相詆毀猜忌。

可能他還真是惹到了什麼隱居深山的能人異士了，這可不行！

想到這裡，毅陽抬了抬手，眼神掃過這群跪在地上的官兵，好像在看一坨狗屎。「你們幾個不用再看鋪子了，回家練練膽子吧！」

「謝謝世子爺、謝謝世子爺！」程大勇幾個連磕了好幾個頭，才抱起帽子，灰溜溜地跑了。

至於他的眼神，程大勇他們幾個不是沒看懂，他們是習慣了，並不覺得生氣。

人家可是世子爺，怎麼樣都是應該的，輪得到他們生氣嗎？

要緊的是，趕緊回家去，用艾草裡裡外外熏一熏，然後一輩子都不要再去那鋪子了！

毅陽一刻也沒停下，抬腳上了馬車，往鎮守府去了。

他坐在馬車上，用手托著腮，回想著那天發生的一切，想來想去，總結出了一個結論——那天確實是他過分了。

一個可以操控鬼怪的人，她的孩子，怎麼可能就值五十兩？換成是他，他也生氣。

越想心裡就越煩，乾脆讓馬車以最快的速度往鎮守府趕。

「世子，咱們不能再快了，這是鬧市，否則又該撞到人了。王爺說了，在外面世子不能胡來。」趕車的馬童還有些後怕，小心翼翼地勸道。

「少廢話！少拿老頭壓我！」毅陽的眸子冷了冷。他總不可能那麼衰，次次撞到的都是能人的孩子吧？其他的，賠點錢，那些人自會感恩戴德的。
馬童嘆息一聲，又不敢反駁，只得加快了馬車的速度，全力往鎮守府趕，眼神更加仔細地看著四周，生怕再撞到人。
很快地，馬車來到了鎮守府。
馬童跳下車來，上前去敲了敲鎮守府的門，裡面出來一個站崗的衙役。
「你們是什麼人？」
馬童說道：「毅安王府的世子前來拜訪鎮守大人。」
「見過世子爺，請世子爺稍等，我這就進去請孟大人。」那衙役一聽，規規矩矩地行了個禮，就準備進去請人。
毅陽冷睨了他一眼，不由分說地走了進去。「前面帶路！本世子來拜訪一個鎮守，難道還要在門口等不成？」
那衙役冷汗直冒，也不敢說什麼，只得快步走到他們前面帶路，生怕又說錯什麼惹惱了這位大人物。
其實也不怪他，他哪裡見過什麼大人物啊？他才剛來衙門，新的衙役都是先從看門做起的，還啥都不會呢！
這番話也是人家告訴他的，說是只要來人了就這麼說，準沒錯的。

沒想到他才剛剛用上，就用出錯來了！

衙役帶著他們走到正堂，鎮守招待客人一般都是在這裡。等他們坐下後，那衙役才飛快地往後宅跑，請鎮守去了。

「孟大人！孟大人！」

孟正本來還在吃早膳，聽見衙役喊的聲音老大，罵了一句。「你這小兔崽子，喊什麼呢？天塌下來了？」

「不是，大人，天沒塌下來，是府上來人了，說是毅安王府的世子！」

孟正一聽，立即站了起來。「那人呢？你沒說錯啥話吧？」

「人已經在正堂了，您快過去看看吧！」衙役不敢說自己讓世子在門口等的事情，而是著急地說道。

「行，我這就去。」孟正點點頭，粥也不喝了，理了理袖子就疾步走去了。

一到正堂，果然瞧見了一個年輕的男子坐在裡頭，眼中的神色滿是憂慮，想必就是毅陽世子了。

孟正上前去行了個禮。「小官孟正見過世子爺，世子爺大駕光臨，小官有失遠迎，還請世子勿怪！」

「孟大人快起來吧，我又不是什麼官，不必行禮。論輩分，我還得喊你一聲叔呢！」毅陽難得的態度不錯，抬了抬手讓鎮守起來了，畢竟他是來找人辦事的。

「可不敢、可不敢！世子來了就是我的福氣，行禮也是沾沾世子的福！」孟正也是油條一個，笑咪咪的就把話接下了。

毅陽世子坐著問候了孟老太爺的身體後，就開始說起今天來鎮守府的主要目的。

「孟大人，我想問一下，你們這裡是否有一個精通鬼怪之術的能人？或者你有沒有聽過有這種人的傳言？」

孟正一聽，心裡就泛起了嘀咕。有啊，怎麼沒有？人家還是我的座上賓呢，結果被您這尊大佛給得罪了！我們家承了人家的大恩，還沒法兒報恩，這也太憋屈了！

但這話他也就敢在心裡說說，面上還是很和藹的。「回世子爺的話，咱們鎮上確實有一個能人，樣子是個小姑娘模樣，我們家還受過她的恩惠。」

「恩惠？」毅陽世子一副很有興趣的模樣，示意他繼續講下去。

「世子爺，這事我也就跟您說說，您當個故事聽就成了。我家老爺子前段時間生了一場大病，人是吃不下也睡不著，還總是說胡話，白天也不出去見人，我們以為他是身子出了問題，尋了許多大夫來看都不成。直到我家夫人從別家夫人那裡打聽到了一位白仙姑，說是會看相、卜卦，本事大著呢！於是我們也就抱著試試看的心態，去把人請回來了……」

孟正滔滔不絕地說著，那動作、姿態像極了茶樓裡的說書人，把那天發生的事情經過詳細講解了一遍。

毅陽世子聽得一愣一愣的。

孟正時不時還觀察一下他的臉色，本以為對方會覺得是滑稽之談，但沒想到這個世子爺還真的聽進去了，且沒有質疑，一副深信不疑的樣子。

只要能聽進去，那就好辦了！他說得如此賣力的目的，就是想側面表達一下白仙姑真的很厲害，希望這位世子爺能手下留情，不要把事情做得那麼絕，也能暗中幫一幫白仙姑，不讓兩邊鬧得太難看。

「世子爺，這位白仙姑可是個奇人，如果日後有困惑，能請她為您算一卦，那也可圖個心安。」

毅陽臉色一變，這可算是拿捏住了他的短處。本以為那個女人只是會驅鬼、招鬼之術，來這一遭只是想求個平安，畢竟人不與鬼神爭，但沒想到人家還是個相師！

若是真能求上一卦，那也是極好的，這樣子的人與誰交好，都將是一大助力。

不行，他一定得嘗試著去補償些什麼才是。

孟正看他表情很是不好，便小心地問道：「世子爺，您可是與白仙姑有什麼淵源？」

他心裡其實已經能猜到一點了，這世子爺的差名聲可不是空穴來風，能讓他上門來打聽白仙姑，肯定是這期間發生了什麼事情。

又想起世子爺問的不是看相，而是精通鬼神之術，孟正臉色不禁一變，莫非是白仙姑招了鬼怪去找世子？這也太狠了！

越想他心裡就越覺得是，能讓一個眼高於頂的世子爺放下身段，那肯定是被逼得沒辦法了。再看世子爺眼底有點懊惱，他就更確定了。

看來這白仙姑是無論如何也不能惹上的，否則這禍患他可扛不住。

毅陽不想跟孟正說太多，消息差不多聽完了，又打聽了那相師的住所後，他起身匆匆跟孟正說了聲「告辭」，便往外走。

孟正趕緊跟在他身後，把人送到了馬車上，目送這人走了，才鬆了一口氣，同時擦了擦額頭上的汗。

第十六章

毅陽的馬車在街上跑著，時不時瞧見一些小玩意兒，就讓馬童去買下來，什麼好吃的、孩子喜歡玩的，通通買了個遍，才讓馬童駕車往鳳祥村趕去。

馬童一路駕車在這鄉道上奔跑，時不時回頭看一眼自家世子爺，眼裡都是感慨。

他也不是一直跟在世子爺身邊的，世子爺的生母是個丫鬟，因為身分低賤，有了身孕還被趕到鄉下去，在鄉下受盡了折磨。

老爺沒有兒子，聽說了世子爺的存在後，才讓人把世子爺接回府。

世子爺回府時已經是個半大小子了，在長安郡也總是被人恥笑，可世子爺卻從來都不理會。

雖然人人都覺得世子爺行徑荒唐，但是老爺還肯讓他當世子，而不是從宗親那邊過繼來一個，那絕對是有原因的。

因為他們的世子爺真的是一個很有能力的人，而且能屈能伸，就是性子古怪了一些。

正想著，馬車就來到了一個村落入口，村落前還有一個坐在牛車上的老漢，馬童便問了一句。「大爺，這裡是不是鳳祥村？」

「啊，是。」老漢看著這大馬車，一愣一愣的，沒想到在這種地方還能瞧見馬車，他這一輩子就見過一回，這是第二回了。

「多謝大爺。」馬童笑著點了點頭，揮著馬鞭就往村裡去了。

又來了一輛馬車，這在村裡可是一件大事，尤其還是這麼華麗的馬車，馬兒渾身都是白的，沒有一絲雜色，絕對是他們一輩子都買不起的東西。

坐在村頭吹風的村民「唰」的一下全都站起來了，這會兒正是農閒，誰家都愛在大樹下納涼嘮嗑。

上回來馬車還是農忙的時候，他們不少人都瞧見了，卻沒法兒近距離看看，這會兒又來了一輛，還離他們那麼近，反正又不要錢，自然要好好看看！

「這又是來咱們村做什麼的？難不成咱們村裡還有寶貝不成？」

話語剛落，就聽見馬車上的馬童詢問——

「請問白芸家怎麼走？」

一聽是找白芸的，大家都炸開了鍋。「怎麼是來找白芸的？白芸還認識這種人家不成？」

「你們懂什麼？白芸得罪人了，人家說不定是來尋仇的！」宋春香更是激動了。這馬車一看就是不一般的，說不準來的人就是那世子爺，找白芸算帳來了！

她沒有猶豫，立刻站了出來，淺淺地給那馬童行了一禮，看著馬車的車廂，嬌柔地捏著嗓子說了句。「我知道白芸家在哪裡，我可以帶你們去。」

馬童看她這個樣子，還有點不習慣，但也不好拒絕，便點點頭。「喔，那行，多謝姑娘帶路了。」

「不客氣，你們跟我來吧。他們家不遠，就在前面。」宋春香樂開了花，心想車廂裡那位尊貴的人物肯定會覺得自己人美心善的！

宋春香在前面得意洋洋地走著，彷彿跟在她後面的馬車是來找她的，還不忘自顧自地跟身後的馬童搭話。

「你們來找白芸的話，可得注意了，我們村的這個白芸啊，脾氣可不怎麼好。」她暗戳戳地說著白芸的壞話，企圖引起他們的注意。

坐在車廂裡的毅陽世子聽見這話，坐了起來。有本事的人自然得有脾氣，這不算什麼。

「除了脾氣大呢？」車簾子撩開，露出毅陽的臉。

說實話，毅陽長得不差，有種極具權勢的俊朗。

宋春香見狀，心臟「怦怦怦」地跳，她可沒見過這樣俊俏的公子哥兒，氣質更是比村裡那些泥腿子強了不知道多少倍，而且還有地位、有權勢。

看著面前這個下等人對自己臉紅，毅陽有點不耐煩。「除了脾氣大呢？」

宋春香這才反應過來，原來這個公子喜歡聽白芸的壞話，這她可最擅長了！為了討他的歡心，她便喋喋不休地說了起來。

「這個白芸不僅脾氣大，還很冷漠，在家裡從不侍奉公婆，天天往外面跑，拋頭露面的，我們村裡的人都不喜歡她！太不像話了，也不知道是不是在外面做了什麼見不得人的事情……」

她拚命說著，沒發現剛剛探出頭來的毅陽已經把車簾子放下來了。

毅陽不傻，他看得出來面前這個女人是對相師有意見的。甚至連相師在外面做什麼都不知道，對於這樣沒有用的消息，他聽都懶得聽。

但宋春香還沈浸在自己的世界裡，一直講到了宋家門前才住了嘴，指了指面前的院門，笑吟吟地說道：「公子，就是這裡了。」

馬童聞言，把馬車停了下來，跳下了車，從袖子裡掏出一吊錢，遞給宋春香。「辛苦了，妳回去吧。」

宋春香看著面前的錢，她很想收下，但又怕車廂裡的貴公子覺得她愛財，打破她營造的善良形象，所以還是忍痛拒絕了。「我不要錢，舉手之勞罷了，只願能幫到公子就好。」

毅陽像是沒聽見她的話，一臉淡然地從馬車上下來。

宋春香再接再厲，又湊上前。「公子，這裡人生地不熟的，還是讓我陪您進去吧？不然我怕那白芸潑辣，會不待見您。」

毅陽斜了她一眼，心裡冷笑。不待見自己是必然的，他已經做好了心理準備，但如果把她帶進去，她們兩人不對盤，連累他被趕出來了，那就得不償失了！這女人怕是想耽誤他的事吧？

宋春香察覺毅陽在看自己，微微低了低頭，一臉嬌羞地咬了咬嘴唇，展現自己最好看的樣子，等著對方感動地誇讚自己。

卻不料毅陽一句話也沒跟她說，而是給馬童使了個眼色。

馬童立即懂了，上前敲了敲門，又回過頭來站在宋春香身前說：「姑娘，回去吧，我家公子不喜歡吵。」

宋春香一聽，頓時有點慌了，難道是她太吵了，惹得面前的公子不高興了？

為了保持形象，她點了點頭，戀戀不捨地看了世子一眼，說道：「那我就先走了。」

她退後了幾步，卻沒有完全走開，而是站在遠一點的地方。她不靠近就是了，但是白芸的慘狀她得第一時間看到，且一會兒那貴公子出來以後也方便她上前搭話。

村民們也漸漸走了過來，一來是想瞧瞧駿馬，二來就是想瞧瞧這貴公子來找宋家媳婦兒要做什麼？

來開門的是宋嵐，鋪子沒了，她就在家裡幫著幹活，本以為是哥、嫂回來了，沒想到來的是那天撞了她姪子的混帳玩意兒，當即臉色一黑。「你又來做什麼？鋪子已經被你們占去了，還要如何？光天化日之下，難道還想要我們的命嗎？」

毅陽有點尷尬，搖了搖頭。「我沒這個意思。」

宋嵐上下掃視了他一眼。「那你是個什麼意思？我們家可不歡迎你啊！」

毅陽退後了一步。

馬童連忙從車上搬下來一堆自街上買回來的小玩意兒，往前一遞。「這是我家世子給孩子帶的東西，這次來也是想跟你們賠罪的。那日確實是我們魯莽了，我們不是故意的，能否讓我們進去看看孩子？也好讓我們安心。」

「真的？」宋嵐沒想到馬童會這樣說，她本以為兩人是來找碴的，那麼她就算是死也不會讓他們進門的，但眼下他們卻說是來賠罪的。宋嵐偏著頭看去，他們身後確實沒有帶著旁的什麼人，於是她的態度也軟了下來。「那你們進來吧，先坐，我去問問。」宋嵐說完，也不管兩人進來沒有，扭頭就進屋了。

人家是來認錯的，總不能不給人家這個機會。家人因為這件事情著急上火了許久，人非聖賢，孰能無過，只要他們是真心的，也算是給丞丞一個交代了。

馬童看了自家世子爺一眼，害怕世子爺發怒，畢竟這姑娘說話太大膽了，但好在世子爺沒有發火。他放下心來，走進宋家這個農家院裡，用袖子仔細地擦了擦那凳子，又跑回馬車上拿了一塊絲綢做的布，鋪在上面，才笑著說：「爺，坐吧。」

毅陽瞥了那凳子一眼，淡淡地說道：「把布拿開，讓人看見還以為我嫌惡人家。」

馬童愣了愣，也不敢違抗命令，便又把布拿走了。回來看見毅陽世子穩穩當當地坐在沒有布的粗木椅子上，他心裡不禁腹誹：世子爺，難不成你今日是轉性子了？怎麼這麼為別人考慮了？

馮珍聽說外面來人了，還是那天撞了她寶貝孫子的人，還有點生氣，可女兒又說人家是來賠罪的，怒火才稍微消了一些，對宋嵐說道：「阿嵐，娘先出去看看，丞丞這裡妳幫忙看著點啊！他剛醒，餵了點稀飯，妳陪他說說話。」

宋嵐點點頭。「娘妳就放心去吧，丞丞我看著。」

「欸！」馮珍點頭，站起來就往屋外走。

毅陽聽見腳步聲，還以為是白芸出來了，趕緊站了起來，卻發現來的是個婦人，眼裡有些失望。

馮珍也在打量著他，到底是性子軟的人，即使生氣也沒法說出什麼重話，更何況人家是來道歉的。半晌後，她才吐出了一句。「我去倒杯水給你吧。」

「不用麻煩了。」毅陽搖搖頭，他是來緩和關係的，可不是來喝水的。「請問孩子還好嗎？那日的事情，我很愧疚，需不需要找個大夫來仔細檢查一下？我這就讓人去請來！」

馮珍點點頭說：「今日醒了，醒了就沒什麼大礙了，不用請大夫，我帶你去看看吧。」

「那敢情好。」毅陽站了起來，又扭頭對馬童說道：「把帶來的玩意兒拿上，給孩子選選。」

「爺放心，都拿上了！」馬童拿著一大包的東西，差點就抱不住了，艱難地點頭道。

馮珍看著那些東西，也沒說什麼，帶著他們進屋了。

毅陽看見躺在床上的孩子，趕緊走了過去，關切地詢問了一番，又當著兩個大人的面給孩子認真地道歉了。

丞丞看著站在床頭道歉的叔叔，搖了搖頭，笑了笑。「我沒關係了，叔叔，我原諒你。」他雖然覺得很痛，但是奶奶說了，得饒人處且饒人。只要認真道歉了，且日後不會再撞到別人，他就可以原諒這個叔叔。

馮珍聽著丞丞奶聲奶氣的話，眼底又泛起了淚花。這孩子真的很懂事，若是換了旁的孩子，怕是沒有那麼大的心胸。

毅陽也以為孩子看見他難免會哭鬧，要不就是害怕他，沒想到這個小男孩居然只是笑著說沒關係，這讓他心裡陡然升起了一點愧疚之情，這是他從來沒有過的異樣情緒。

他來這兒的目的只有一個，那就是緩和關係，畢竟這個家裡有一個相師，而且能輕易讓他不得安寧，他這是無奈之舉。

但此刻，他倒是真的想要這個小男孩快點好起來。

「宋清啊、白芸啊，你們回來了？趕緊的，快回家去看看吧！」

「是呀是呀，快回去看看！我聽宋春香說，你們得罪的那個人來找你們家人算帳去了。」

白芸和宋清回到村子的時候，就被村民給圍起來了。

大家平時都是鄉里鄉親，無仇無怨的，雖然他們幫不了啥忙，但知會兩聲還是要做的。他們可不能像宋春香一樣，冷眼旁觀就罷了，還想落井下石。

白芸跟宋清互看了一眼。得罪的人？那不就是那個勞什子世子嗎？

現在就只有馮珍、宋嵐和丞丞在家裡，也不知道那世子是怕了來商討事情的，還是被惹急了直接找到家裡來了？

想到這裡，白芸不敢耽擱，跟村民道謝後就和宋清趕著牛車回去了。「多謝各位了，我們這就回去看看！」

等他們回到家的時候，看見家門是敞開的，院子裡空無一人，門外停著一輛馬車，就是那日撞了兒子的馬車。

「娘、阿嵐！妳們在不在家？」白芸有點急地大喊出聲。就算那人來了，怎麼不在院子裡？人都去哪裡了？

宋清抿了抿嘴，說道：「別急，先進去看看，說不定在屋裡。」話剛說完，就見宋嵐跑了出來。

「嫂子，我們在屋裡呢！怎麼了嫂子？」

白芸看她毫髮無損的出來了，不禁鬆了一口氣。人還在就好，那就沒啥大事。她指了指門外的馬車，又問：「咱們家來人了？」

「來人了，在裡面呢！就是撞了丞丞的那人，說是來賠罪的。」

白芸詫異地往屋裡一瞧，拔腿就走，宋清和宋嵐就在她身後跟著。

一進屋，白芸就怔住了。兒子已經醒了，正躺在床上對著一個陌生男人笑。

那男人手上拿著一個小巧的撥浪鼓搖著，另一隻手上還有一只風車，正張嘴「呼呼呼」地吹著，臉都吹得漲紅了。

而那個世子則是雙手抱胸站在旁邊，時不時地出聲說話。

「用力點吹！一個小玩意兒都搞不定，爺白養你了！」

小丞丞是最先發現白芸跟宋清的，看見兩人的身影，他眼睛一亮。「爹爹！阿娘！」

「欸！」宋清和白芸兩人同時回應了一句。

「白姑娘。」毅陽世子也和顏悅色地跟白芸打了一聲招呼。

不過白芸沒理他，而是走到小丞丞面前，摸了摸他的臉蛋問道：「兒子，感覺怎麼樣？有沒有哪裡不舒服？讓你爹爹給你看看好不好？」

宋丞丞乖乖地點了點頭。「好，我已經沒事了，爹爹跟阿娘不要擔心。」

「傻孩子，還管娘擔心不擔心呢，你這個小管家公！」白芸憐惜地看了眼嬌弱的孩子，便讓開了身子，讓宋清來給他看看。

趁宋清給宋丞丞檢查身體的時候，白芸瞥了一樣眼巴巴看著她的世子爺。

白芸的臉色很臭，畢竟這人可是撞了她兒子又不知悔改，還讓人占了他們家鋪子的人，到這裡來不過是懼怕鬼神，並不是真心實意感到抱歉的。

但是一直杵在這裡也不是辦法，白芸便說道：「你們兩個跟我出來說話，孩子要休息了。」

「好。」毅陽本來就有話對白芸說，因此想也沒想就答應了，走之前還看了丞丞一眼，笑了笑。「你好好休息，身子好了，叔叔還會給你帶更多好玩的來。」

丞丞點了點頭。「謝謝叔叔，我會好好休息的！」

白芸看著這一幕，心頭一梗。這世子爺在想什麼呢？演戲也不必這樣到位吧？難不成是真心悔過？

出了院子後，白芸就率先坐下來。

那馬童張了張口，想要罵這個女人膽大包天！他們家世子爺還沒坐呢，這女人怎麼就自己坐下了？雖然是他們做錯了事情，但就連縣太爺都不敢如此行事，她這也太沒規矩和禮數了吧？單憑這個，就可以治她個不敬之罪！但他們家世子爺好像沒什麼反應，所以他也不敢亂說，只得又把嘴給閉上了。

白芸眼裡有幾分玩味，她看出了這馬童心裡的小九九，以及他氣憤的神色，可她不在乎。

她不是被皇權洗腦長大的，自然沒有什麼誰比誰尊貴的思想，何況她頂多就是不太客氣罷了，就算這世子想要治她的罪，她也不怕，因為這地方不比鎮上，這兩人也沒帶人來，他們一家子就可以把兩人摁住，她保證只要過一個晚上，這兩人就不會再有治罪的想法了。

她這就叫做有恃無恐，誰讓他們沒有防備心呢！

「說吧，你們來幹什麼的？我聽我小姑子說，你們是來賠罪的？」白芸雙手握在一起，眼睛看著毅陽，問道。

再次見到白芸，毅陽心裡有點慌，因為他從這個女人身上感覺到了一股邪氣。

倘若他沒見過鬼，那麼他最多認為這女人是氣質有點清冷罷了，但是他已經經歷過了昨天的事情。腦子裡晃過昨晚的情景，想到那女鬼是面前這個女人招來的，就更覺得駭人了。

他忙甩甩頭，看著坐在一邊、臉色很臭的白芸，虔誠地說道：「大師，是我不好，我認錯，我給丞丞賠禮道歉了，同樣也給您賠禮道歉。」

「嗯。」白芸沒說話，只是從鼻子裡發出了一聲鼻音，顯然對這個說法不太滿意。別以為給她兒子帶點小玩意兒，她就可以原諒他了，兒子好糊弄，她可不好糊弄。

這時，宋清走到了屋門口，看兩人在說話，便沒有上前，而是朝白芸點了點頭，意思是丞丞平安。

白芸這才放心了不少。

毅陽接著又開口道：「我已經讓人從鋪子裡離開了，另外，丞丞的藥費我全權負責，另外再賠五百兩銀子，只求大師把神通收了。」

白芸眼裡微光閃爍，可算是說到點子上了。但她還是沒有輕易鬆口，而是瞧了眼屋內。

「世子爺，我也不是那種咄咄逼人的性格，孩子不是我一個人的，既然我兒子覺得可以原諒你，那麼這事情就翻篇了，從此以後，咱們井水不犯河水。」

「多謝大師！」毅陽世子鬆了一口氣，又瞥了馬童一眼。

馬童趕緊從錢袋子裡掏出了五張銀票，每一張都是一百兩面額的，雙手捧著遞給白芸。

眼看錢袋子裡還有厚厚的一沓，白芸的嘴角抽了抽。她是不是要少了？這些人出門帶那麼多銀票，不怕被人搶嗎？

白芸接過那五張銀票，點了點頭。「既然如此，那這件事情就翻篇了，沒什麼事的話就請回吧。」

毅陽點了點頭，他今日來是為了把結下的梁子化開的，反正他還要待上好幾日，算卦的事情不急於一時，便帶著馬童走了。

白芸拿著銀票進了屋，把錢通通給了馮珍，讓馮珍攢著，等丞丞大了，需要花錢了就給他。

給丞丞的錢，他們是不會花的，將來都給丞丞自己支配。

丞丞已經醒了，又沒什麼大事，加上世子本來也不是故意的，只是早先的解決態度差勁，所以她剛剛才那麼輕易的鬆口，否則，不管這人是世子爺還是王爺，她絕對會想盡辦法讓對方付出代價。

本以為事情告一段落，兒子也好起來了，終於可以好好休息，可還沒等白芸找個地方坐下，外面院門又再次被敲響了。

看白芸有點疲憊，宋清便說：「我去開門，妳坐著。」

「嗯。」白芸找了把椅子，趴在桌上，懶懶地應了一聲，像隻睏倦的小貓。

宋清瞥見她這模樣，嘴角忍不住揚了揚，走了出去。

過沒一會兒，院子裡就響起了宋春香的聲音。

「你……你們怎麼還在這裡?!」

白芸一聽這聲音，就知道來者不善。
宋嵐更是氣憤地站了起來。「這宋春香真是過分，這兩天盡在村子裡造謠，跟大家說咱們家得罪人了，要被人報復呢！現在還敢找上門來，看我不去撕爛她的嘴！」
白芸攔住了她，眼神微冷地說：「等會兒，我們一起去看看。」
宋春香隻身站在院子門前，滿臉的惱怒。
宋清則是站在一旁，眼中盡是冷漠。
看見白芸出來，宋春香急了，走到白芸面前，質問道：「來你們家的那位貴公子呢？人去哪裡了？」
「什麼公子？宋春香，妳是不是腦子糊塗了，跑到我家裡來撒什麼野？」白芸一臉懵。
「妳裝什麼裝啊？就是來找你們麻煩的那位啊！他去哪裡了？快告訴我！」宋春香有點急，她剛剛不過就回家解了個手罷了，回來就發現停在白芸家門前的馬車不見了！她沒忍住，便急急找上門來了。
白芸冷眼看她。「來我們家的公子是有一個，但人家可不是來找麻煩的，而是來道歉的，妳亂說什麼呢？」
「道歉？我說堂嫂，妳別是糊塗了吧？人家都把你們的鋪子給收了，還想著人家來道歉啊？妳就別死要面子活受罪了！」宋春香滿臉嘲諷地說道。

宋嵐瞥了她一眼，冷笑道：「人家是不是來道歉的，妳知道啊？妳來我們家爬牆腳了？宋春香，妳丟不丟人啊妳？再說了，是不是找麻煩，妳看不出來啊？我們一家人都好好地在這裡，看起來像是被找了麻煩的樣子嗎？」

宋春香像是被點了穴一樣，啞口無言地站在那裡。宋嵐說得對，這一家人好像沒有被人找過麻煩的樣子。怎麼會這樣？她那日明明聽到了，人家說不會放過他們的啊！

白芸瞇了瞇眸子，她可沒心思跟這個思想有問題的女人較勁，冷聲道：「我們家不歡迎妳，給我出去！還有，出了這扇門，我要是再聽見妳在外面亂傳閒話，我保證上門去撕了妳的嘴！」

「妳什麼意思啊？」宋春香自知理虧，但又不甘心這麼灰溜溜的離開，縮了縮脖子罵道：「我說的哪一句不是真的？妳不就是得罪人了？人家賠妳五十兩妳嫌少，不是想訛人嗎？妳這就是辦事不地道惹的禍！還有，我們家都那樣了，妳有銀子卻不借，竟跑去開鋪子，妳安的什麼心啊？全村人都覺得你們家人爛心腸！」這些話都是章麗同她說的，大伯家給了他們家那麼多年的銀子，那是因為大伯家欠他們的，沒道理現在有銀子就不給了。

「哈哈哈……」白芸像是聽見了什麼好笑的事情。「就算我有銀子，憑什麼要給你們啊？我是妳爹啊？還是妳是乞丐？姑且不論銀子的事情，妳說全村人都覺得我們家爛心腸，妳以為人人都和妳一樣齷齪嗎？妳爹跟妓子的事情都不知道在附近幾個村傳出多少個花樣了！要不是村長還算是個好人，叮囑村人別當著你們的面說三道四，你們家人出門就得被別人給笑話死，還輪得到妳上天入地的晃悠？」

「呸！妳、妳胡說……」宋春香不可置信地睜圓了眼，整個人傻在當場。她是做了好幾天的心理建設，才鼓起勇氣出門的，好在根本沒啥人跟她提起那事，她才越來越無所謂。可現在白芸卻跟她說，人家都在議論，只是不讓她聽見而已，這讓她怎麼承受得了？

宋嵐撿起旁邊的掃帚，揮舞著就往宋春香那裡去。「胡不胡說的妳心裡清楚！妳走不走？不走我就把妳掃出去！」

眼看宋嵐的掃帚就要打到自己腳下，宋春香也不傻，瞪了她一眼，丟下一句「潑婦，沒人要」就跑出去了。

白芸看都不看她一眼，對付這種虛榮心膨脹的人，只要輕飄飄的一句話，就足以讓她難受一段日子了。

宋嵐把人趕跑後，拿著掃帚氣鼓鼓地回來了，一臉怒容地說道：「這宋春香，小時候多好的一個人啊，我們還經常一塊兒玩呢，怎麼越長大越歪了？」

白芸笑了笑，接過她手中的掃帚。「別生氣了，反正事情解決了，鋪子也拿回來了。什麼時候開鋪子，妳跟娘決定，或者再休息幾天都成。」

宋嵐的眼睛亮了亮。「那必須明日就開啊！我還得給那些被趕走的老客人道歉去呢！這晚開一天不就少賺一天錢嗎？讓娘休息吧，明天我去開就成！」

白芸瞥了她一眼，笑道：「妳這個小財迷！」

到了晚上，一家人終於聚在一起，放心地吃了一頓晚飯。

晚飯是宋嵐燒的，烙了好多細細軟軟的小餅子，配著炒肉和青菜，滿口生香，連丞丞都吃了許多。

吃完晚飯後，宋嵐和馮珍帶著丞丞進屋去洗漱了。

白芸也準備進屋，就被宋清給叫住了。

「等等。」

白芸回過頭來。「怎麼了？」

「我過兩天想去一趟安溪縣，妳有沒有要帶的東西？」宋清問。

「我沒什麼要帶的東西，你自己注意安全就好。」白芸搖頭。她真的是什麼都不缺，更何況她也不知道安溪縣有什麼，自然不知道要他帶什麼。

宋清若有所思地點點頭。

白芸想了想，眼睛亮了亮。「不然你帶著我去吧？正好我還沒有去過，也想去看看。」

不知道要帶什麼，她就親自去看看好了，不然總窩在鎮上，沒有生意不說，也沒有意思，她也很喜歡出去玩。

宋清點頭。「當然可以，那我明天去鎮上看看能不能租到馬車，去之前租了，路上走得快些。」

「行。」白芸的眼睛又是一亮。坐馬車去，這不就等於豪車自駕遊嗎？她可太期待了！

兩人商量好了以後，就各自回屋睡覺了。

第二天一早，村裡的公雞此起彼伏地叫喚了起來。白芸醒了後，準備去院子裡打水洗漱，卻發現丞丞正歪著腦袋，面前還放著五個小小的泥人，看著還挺維妙維肖的。

白芸輕輕靠近他。「丞丞，你在做什麼呢？奶奶說你可以下床了嗎？」

「阿娘，妳起來啦！」小傢伙一看白芸起來了，伸手就想抱她，看了看自己的髒手，又縮了回去，嘿嘿地笑了。「阿娘，奶奶說我可以在院子裡玩了。」

白芸揉了揉他的頭髮，讓他把拳頭握起來，伸手環繞住他的腰，把他抱起放在自己的腿上坐。「那你這是捏的什麼泥人啊？」

丞丞有點自豪地指著桌上的泥人。「這是爹、娘、姑姑、爺爺和奶奶。」

白芸環顧了一圈那一個個的小泥人，別說，捏得其實挺好的，從細節確實可以辨認出誰是誰來。

就比如最右邊那個盤著圓髮髻的就是馮珍，手上還拿著一根像棍子一樣的東西。

在她旁邊的就是宋嵐了，宋嵐臉上有大大的笑容，衣服上還有一朵小花。

邊上的應該就是她了，白芸仔細看了看，那小泥人手上拿著的是糖葫蘆，想來是上次她買糖葫蘆的時候，丞丞記下來了。

在她旁邊的是宋清，豎著類似高馬尾的君子髮髻。

白芸的視線往下偏移，表情突然不自然了起來。

宋清的泥人和她的泥人靠在一起，本以為只是離得近而已，沒想到仔細一看，竟然是兩個泥人牽著手。

白芸看了看丞丞滿意地擺弄著小泥人，好像要把心中的世界都捏出來一樣，可能他在心中認為爹娘就該是相親相愛的吧？小孩子嘛，這樣想也是正常的。

白芸的視線再移轉，放在了最後一個泥人身上，這泥人的下巴有一小撮鬍子，笑容慈祥，應該就是丞丞的爺爺、馮珍的丈夫宋長水了。

泥人的腰上別了一個不知道什麼的東西，看著很是奇特。

白芸指了指那個泥人，朝丞丞問道：「丞丞，這個捏的是爺爺嗎？」

「嗯，是爺爺！丞丞好久沒有見到爺爺了，很想他呢！」

白芸又問：「爺爺腰上掛著的是什麼東西呀？」

「哦，那個是爺爺的筆，爺爺喜歡把筆放在身上。」

「丞丞放心，爺爺很快就會回來了。」白芸點了點頭，摸了摸他的小臉。也許這就是文人墨客的癖好吧，不是說她那個公公以前是個教書先生嗎？喜愛帶著筆也是很正常的。

公公因為活計的關係，沒能跟宋清一起回來，他一個人在外面，家人都還挺擔心的。

到了下午的時候，宋清回來說馬車已經租到了，是牙行老闆自己的馬車，因為放著沒要用，就租給他們了，明日去鎮上取就可以。

白芸聽了很高興，樂呵地就進屋收拾行李去了。雖然也沒要去多少天，但是要去一個新的地方，她還是想準備齊全，不至於漏了什麼，尤其是銀票得拿上。

馮珍和宋嵐也高興，托白芸給她們帶幾疋時興的布料回來做衣裳。

白芸一口就應了下來。就算她們不說，她也是會帶回來的，不過她很高興兩人能主動提。要是放在從前，她們不但不會提，反而還得勸她不要給她們買呢！

現在有錢，日子過得好了，兩人的心態也放寬，對於花錢散財什麼的，也沒有那麼大的惶恐了。

尤其是馮珍，覺得既然是開鋪子的，自然不能再穿得像從前幹農活一樣，丟了鋪子的臉不說，客人也會嫌棄的。

由此可見，錢真的是個好東西。

兩人肯花，白芸的錢賺得也有動力，她覺得很不錯。

第二天，宋清趕著自家牛車，載著白芸和宋嵐先去了鎮上，把宋嵐送到茶鋪裡以後，就去牙行取馬車。

那馬車雖然品相看著不如李夫人的，也不如那世子爺家的，但總比自家那頭牛神氣。

白芸也不挑，人家綁好了車廂，她就坐了上去。

東摸摸、西瞧瞧，馬車這東西她還真是第一次坐，別說，真就比他們家那輛牛車好。

白芸表現得就像個沒見過世面的孩子，眼睛裡都是大大的好奇。

就連旁邊給他們套馬的牙人見狀，都偷偷的笑了。

宋清的嘴角也掛著一抹淡淡的淺笑，翻身騎到馬上。

白芸看著他，手握住馬車壁，說道：「我準備好了，咱們出發吧！」

「嗯，出發。」宋清回應了一句。

也不知道他怎麼使喚的，馬兒好像很聽他的話，腿一蹬就跑了起來。

前面在鎮子裡，馬兒沒有跑太快，等一出了鎮子口，馬兒撒開蹄子就跑了起來，那速度，簡直比牛車快了兩倍不止！

白芸掀開車簾子，那風唰唰唰地往裡灌，老帶勁了，樂得她高興極了。

而讓白芸感到驚奇的是，這條通往安溪縣的路走的是官道，時不時會有一些落腳的地方，是村民自己做的一些棚子，有賣茶水和小吃。

雖然煮的茶水是劣質得不能再劣質的茶葉碎，但也能供路上的人解解渴。

還有最簡單的飯食，就是看起來一言難盡了點，因此白芸就沒吃，而是買了幾根玉米棒子和幾個烤地瓜，分給宋清一些，吃得倒也還可以。

她想著到地方了，他們兩個再去最好的酒樓好好地吃一頓，嚐嚐地方的特色菜，這才像個旅遊的樣子嘛！

這次沒帶兒子來，白芸還是略微覺得有點遺憾的，如果兒子來了，他們母子兩個肯定很開心。但這也是沒有辦法的事，丞丞才剛剛能下地，如果來了也玩不好，只能日後再來了。

車子晃晃悠悠地走著，走到了黃昏，整個天空都金燦燦的，夕陽的餘暉灑在馬車和宋清的臉上。

白芸只是無意瞥了一眼，就挪不開目光了，她覺得宋清此刻好看極了，下顎線條稜角分明，鼻子也挺拔。本該是冷峻的面容，在斜陽下顯得格外溫柔，有種大學校園裡溫柔體貼的帥氣學長的既視感，氣質也很不錯。

白芸一時間有點錯亂，托著下巴不禁開口說：「宋清，有沒有人喊過你帥哥啊？」

宋清聽見這話，挑了挑眉毛，有點好笑地回過頭來。「帥哥？」

白芸點點頭，又忽然想起，這裡好像沒有「帥哥」這種稱呼，為了不引起懷疑，趕緊解釋道：「啊，就是很英俊的男子的意思！」

可惜，她不想引起懷疑，宋清也懷疑了。

他眸子一縮，微微偏過頭來，心臟狂跳不止，心中有一種猜想呼之欲出。

白芸看他不說話，有點無趣地又坐回了車廂裡，翻著自己的包袱，摺著小紙人。

宋清一個人坐在前面，獨自在夕陽下風中凌亂。

這個丫頭向來古靈精怪，可是再怎麼古靈精怪，也不會忽然說出二十一世紀的詞彙！

只有一個可能，白芸也是從二十一世紀來的！

一想到這個可能，宋清就越發覺得肯定，這個丫頭的想法和作派，通通不像是這時代的人。

而且，丫頭是相師，還是個很厲害的相師，他是親眼見識過的。更巧合的是，他前世也認識一個年紀不大的女相師，並且是跟他同一天出的事。

沒錯，宋清也是穿越來的。

只不過他很倒楣，一穿越過來，就到了體弱多病的宋清身上，睜開眼就是滿屋子的熏艾，嗆得他滿面通紅。

身子弱雖然是個大問題，但如果繼續熏下去，怕是要死人了。
因此，自打醒了以後，他就著手照顧自己的身子了，給自己治病、找草藥，花了不少功夫才終於好了起來，也習了這時代的文字、駕車技能等。
後來他那個爹告訴他，他有兒子也有媳婦兒，讓他趕緊回去照顧兒子和媳婦，且還有一個娘在家，等著他來養活。
他本來是不願意的，但是宋長水在他穿來的這段日子裡特別照顧他，看得出來是一個很好的人，於是為了報答一二，讓宋長水安心些，他便踏上了去鳳祥村的路。
他的本意是想著掙錢幫襯這家人一點，至於媳婦什麼的，他能避開則避開。
可沒想到的是，白芸避得比他還開，也比他想像中的厲害很多，把家人照顧得很不錯，讓他多了點欣賞。
也是因為如此，他把掙的錢都交給了白芸，也算是補償她一些，因為她本來的夫君已經不是原來的那個人了。
再後來，這個名義上的妻子做的事情一件件都超乎他的想像，蓋房子、買牛車、開鋪子，簡直厲害得不得了，他心中更是有了好感。
但因為自己有個穿越而來的秘密，他打算一輩子都不跟任何人說，卻也不想欺瞞另一半，所以就乾脆什麼都不想了。

可現在他卻發現，白芸也是穿越而來的，且很有可能他們前世都互相認識……即使認識得不太和諧。

宋清看了一眼正在車廂裡剪紙的白芸，想到了當初他媽給他找來的相師，也是姓白。脾氣跟這個丫頭一模一樣，自己說世界上沒有鬼神，他們這種都是江湖戲法的時候，這個丫頭站在一旁狂翻白眼，那樣子好像在罵他是井底之蛙。

宋清瞇了瞇眼睛，忽然無比贊同白芸說的話，嗯，他確實是井底之蛙了。

白芸看著一直不知道在想什麼的宋清，出聲問道：「咱們還有多久能到啊？我有點餓了。」

宋清回過神來，心中喜悅難以抑制，看了看周圍，回想自己當初走過的路，估計著說：「快了。妳坐好，我加快速度。」

「成。」白芸迅速後退，抓住了車壁，一副準備要衝出去的模樣。「你加油，爭取天黑之前到！」

宋清的嘴角抽了抽。嗯，這丫頭絕對是從二十一世紀來的，以為自己坐的是汽車嗎？但他還是手握轠繩，以最快的速度往安溪縣趕。

天剛剛擦黑的時候，他們果真就到了縣城。

白芸想了想，還是先去找了個客棧，開了兩間房，放下自己的包袱。

她也不知道帶了什麼，足足有兩個大包袱，而宋清就只有一個扁扁的包袱，裡面是一件衣裳。

到了房間門口，白芸毫不留戀地把房間門關上了。兩個人的房間是挨著的，雖然她跟宋清是名義上的夫妻，出去玩啊、吃飯啊什麼的都可以，但是她絕對不想跟他同床共枕。

她已經想過了，如果宋清想跟她一個房間的話，她立即就把馬車搶了，自己躲去別的地方，但好在宋清並沒有什麼意見的樣子，讓她安心了不少。

等放好包袱，白芸就出來了，沒有去敲宋清的門，想在樓下等他，結果剛下樓就發現宋清已經坐在那裡了。

白芸便轉身去櫃檯前問事。「小哥兒，我們剛剛來，請問這裡哪家酒樓的菜色最出名？」

櫃檯小二摸了摸下巴，笑道：「客官，咱們這兒最出名的酒樓是寧春樓，裡面的菜色都是一等一的好吃，就是有一點貴。」

白芸擺了擺手。「貴倒是沒什麼，出門在外，就是想吃些不一樣的。麻煩你告訴我在哪裡，我們兩個找過去看看。」

「成！」小二二話不說，出門就給白芸指起路來，態度很是不錯。

寧春樓離這間客棧不是很遠，路也不是很複雜，白芸一下子就記住了，跟客棧小二道了謝後，拉著宋清就出門了。

因為不是很遠，兩人就沒有坐馬車，步行著就過去了，省了停放馬車的步驟。

到了地方後，就見這家酒樓確實是像模像樣的，比鎮上她見過的酒樓都大，大了有一倍，規模很可觀，怪不得是縣上最好的酒樓。

菜色也很不錯，是他們這邊的特色菜，白芸看了菜單一眼，便又遞給宋清煩惱。

宋清琢磨著白芸的喜好，點了幾盤菜，山雞炒野筍、撈葉炒雞蛋等等。

等菜上來後，白芸拿起筷子就吃了起來。

好吃是好吃，就是有點貴，分量也不多，巴掌大分量的菜，就得花三十幾文錢，那湯裡不知道加了什麼，竟賣到了五十文。

不過兩個人都覺得還好，畢竟手裡有錢，吃得噴香。

晚上這邊沒有什麼夜市之類的活動，吃完飯後街上已經沒有什麼行人，酒樓也準備打烊了。因此白芸跟宋清就早早回了客棧睡下，等明天一早再出去各辦各的事情。

第十七章

第二天白芸起來的時候，宋清已經出去了，白芸敲了好幾下門，都沒有人開。正巧路過的小二看見她起來了，便笑著問了句。「客官是在找同行的那位公子嗎？」

白芸點了點頭。「他是出去了嗎？」

「對，那位公子出去了，還託我給您帶個話，說他下午會早些回來，讓您先去逛逛，想買點啥都成，他回來給您結帳。」

白芸愣了愣，隨後臉頰爆紅，這是什麼神奇的霸道總裁語錄？她白芸居然有一天能聽見這種話，真是……讓人害臊。

「客官，還有啥吩咐的嗎？」小二羨慕地笑了笑。這種事情不常見，也摸不清兩人是什麼關係，但他們這裡倒是沒有那麼保守，是什麼關係都輪不到他管。

「沒有了，你去忙吧，多謝。」白芸一刻都待不下去，她可太害羞了，等小二走開，她就逃也似的出去了。

走在街上，看見了什麼小玩意兒，都能想到宋清留下來的那句話，簡直像魔音一樣縈繞耳畔。

白芸抬頭望了望碧藍的天空，好吧，她總算明白前世怎麼那麼多人喜歡偶像劇了，這玩意兒有毒！

其實她還是滿開心的，儘管自己有錢，也夠獨立自主，但被人記掛在心上總是好的。

想了想，白芸倒真的在街上認真地逛起街來。

安溪縣很大，可以說是應有盡有，走到哪裡都有絡繹不絕的行人，白芸也算是開了眼了。

從走馬觀花的店鋪裡買了幾件要帶回去的東西，有給丞丞的玩具、給婆婆和小姑子的布料及飾品，還給自己也買了髮簪。有錢了，臭臭美是很有必要的。

最後，在一間首飾鋪裡，她瞧見了一塊薄薄的玉珮，上面雕刻的是平安結，還有鏤空，跟旁的那些實心厚重又浮誇的大玉珮不一樣，她一眼就瞧中了。

她越看越覺得這玉珮適合宋清，跟他平時穿的衣服也很搭配，儘管他平時穿的衣服都是自己選的。白芸想都沒想，掏錢就買下來了。

又逛了很久，買了糕點之類的，白芸就回客棧了，把東西都放下後，又出門了。

她隨便在附近找了個人少的茶鋪，要了一壺茶，便在大堂裡坐下，準備打發一下時間。

茶鋪裡只有一桌客人，她剛來坐下，那些人也正好要走，整個偌大的茶鋪就只剩她一個人了。

白芸坐的地方正對著大門口，飲了兩杯茶，就瞧見門口有一個小小的人兒探出了小腦袋，往茶鋪裡瞧，由於只虛晃一下，白芸沒看清楚。

等那人第二次探頭的時候，白芸才瞧得真切了，是個小男孩，看樣子比丞丞大不了多少。

此時，那小男孩往櫃檯處瞄了一眼，看沒人，便睜著黑黝黝的眼睛問道：「姊……姊姊，請問您買花嗎？」

白芸笑了笑，伸手招他進來。「什麼花？怎麼賣？」

「姊姊，我這裡有花環，還有新鮮的花。」小男孩說道，卻沒有進去。「不過新鮮的花在家裡，如果您要，我給您搬來！」

白芸看了一眼小男孩的衣著，只見他穿得破破爛爛的，衣服上的補丁已經補得不能再補了，都是破碎的布拼接的，比乞丐穿的還破爛。但手上卻掛著最美麗的花環，是茉莉花環，還沒盛開，不過花香味已經飄出來了，配上小男孩純真的笑容，以及笑容旁邊的兩個小酒窩，很是舒心。

白芸點了點頭，笑道：「你進來。我要了，多少錢？」

小男孩在衣服上搓了搓自己的手，有點緊張地踱步進店裡，把手上的花環輕輕放在桌上，怕自己的手弄髒這個姊姊的手。「姊姊，您看著給吧，花是山裡採回來的，本身不要錢。」

白芸挑了挑眉毛，感嘆這孩子居然這麼誠實，便也沒多話，掏出十文準備遞給孩子。

「幹什麼呢？你快滾出去！怎麼又來了？」櫃檯內走出了個人，是掌櫃的，臉色很不好，抬手做驅趕狀。「跟你說過多少次，不要再來了，你這樣我怎麼做生意？客人看到了還會來嗎？沒人買你的花，快滾！」

小男孩嚇了一大跳，隨後立即彎下腰鞠了一躬。「對不起，我這就出去！」

白芸蹙了蹙眉頭，對掌櫃說道：「掌櫃的，是我讓他進來的，橫豎這裡只有我一個人，我先把花買了。」

掌櫃聽白芸這樣說，倒是沒話講了，退回到後面去了。

小男孩微微朝她點了點頭。「謝謝姊姊。」

「不客氣。」白芸把錢遞給了他，無意間看到小男孩的脖子上掛著一個小小的木瓶子，好奇地問：「這是什麼？」

「這個啊，這個是我娘做的百花水，很香喔！」小男孩把那個木瓶子拿了下來，同樣在衣服上擦了擦，放在桌上。他的衣服很乾淨，但是有點破了，他娘怕別人嫌棄他，東西賣不出去，就讓他時不時擦一擦。

百花水？白芸眼睛一亮，來了興趣，拿起那小木瓶，輕輕打開蓋子，本來是淡淡的花香，蓋子一打開，那撲鼻的香味就出來了，還帶著淡淡的酒香，但不刺鼻。

這香味白芸聞著只覺得清新淡雅得很，完全比得過前世一些香精勾兌出來的香水，要是被人知道了，絕對是個搶手貨！

想到這裡，白芸問道：「你娘有這個手藝，怎麼不做出來賣？」

小男孩眨巴眨巴著眼睛，不解地問道：「這個還可以賣嗎？我娘說只是自己瞎弄的玩意兒，上不得檯面的。」

上不得檯面個球啊！這是高級版的香水！

看著男孩不解的眼神，白芸扶額。這可是大有商機的好嗎？這時代的人想要有香味，一般都是佩戴香囊的，大戶人家也要麻煩的整日熏香。如果有了這個東西，既不用點燃，還可以抹在身上，且香味很自然，誰會不買啊？

白芸輕咳了一聲。「這個百花水還有嗎？我想買。」

小男孩笑著說：「姊姊，這個我送給妳了。姊姊這樣好看，用上了肯定更好看！」

白芸只覺得內心被暴擊了，捂著胸口說：「姊姊要買很多。」沒辦法，她就是這麼個耳根子軟的人，聽不得小孩說好聽的話。

小男孩一怔，隨即興奮地點了點頭。「有的、有的！家裡還有！姊姊跟我去嗎？」

「走吧，你家在哪兒？我跟你去。」

「很快就到！不遠！」小男孩高興極了，急忙出了門，揹上有半人高的小背簍，就要給她帶路。

白芸跟了上去，走著走著，忽然覺得不對，這孩子說的「不遠」，可能還是挺遠的，於是又仔細問了問，才知道是在城西的郊外，果然很遠！只是小男孩精力旺盛，不覺得遠罷了。

白芸乾脆接過他背上的小背簍。「姊姊有馬車，咱們坐馬車去，就在前面客棧。」

在客棧取了馬車後，小傢伙卻怯生生的不敢上前了。

白芸上了馬車後回過頭來，要接他上車。「來吧。」

「姊姊，我就不上去了，我衣服髒。我在後邊跟著跑就好，我跑得很快的。」

他純良的眼神像一隻可愛的奶狗，讓白芸心裡好一陣暖。她拍了拍車子，跟他說：「快上來。」

小男孩猶豫再三，最後在她堅定的眼神下坐了上去，卻沒有進車廂裡，而是跟著她坐在外面。

白芸拉著馬繩，順著他指的方向趕車去了。

在路上，白芸跟小男孩聊了聊，得知他的名字叫狗剩，沒有大名，跟她家丞丞以前的名字有異曲同工之妙。

想起從前剛見到丞丞的時候，那孩子的性格也和狗剩一樣，很靦覥又懂事，懂事得讓人窩心。

馬車跑得飛快，街景由高高的青石瓦樓變成一排房子，又拐了幾個彎後，變成了破落的土房子，跟鳳祥村比起來也好不了多少。

這些土房子又矮又小，住的都是些老弱殘疾，是沒辦法了才一直在這裡，一股濃濃的貧困氣息撲面而來。

但是狗剩顯然不這樣覺得，他光著小腳丫飛快地往前面跑，直到跑到一個破了半面牆壁的小屋子前，才轉身朝白芸招手。

「大姊姊，我家就在這裡！」

裡面有一個婦人聽見他說話，急急地走了出來，驚訝地看著他。「孩子，你今天怎麼回來得這樣快？可是又被人趕出來了？」

狗剩搖搖頭，指了指站在不遠處的姊姊，笑道：「娘，這個姊姊說想買咱家的百花水，我就給帶回來了！」

狗剩娘往他指的方向看去，見姑娘穿的衣裳都是好衣裳，一看就跟他們不一樣，當即有點惶恐，雙手擺在胸前，都不知道該往哪裡放了。

白芸也瞧了一眼那個婦人，五官還算端正，臉上卻生了許多斑點，跟芝麻灑在了臉上一般。

這樣的長相，在這個時代，是被世人評判成被上天懲罰過的女人，讓人心生害怕，所以怪不得只有狗剩一個人在街上賣花。

白芸走上前，沒有刻意避開視線，在她的臉上掃了一眼後，說道：「我是看狗剩身上帶著個香瓶，覺得味道很不錯，所以想來問問還有沒有？我想買。」

「有……有的。」狗剩娘點了點頭。不知道為什麼，別人瞧見她要麼是唾罵，要麼就是嘲笑，再不就是躲避和同情，還從未有人這樣坦蕩蕩地看了她的臉後，卻好像什麼都沒看到一樣，不禁讓她懷疑，自己臉上的麻子是不是都不見了？

狗剩娘本想讓她進屋坐，但掃了家裡一圈，連張完好的凳子都沒有，有也是缺腳的，坐不了人，便不好意思地笑了笑。「妳在這裡等等，我拿出來給妳看。實在不好意思，家裡太髒了，沒地方坐。」

白芸善意地笑著搖了搖頭，示意她沒關係，便安心地站在門外等著。

不一會兒，狗剩娘出來了，手裡還拿著一個灰色的大葫蘆，遞給她。「這是我這兩天煮的百花水，妳聞聞味道。」

白芸接過，打開，眼睛立即亮了亮，這水又與丞丞身上的不一樣了，聞著有股清幽的果香，別樣的好聞。

白芸拿著葫蘆，沒有急著走，而是把葫蘆放到一邊，把心中的疑問問出來。

「狗剩娘，我看妳也就大我幾歲而已，我便喊妳姊吧。不知道方不方便問一下，妳做的這百花水是誰教妳的？我在這邊沒有見過這東西，覺得稀奇得很。」

狗剩娘沒想到她這樣平易近人，先是愣了愣，而後笑著說：「這是我家祖傳的手藝，我不是這裡的人，我的家鄉熱得很，蚊蟲也就多。這個東西也就我們那邊的村子有，都是我用花草做的，這邊倒是沒什麼蚊蟲，所以估計也沒什麼人見過。」

「哦。」白芸點了點頭，繼續說：「我是來縣城辦事的，對這個東西挺感興趣的，味道我也很喜歡，就是不知道……」

「那我教妳怎麼做吧，這樣妳就能在家裡自己做了，也不必麻煩地跑到這裡來。」狗剩娘臉上掛著單純的笑容，不僅單純，還非常熱心腸。

白芸忽然感覺自己的良心有點痛，剛剛那會兒她還想著怎麼忽悠人家把配方教給她呢！

狗剩娘沒停下嘴，直接就開始說了起來。「首先得釀果子酒，這酒也可以在街上買，就是不好買到，接著——」

白芸閉了閉眼，最終還是善良戰勝了邪惡，開口打斷了她的話。「姊，等等！這配方我不要，妳要是沒啥要緊事的話，就跟著我走吧。」

「蛤？」狗剩娘眨巴眨巴著眼睛，有點不知道她的話是什麼意思。

白芸解釋道：「這百花水是個好東西，我想拿去賣，但我做不出來，就算能做出來，我也沒有人手去做，所以，我想請妳去幫我做，工錢肯定不會少了妳的。當然，這配方我還是要知道，買方子的錢我也會給妳，但是妳這方子就不許再給其他人了。」

她說了一長串，狗剩娘都聽懵了，好半天才反應過來她說的話，臉上瞬間布滿喜悅。

「怎麼這麼好，還給方子錢？」

白芸點點頭。「另外，在妳拿到工錢之前，吃和住我都包了。」打量了狗剩家一圈，再看看他們放在桌上的剩飯，只是一點點鹹菜，便又繼續說道：「不敢說吃好住好，但總比在這裡好，能填飽肚子。」

狗剩娘一聽，眼眶都紅了，心中是滿滿的激動。她一點也不擔心姑娘是騙子，她是個不祥的女人，人家騙她做什麼？就是出去當窯姐兒都沒人要她的。

多少年了，她日日夜夜都想脫離這個地方，起碼讓兒子像別家的孩子一樣，能夠吃得好一些。要是真的如這姑娘所說，她有工錢拿，那日後的日子怎麼也不會過得比現在差。

白芸見她沒說話，只當她在考慮。「妳可以再想想，如果覺得合適就跟我走，不合適的話，我也不會強求妳。」

狗剩娘哪裡會不願意？當即就點頭，滿眼都是希望。「合適！我這就收拾東西！」說完，喊了一聲兒子。「狗剩啊，快去收拾你的東西，我們要離開這裡了！」

狗剩不明白為啥這個姊姊一來，他娘就要帶他走了，但還是乖乖地去收拾自己的東西。

白芸掃了一眼矮房子，又問：「就你們兩個人嗎？」不是她想多管閒事，既然決定要招工了，那基本的情況還是要問清楚的，不然日後生事，也很麻煩。

「嗯，就我們娘兒兩個。」狗剩娘邊收拾邊說道：「我沒男人，沒嫁過人。」

白芸一愣，心中突然有個驚悚的猜想。

不等她再問，狗剩娘就自己說出來了。「我生的這張臉，本來這輩子就沒指望著嫁人，以前還有爹娘護著，但在我十七歲的時候，我爹娘就死了，村人說是我剋的，怕我再把他們剋死了，就拿著棍棒把我趕出了村子。我一路來到了這裡，本想靠自己安身立命，但也沒有人願意要我一個不祥的人做事，我只能偶爾去撿一些飯食。」她說著，臉上都是麻木，沒有怪罪，只有深深的無奈。「本以為日子會這樣過下去，但是我被人強了，那人看清我的臉以後，連夜就跑了，所以才有了狗剩。本來我是恨極了，恨這個世界為啥對我這麼不公平，讓人連活著都那麼難，但直到狗剩生下來後，我突然就不恨了。他那麼小一個，來到這世界上要過苦日子，卻還笑得那麼開心。從那以後，我就有了指望，不管別人怎麼看都好，我得保護我的兒子，讓他好好長大，教他做一個善良的人。我還得謝謝那個人，給我送來了一個兒子。」

狗剩娘的話讓白芸徹底不平靜了，愚昧，太愚昧了！居然只憑人家臉上有一些黑斑，就覺得人家是不祥的了？

還有那個人渣，強暴了女人還要跑路，這種人渣才是最晦氣的！百因必有果，這種人只怕最後也落不著好處。

狗剩娘說了許多，才突然想起來，人家只是問了自己一句而已，自己卻貿然說了這樣多，怕是要招人厭煩，便又趕緊道歉起來。「抱歉啊，我不是……我就是不小心多說了一些。」

「沒關係。」白芸和善地搖了搖頭。她還滿理解狗剩娘的，這些人就是生來被欺負了太多次，連說太多話都得先反省是不是自己錯了。

看狗剩已經收拾好了，而狗剩娘還想去搬一些豁了口的碗，白芸忙拉住她。「那些東西就不要了，我給你們買新的。咱們就走吧，馬車停在前面。」

「多謝姑娘！」狗剩娘點點頭，沒有留戀地跟在姑娘身後，就算是給姑娘當下人做牛做馬報答都好，她實在不願意繼續待在這裡了。

不是怪這裡條件不好，日子再差她都能活，而是被強迫的那個晚上，這裡的人都聽見了她的慘叫，讓她感到痛苦不安。而且狗剩也經常因為她的緣故，被別的小孩奚落。

事情已經發生了，她改變不了，只能逃離。

可狗剩到底是個天真的孩子，走的時候一步三回頭，對這裡的一切還有點捨不得，不安地抓著自己娘親的衣裳。

白芸讓他們坐在車架的兩邊，駕著車就走了。

她很同情狗剩娘沒錯，但她不是慈善家，做不到一擲千金，讓他們舒舒服服地過上好日子。

而且說實話，如果狗剩娘沒有屬於自己的價值，或許她跟這對母子的交集，就只能停留在買花時多給的那幾文錢裡，絕不會有後面的事情。

無論在什麼境遇，只要人有價值，那才能改變自己的命運。

馬車回到客棧內，由於母子兩人的衣裳太破，白芸便讓他們兩個先回到她的房間，又讓小二打了一桶水，讓他們娘兒兩個好好的洗洗。自己則去成衣店買了兩件適合他們的衣裳，不是太好的，但勝在厚實，給他們送進去。

等兩人換洗出來，倒真的變了一個樣子。周圍沒有人，狗剩娘也沒有捂著臉了，身上乾淨了不少。

白芸仔細地打量了一下她的命宮，發現這人命運坎坷，確實有父母早逝的命格，前半生活得非常苦，後半生便平緩過來了。

不說福氣好吧，但過上普通日子那是絕對沒問題的，主要是天生惡厤才把她原有的命格給遮蓋了。

「我還沒問妳叫什麼名字呢。」白芸輕輕地問道。

「我……我叫玉梅，小姐。」玉梅有點哽咽，她從出生起就沒穿過這麼好的衣服，孩子也沒穿過新衣服，這一切都是面前這個女人給的，叫她怎能不激動？玉梅在心底暗暗發誓，若這個小姐是真的願意幫助他們娘兒倆，那麼她必定要做牛做馬地報答回去！

白芸的嘴角抽了抽，擺了擺手。「妳不必喊我小姐，我叫白芸，妳可以喊我東家。」

「是，東家。」玉梅點點頭，乖順地站在那裡，白芸叫她做什麼，她就做什麼。小姐來小姐去的，特別像萬惡的封建社會，她聽著也覺得奇怪。

白芸剛讓他們找個凳子坐下，就聽見走廊傳來一陣腳步聲，她抬頭一看，是宋清回來了。

宋清看她們鬧著，扭頭一看，就瞧見了她房間裡的兩個陌生人，不禁挑了挑眉毛。

白芸臉上帶笑，走了過去。「你回來了？」

「嗯，回來了。」宋清點點頭，一副想知道這兩個人是誰的表情。

白芸嘿嘿一笑，把他帶了進來，介紹道：「這是玉梅，這是她的兒子，我今天在茶鋪遇到的。」又朝玉梅介紹道：「這是我夫君。」

說出這話，白芸沒有不自然，在村子裡大家都「宋家媳婦兒」、「宋清媳婦兒」地叫慣了。除此之外，她也不知道該怎麼介紹宋清了，總不能說是「我婆婆的兒子」吧？

宋清還是第一次聽白芸這樣介紹自己，嘴角控制不住地上揚，朝兩人點了點頭，算是打招呼。

「老爺好。」玉梅連忙站了起來，彎了彎腰。

老爺?!宋清眨了眨眼，他怎麼回來一趟就變成老爺了？誰能給他解釋一下！

白芸尷尬地笑了一聲，讓宋清坐下後，才解釋道：「你聽我說，這玉梅會製一種叫百花水的東西，就是用鮮花、果子製作的水，聞起來讓人心曠神怡，比現在這些熏香和香囊好用，直接塗在衣服上或手腕上就成，我覺得這東西能賣錢。我想著這城裡、城外最不缺的就是有錢的太太、小姐們了，若是再開間鋪子，生意肯定不會差。你覺得呢？」說完，她拿出之前狗剩給她的那個小木瓶，把瓶塞打開，遞給宋清。

宋清接過以後，放在鼻尖聞了聞，說道：「確實好聞。」

「對吧！」白芸拍了拍桌子，眼睛笑得像星星一樣。「那你這是同意我拿咱家的錢開鋪子了？」

宋清挑了挑眉毛。「咱家的錢一直由妳管，妳自然可以隨意支配。」

「行，那太好了！放心，我不會賠本的。」白芸清楚他說這話就是同意了，畢竟現在她手裡的錢有許多也是宋清掙來的，要再開一間鋪子，那肯定得動用到。

雖然宋清話是這樣說，但該徵求同意還是得徵求同意的，她不是那種不懂分寸的人。

只要鋪子開起來了，就不愁沒有客人，加上她看相也會積攢一些人脈，待生意做起來了，能保障一家人的幸福生活，她就再也不用去擺攤，日後拒絕人也能拒絕得有底氣，不用再為金錢發愁了。

光是這樣想想，白芸就覺得很不錯，突然發現自己除了看相的老本行外，經商也很有天賦啊！

宋清坐在一旁看著白芸眼神裡的憧憬，嘴角勾了勾，想著自己也得加快賺錢的步伐了，不然都經不住小丫頭開鋪子用的。

白芸跟宋清商量了一會兒，既然宋清的事情辦完，兩人就決定打道回府了。

四個人坐著馬車，往來時的方向回去。

玉梅也不擔心白芸是騙子，只是閃爍著眼睛，看了看身後越來越遠的安溪縣，想著日後怕是再也不能回來了。

白芸看透了她的情感，笑道：「會回來的，我打算把鋪子開在安溪縣，等我回去再想想，就算頭一家不開，往後也是要在安溪縣開的，妳放寬心。」

玉梅沒想到白芸會同她說這些，慌忙擦了擦眼角的淚。「東家，我不是……我去哪裡都行的，我全聽東家的。」

白芸笑了笑，看著遠方飛來飛去的鳥兒，只覺得心情很好。

昨日馬車一走走到了天黑，才剛剛好到青嶺鎮上，想著晚上突然回去可能會嚇到婆婆和小姑子，而且帶玉梅他們回去也不好安頓，便乾脆在鎮上又住了一晚，今天一早才回的鳳祥村。

「阿芸、阿清回來了！快回屋裡歇著！怎麼不在縣城多玩兩天？」馮珍見他們回來都很高興，卻又怕他們操心家裡，沒玩夠。

白芸笑著說：「其實安溪縣也就比鎮上大一些而已，熱鬧是熱鬧，但是熱鬧多了也就膩了，還不如回來跟妳一起說閒話呢！等日後丞丞好了，咱們一家人都去看看！」

「好好好，阿芸就是會疼人！」馮珍笑得合不攏嘴，忽然瞧見馬車上不只白芸和宋清兩人，不禁愣了愣，問道：「這是？」

聽見馮珍的疑問，白芸很快就出來介紹了一遍，還把兩人的來意和她之後要做的事情都跟馮珍說了。

馮珍聽完後眼裡都是驚訝，他們家裡才剛剛開了一間茶水鋪子，對於之前吃了上頓沒下頓的狀況來說，能開一間鋪子已經是意外之喜了，沒想到兒媳婦去一次安溪縣，回來後又說要開一間鋪子，她還有點沒反應過來。

但是馮珍也算是為數不多的好婆婆了，既然白芸要做，她當然不會反對。這個家就是她兒媳婦撐起來的，她也不是那種喜歡拿捏事情的性格，立即贊同地說：「行，你們兩個看著辦，我顧著咱們家就成。」

白芸知道馮珍不會有意見，她婆婆就跟她媽一樣，她相信馮珍。

接下來就是要給狗剩和玉梅找一個落腳的地方了，雖然他們已經新建了房子，有空的房間，但保不齊什麼時候宋長水就要回來，這個房間還是得給宋長水留著，所以跟馮珍商量了一下，打算再次把何家的房子租下來。

何家的偏院地方大，住狗剩和玉梅綽綽有餘，而且白芸也想著乾脆就把那裡暫時作為場地製作百花水，也方便玉梅幹活，更不用再找人去看著，這是三全其美的事情。

白芸想了想，還是說道：「但要是再租何家的院子，我們得讓他們跟他們家姑爺商量好了，別等玉梅兩人住進去，我們開工了，他們又來反悔，到時候麻煩不說，還難看。」

「這倒是真的。」馮珍點頭，主動把租房的活兒包攬下來，往村西去了。

白芸則是跟宋清進屋去跟丞丞玩了一會兒，還把狗剩給丞丞帶過去，沒想到兩個小傢伙很投緣，拿著之前毅陽世子送來的玩具，玩得不亦樂乎。

「狗剩，以後咱們就是好哥兒倆了！我在村裡還認識不少朋友，我都介紹給你認識！」

「謝謝大哥！」狗剩興奮地點頭，這裡可比原來的地方好多了，還有人願意跟他玩！哥兒倆立刻玩在了一起，那模樣，比相識多年的老友都親厚。

白芸無語。「……」狗剩，你知不知道你比丞丞大？叫大哥真的合適嗎？

過沒一會兒，馮珍就笑著回來了，白芸知道，這事兒肯定是談妥了。

果然，馮珍一進門就樂壞了。「真是太好了！何家姑娘又懷上了，秀珍兩口子高興著呢，我一去講這事兒，他們想都沒想，就滿口答應了，真是大喜事！」

「又懷上了？」白芸愣了愣，她怎麼記得何家的姑爺胡大堅不是個好玩意兒，之前還當眾毆打何月月，怎麼就又懷上了？

馮珍猜透了她的心思，表情怪異地說道：「妳還記不記得上次胡大堅是怎麼干休的嗎？」

「記得。」不就是胡大堅腎虛，被她打了一頓，又被何月月伸手掐了一把給制伏了嗎？

「是啊，真像人家說的，那胡大堅就是個賤骨頭，欺軟怕硬的！秀珍說她閨女月月回去以後，只要胡大堅惹月月不高興了，月月就找機會往他腰上來那麼一下。日子久了，這胡大堅就不敢了，也能聽進話了，現在倒是變得像模像樣的，隔三差五還請他們兩口子去鎮上吃飯啊！還有月月的那個婆婆，一聽說月月又懷上，什麼都不介意了，一心一意地給伺候著，還把家裡生意的結餘都交給月月，日子過得好極了。」

白芸的嘴角狠狠地抽了抽，想不到事情最後會變成這個樣子，還真是風水輪流轉，蒼天饒過誰啊！

不過租房的事情解決了那是最好的，白芸便帶著玉梅和狗剩過去了。

一進那大院子，玉梅就愣了，惶恐地說道：「東家，這麼大的院子給我們娘兒倆住，是不是太奢侈了？我們住哪裡都成，在院子裡搭個棚子也能住下的。」

確實，這裡對比他們在安溪縣住的房子，確實是好太多、大太多了，但這也是白芸給他們的承諾。

「不打緊，這裡你們就先暫時住著，然後妳仔細想想，如果我要開鋪子，妳做百花水需要點什麼，來跟我說，我找人辦。過兩天咱們就先在這裡開工，等我找到更好的地方，咱們再換。」

一聽是要在這裡開工的，玉梅也不扭捏了，應了下來。要是專門給他們住的，那她心裡壓力也太大了！

當天下午，玉梅就來宋家了，把百花水的配方講給白芸聽，還把製作過程都說了一遍。

白芸讓宋清拿著紙筆記了下來，主要也不是想要這個配方，但是做出來的東西是要賣給別人的，她當然要審核好。

比如製作百花水的方子裡有什麼材料、是不是安全的、製作的過程安全不安全，這都需要她來把關。

目前只有玉梅一個人，她知不知道都成，但若是以後鋪子做起來，要招人手了，那就得按照一套標準走，不能亂來。否則客人買回去用得不好了，責任全在自己的身上，所以她不得不小心。

怕玉梅多心，白芸也把自己的想法跟玉梅講清楚了。用人不疑，疑人不用，她是往做大的方向想的，首先就是要獲得玉梅的忠誠。

玉梅本就沒有把這件事情放在心上，對於她來說，能換個活法，不用出門叫別人看到她的臉又能掙到銀子，已經是天大的恩賜了。

更何況白芸給的月銀不少，跟外面男人們做工是一樣的，這就代表她可以憑自己的雙手養活兒子，讓兒子跟別人家的孩子一樣，能夠好好長大，娶妻生子。

種種如是，她除了感激還是感激，再加上白芸還跟她講這些，她就更加堅定要好好幹的想法了。

把玉梅的事安排妥當之後，第二天白芸又去了鎮上一趟，看了看自家茶鋪的生意，比之前更好了。

宋嵐說，這幾日李夫人帶了人過來，鎮守家的許夫人也來過，連那個世子爺都來看過一眼，所以連帶著許多人都慕名來了，出手也很闊綽。

白芸沒說什麼，但默默在心底記下了。這是人家對她的好意，她也不能忘本。當然，這裡面可不包括那個世子爺，那是他該做的。要是因此毀了她的生意，保不齊她小心眼再給他弄幾隻阿飄去呢！

宋嵐坐在櫃檯前，還不忘翻看著帳本，頗有一副女強人的味道。

白芸挑了挑眉，問：「阿嵐，妳這兩日都住在這裡？」

「是呀，嫂嫂，我這兩日可忙壞了！店裡生意多，來咱們這兒的人也金貴，我每次忙完，頭都大了，還得麻煩我哥來接，乾脆就時不時在這裡住下了。」

「那妳是住哪裡？」白芸的眼神悄悄看向後院。

「住樓上呀！咱們樓上有個小房間，我給收拾出來了，乾淨又寬敞。」宋嵐笑道。

白芸鬆了一口氣，點了點頭，又擔心地說道：「妳一個人忙不過來的，不如再請一個人吧？咱們鋪子的生意這樣好，請一個人也不打緊。」

「知我者莫若嫂嫂！」宋嵐眼裡都是崇拜。「我正想跟妳說這件事情呢！但是又怕我們鋪子剛開就要請人，浪費。」

「浪費什麼？這是正規用途！」白芸敲了敲她的腦袋，便讓她繼續忙了，自己則往後院走去。

她這幾日太忙了，都快把鸞月給忘了。因為人不能長時間跟陰靈在一起，加上丞丞受傷，白芸就沒帶鸞月回去，而是給它留了一張紙符，讓它吸食相氣。

推開耳房的門，裡面空無一人，只是溫度卻比平時低很多。

白芸把門關上，貼在牆上的黃紙人像是知道她來了，輕微地動了動。

白芸笑了笑，把那張紙人揭了下來，放在手心裡，果然，裡面的相氣差不多都消散了。

鸞月從黃紙人裡出來，卻是沒有形狀也沒有影子，跟晚上瞧見的它不一樣，也只有白芸能大概感知它在哪裡。

白芸坐了下來，鸞月就又像那日一樣，從身後親近地把頭靠在她的肩膀上。

「妳這幾日就待在這裡吧，暫且還不能跟我回去。我兒子還小，不能與妳接觸，我會讓我小姑子每日來給妳點把香火。我不在了那麼久，留妳一個人，委屈妳了。」

房間裡掀起了一股小風，涼絲絲的，好像在回應她的話，這風傳到白芸耳朵裡，就成了一句話——

「主子，鸞月想您。」

白芸笑了笑，鸞月待她是真的很好，無論是以前還是現在，它都算是這個世界上待她最好的。

前世每次有陰靈近身，無論是否凶惡，鸞月都會偷偷去跟那陰靈打一場，鬼氣消耗大半，就如同人一般，丟了半條命，但它從不害怕，總是一次次地保護她。

奶奶說過，鸞月的忠誠能比得過世間任何一個人，包括她奶奶。因為只要是人都有私心，但鸞月不會有。

鸞月就這麼趴在白芸的肩頭，它不管主子有沒有兒子或是其他，任何事都不重要，反正只要是主子說的，它什麼話都聽。

坐了一會兒，白芸才站起了身子。

鸞月知道她要走了，自覺地化作了一陣小風，鑽進了紙人裡。

跟以往不同，它現在還不能接觸日光。它是相氣養成的陰靈，當初因為想找主子，它耗盡了所有的相氣，變成普通的陰靈回到陰間，卻找不到它主子的魂魄，還被陰司看管得嚴嚴實實，直到現在才被放了出來。

鸞月回到黃紙人內，繼續吸食著白芸留下來的相氣。等到它的鬼氣對身邊人沒影響的時候，便可以跟在主子身邊了。

離開了茶鋪後，白芸沒有回鳳祥村，而是駕車去了一座府邸，府邸很大，在鎮上算是數一數二的大宅子了。

白芸下了牛車，上前去敲了敲門，出來開門的是個家丁。

「您有什麼事？」

「我姓白，找李夫人，麻煩通報一聲。」白芸說明了來意。

「行，那您等一下。」家丁點點頭，沒有怠慢的意思，跑著就往裡頭去了。

過沒一會兒，那家丁就又跑回來了。

家丁大大地喘著粗氣說：「我、我們……我們夫人來了，請、請白姑娘進去！」

白芸忍俊不禁，跟著他進去了。剛走到半道上，就瞧見李夫人急匆匆地往這邊走來，旁邊還是那個面目清冷的丫鬟，扶著她快走。

「白大師！您怎會突然來？也不通知我一聲，我好讓人在門前迎您啊！莫不是想看我失了禮數，笑話我？」李夫人遠遠地就笑道。雖說是打趣的話，但言語間還是非常尊重。

開玩笑，這個白仙姑的名號，自從鎮守府抓鬼的事情一出，大家就都傳開了，就連安溪縣都來了不少人去鎮守府打聽呢！還是鎮守府的老太爺給攔了下來，怕人打擾了仙姑。

本來白大師就跟她有點淺薄的交情，這次又上門來了，她怎能不驚喜？

白芸要是知道安溪縣有人來找她看相，卻被孟老太爺攔下來了，肯定能氣吐血，天知道她現在有多麼缺錢，這種活兒可以儘量往她臉上甩好嗎！

李夫人把白芸引到閨閣裡坐，而不是去正堂，這一舉動就是想把白芸歸類為自己人。

白芸不講究去哪裡坐，也就跟著去了。

等丫鬟們上完了茶水、點心，李夫人親自起身給白芸斟茶。「大師，您嚐嚐。這花茶是新出的，最是美容養顏，喝完了嘴裡有淡淡的香味，好極了。旁人要我都沒給，一會兒我給您帶些回去，和家人慢慢喝。」

白芸眼裡精光一閃，她正愁沒話題呢，李夫人就點題了，於是端起茶盞喝了一口，淡淡的香味就縈繞在口腔裡，確實是不錯的。

「怎麼樣？」李夫人一笑。

「確實香。」白芸點點頭。

李夫人見她喜歡，立刻就轉頭吩咐起丫鬟。「還不趕緊去準備，把我那些都裝上，一會兒幫著大師放進車裡。」

「是，夫人。」那丫鬟福了福身，就往外走。

「李夫人，正巧，我也有東西送妳。」白芸說。

李夫人睜大了眼睛，只覺得榮幸之至。「真的？是什麼？」

「這個。」白芸拿出了一個木瓶子，比狗剩的那個大了許多，裡面裝的是玉梅之前拿出來的百花水，果子香的。

「這個是？」李夫人雙手拿起木瓶子，淡淡的香味就撲鼻而來，她不確定地靠近聞了聞，笑道：「哎呀，好香！」
「這是我前段時間得來的，叫百花水，抹在身上或者用來洗澡，滴一、兩滴就成，很方便。」
李夫人聞言，打開了小木塞，輕輕倒了一滴在手背上，那清新自然的香氣果然立即蔓延開來，她輕輕揮了揮手，所到之處都是香的。
「還真是呢！大師，這種好東西我可從未見過，不知道大師是從哪裡得來的？聽說您前段時間去了安溪縣，是不是在安溪縣能買到？我也去看看，我娘家姊妹幾個肯定喜歡！」
李夫人滿眼歡喜，瞧那樣子，是真的很喜歡這個東西。
白芸搖了搖頭。「暫時買不到了，會做這百花水的人已經不在安溪縣了。」
李夫人臉上明顯有著失望。「那倒是可惜了。」
「不過之後就可以買到了。」白芸眨了眨眼。「因為那人我給雇了下來。我想開個鋪子，專門賣這個百花水，會有許多種不同的味道。」
「大師，您又要開鋪子？」李夫人有些錯愕，這個「又」字用得很微妙。
「對，要開。」白芸說。「今日來也是想問問夫人，按照這些個夫人的喜好，妳說我這東西在安溪縣能不能賣成？當然，是不靠人情的賣成。」
白芸知道自己茶鋪的生意多虧了這幾家人的照顧，畢竟她家茶鋪的位置不怎麼樣，而且也沒有什麼特色茶。唯一吸引人的大概就是宋嵐做的小點心了，只要有熟客，就可以把人留住。

但是百花水不一樣，這是個新鮮的東西，喜好全憑客人。既然要做，那投入肯定大，只靠人情關係可回不了本。

李夫人思考了一會兒後，點頭道：「我看著肯定可以。這個百花水確實不錯，香味如果也有各種各樣能任人挑選的，那可比平時熏香方便多了。不過我也不敢保證，不知道大師可否多給我幾瓶？我正好要回娘家，可以順便拿去給我那些安溪縣的姊妹們都試試看，讓她們給個反應，也算是提前招攬生意了。」

「那是自然，一會兒我就讓人給妳送來。」白芸臉上的笑容擴大了好幾倍，她來這裡的目的就是這個！這李夫人就是太上道了，弄得她還有點不好意思。

從李夫人家出來後，白芸便去集市買了菜，然後回到茶鋪等打烊了把宋嵐一起帶上，回了鳳祥村。

有馮珍在，玉梅母子倆的基本用品都安排妥當了，玉梅也拿到了白芸給的方子錢，有什麼不夠的都可以自行購買，畢竟白芸也不可能事事都管得周到。

晚飯當然是一家人在一起吃的，吃得心滿意足，睡得也早。

第十八章

第二天，白芸睡了個大懶覺，正覺得渾身舒坦的時候，家門前傳來了一陣喧囂的聲音。

她拉開門走出去，就瞧見玉梅拉著她那個已經斷絕關係的堂妹宋春香的手，滿臉怒氣，往她家走來。

宋春香在後頭，死命不肯走，還用手拍打著對方，嚎叫道：「痛痛痛！醜八怪，快放開我的手！妳做什麼抓我？來人啊！救命啊！快來人啊！」

白芸挑了挑眉毛，不明白這是鬧的哪一齣？怎麼玉梅會拖著宋春香過來？

玉梅見白芸出來了，立刻義憤填膺地說道：「東家，村裡有小偷！這女人今天鬼鬼祟祟地闖進我們的院子裡，拿著瓷盆裝我釀的百花水，正裝到一半時讓我給逮住了，她還想跑呢！」

一聽到有人偷東西，村民們一下子就打起了十二分精神，偏頭往她們這邊看。

這可太惡劣了！鳳祥村一直都是民風淳樸的，從沒有發生過什麼偷盜的事件，都是鄰里鄰居住著的，怎麼能偷呢？

「我呸！妳這個醜八怪，妳這是誣衊！」宋春香心虛地左瞄右看，見大家都關注著這邊，頓時瞪著眼睛抵賴著。「放開我，妳這個醜八怪！我才要說妳呢，我都沒見過妳，妳跑到何家的院子裡做什麼呀？」她眼珠子一轉，另一隻手指著對方，像是發現了什麼不得了的秘密。「哦～～我知道了，妳肯定是來偷東西的！就是因為妳在裡面鬼鬼祟祟的，我才會進去看的，沒想到被妳倒打一耙，果然是醜人多作怪！」

村民們一聽，才注意到這個滿臉麻子的女人確實是外村人，也沒人聽說過何家要來這麼個親戚啊，頓時心生警惕。

「我沒有！」玉梅氣得臉紅，她沒想到這個女人竟空口說白話，自己賊喊捉賊，還倒打她一耙！

「妳怎麼沒有？妳趕緊放開我啊，不然，我就送妳去見官老爺！」看對方慌了，宋春香心裡竊喜，面上還義正辭嚴地威脅著對方。

白芸勾了勾嘴角，上前一步。「玉梅，放開她。」

玉梅很聽白芸的話，白芸一說，她立即就鬆了手。

玉梅的力氣很大，把宋春香那雙幾乎不幹活的手捏得漲紅。

宋春香揉著自己的手腕，看白芸來了，眼神立刻有點害怕，轉頭就想走。她又不是傻的，剛剛醜八怪叫著白芸「東家」，她當然明白醜八怪肯定是白芸找來的人。

她剛剛也只是想仗著別人沒聽清，胡攪蠻纏一下而已，白芸可不是好惹的，最好還是不要和白芸碰上。

白芸眼睛多尖呢，哪裡能讓她跑了？張口就喊住了她。「宋春香，妳且等等！跑那麼快做什麼？」

「哈哈哈哈……堂嫂。」宋春香雙眼一閉，暗叫一聲不好，嚥了嚥口水，訕訕地轉過頭來。「堂嫂找我什麼事？」她一口一個「堂嫂」地喊著，好像真如以前一般是親戚，兩家沒有簽過那斷絕關係的書契一般。

想到書契宋春香就來氣，也不知道白芸使了什麼手段，人家根本就沒有來找她麻煩，鋪子還重新開起來了。

倒是她自己，因為之前滿村子的宣傳宋家沒有好日子過了，結果宋家風平浪靜的，還讓人覺得她是個攪禍精，爹娘也埋怨她呢！

白芸可不知道她心裡的小九九，冷聲說道：「玉梅呢，是我從安溪縣帶回來的能人，何家的院子也是我租下來讓她去住的。」

「啊，竟然是這樣……那真是誤會了，都是誤會！」宋春香縮了縮脖子，尷尬地點頭笑笑。

「嗯，確實是妳誤會了。那麼，妳鬼鬼祟祟拿瓷盆進她的院子裡偷她的東西，這事也是誤會嗎？宋春香，妳不會不知道不問自取就是偷這個道理吧？」

白芸一語擊中要害，宋春香只覺得說什麼都不妥當，只能支支吾吾地解釋著，卻又解釋不清楚。

倒是旁邊的村民大嬸眉頭一皺，出聲問道：「宋春香，妳怎麼回事呢？有什麼隱情妳就和人家說，該不會真是偷東西了吧？」

旁邊一個年紀不大的婦人冷哼出聲。「隱情？能有什麼隱情啊？當大家夥兒都是傻子不成？哪個好人家會偷偷摸摸地跑到人家家裡去拿東西啊？這不是偷是什麼！」

其他人也附和道：「是啊是啊！要我說，宋老二這一家哪有好人啊？上梁不正下梁歪，我看這宋春香落井下石的勁頭，跟她爹是一個模樣刻出來的！」

「就是！哪有那麼狠心的家人，事情都沒打聽清楚，就日日跑去村裡罵人家，要是宋家媳婦兒還放過她，那就太好欺負了！」

白芸聽著周圍的議論聲，勾了勾嘴角，說道：「玉梅，妳去鎮上找我男人，讓他帶上衙門的人回來，好好看看這人是不是偷盜了？」

「行，東家，我馬上去！」玉梅點頭，氣沖沖地就往村口去。

「噯，別去！」宋春香急了，連忙伸手攔住了玉梅，表情很是慌亂。

玉梅被宋春香攔了下來，生氣地瞪著她。

宋春香也沒想到事情會發展到這個地步，怎麼一言不合還要告官呢？她不過是在家附近晃悠的時候，瞧見這個醜八怪進了何家院子，她有點好奇這女人是誰，便進去了。進去以後醜八怪不在院子，像是進屋了，然後她無意間看到那啥百花水，覺得香得很，便回家拿了個瓷盆想接一些回去。

反正醜八怪是外村來的，給她點東西怎麼了？就算不願意，醜八怪也不敢跟本村人鬧矛盾的。

可宋春香沒想到，對方偏偏是個硬角色！

玉梅是奔著改變生活來的，自然不會忍氣吞聲。

宋春香咬了咬牙，熟絡地笑道：「堂嫂，何必如此呢？咱們都是一家人，一家人不說兩家話，告官就不必了吧？」

白芸冷冷地掃了她一眼。「誰跟妳是一家人？我們可是簽了斷絕關係的書契，妳休想來攀親戚！」

白芸一臉「我不認妳，妳休想賴到我頭上」的表情，讓宋春香有點下不來臺。

可宋春香也知道，白芸怕是不會這麼輕易放過她的，乾脆就破罐子破摔，說道：「妳想怎麼樣，妳說吧！」橫豎不過就是物歸原主，在村子裡掉點面子罷了，總比被人抓進官府裡，在全鎮的人面前丟臉好。

「玉梅，去，把她舀出來的那些秤一秤，按五兩三百文錢的價格賣給她。」

「好嘞東家！」玉梅點頭，立即去秤了起來。

「五兩要三百文錢?!」宋春香瞪大了眼睛，也不顧什麼面子不面子了，當即吼道：「白芸，妳這是在訛我吧？妳要不要這麼喪良心啊？」

對，就是在訛妳，不訛妳姑奶奶我就不姓白！白芸在心裡吐槽，但還是面不改色地說：「我訛妳做什麼？妳很有錢嗎？我這百花水這麼香，妳以為是隨隨便便就能做出來的？我這裡頭用的都是好東西，五兩重才三百文那都是便宜妳的了，我若拿出去賣還不只這個價錢呢！再說了，我有沒有訛妳，妳心裡沒數嗎？不是好東西妳會偷嗎？」

白芸一番話算是徹底把宋春香的嘴給堵住了，因為她說得確實在理。

宋春香只覺得自己都要哭了，雖然她偷得不多，但也有兩斤了，怎麼都得一、二兩銀子，她哪裡來的那麼多銀子啊？可沒有銀子又得去蹲大獄，她也不想啊！

正當宋春香躊躇之際，白芸嘆了一口氣，一臉無奈地說道：「算了，就當我吃虧，一共算妳一兩銀子吧，可別說我沒照顧妳。」

她可以不在乎宋春香怎麼想，但她不能不顧及村人的眼光。她之後可能要在村裡招人，不能讓人覺得她是個獅子大開口的人，橫豎她也沒有虧，甚至還賺了不少。有了好名聲，那以後誰再想起什麼么蛾子，人們心中的天平自然會往她這邊歪。

果然，正如白芸所想，大家都覺得白芸做人很地道。

一開始他們也覺得白芸是在訛人，哪有花三百文就買個五兩水的？那不是把人當傻子耍嘛！但經過白芸這麼一解釋，他們就明白了，這水是用好東西做成的，人家願意買，也確實能賣出去。既然是好東西，那自然該多少錢就多少錢啊！且人家白芸還抹了個大零頭，算算抹了好幾百文呢，真是太仗義了！

宋春香卻還是搖頭。「不行，我最多給妳一百文，我可沒有那麼多錢！這水都在這裡了，我還給妳還不成嗎？」

「還給我？」白芸挑眉說：「妳都打出來了，妳那盆髒得很，妳讓我還怎麼賣啊？看來是沒得商量了，送官吧！」

周圍人一聽，都不平靜了，他們鳳祥村要是出了個小偷，那可不太好聽啊，往後還有人敢往他們鳳祥村裡嫁嗎？就是不往村裡嫁，那他們村裡的閨女還能嫁得出去嗎？

不行，可不能讓這個臭名聲扣到他們鳳祥村頭上！

當即就有人出聲罵道——

「宋春香，妳想什麼呢？偷東西的時候也不尋思尋思後果，我呸！趕緊把銀子給人家！」

「人家都已經讓著妳了，妳怎地還不知足？一兩的東西妳只給一百文，倒是會節省！」

「快給錢！耗子想喝貓奶，命運妳得自己改，作奸犯科算什麼本事！」

「行了，關你們什麼事啊？閉嘴吧，鹹吃蘿蔔淡操心！」宋春香咬了咬牙。她是不想給錢，但是看這架勢，她要是不把錢掏出來，這群人得跟她拚命！「白芸，不是我不給妳錢，我現在是真沒有！我一會兒回去問我爹要錢，要了再拿來給妳行吧？」

「可以。」白芸挑了挑眉毛，又說：「大家夥兒都給我做個見證，人贓俱獲，要是她想抵賴，麻煩大夥兒幫我說幾句。」

村民們立刻點頭。「肯定的！宋家媳婦兒妳放心，我們都看著呢！」

「是啊，她跑不了的！」

宋春香白了大家夥兒一眼後，頭也不回地就往家裡走。現在被這些泥腿子瞧不起沒關係，日後她嫁出去就好了。她自然不會往村裡嫁，再不濟也得嫁到安溪縣去，到時候，這些泥腿子想見她都見不到呢！

晚上，宋春香不情不願地送來了銀子，事情也告一段落了。

忙碌了一天，白芸很早就進屋睡覺了，睡到夜深，忽然有人來敲門，聲音急切得很。

「馮珍！馮珍，妳快起來，開開門啊！」

由於拍門的聲音過大，宋家所有人都醒了。

白芸起了身，披上衣服就往院子走。

馮珍和宋嵐先她一步，已經打開了院門。

就瞧見門前站著一個婦人，跟馮珍差不多大，眼裡都是驚恐，看馮珍出來了，立即就半跪下來。

「馮珍啊，快去看看我媳婦兒桂香吧！她要生了，留了不少的血啊！這大半夜的，連個穩婆都沒有，我們實在沒辦法了啊！」她是村東胡家的，跟馮珍的關係說不上多好，也只是打過幾次照面而已。她也是沒辦法了，整個村子裡只知道馮珍會點醫術，所以才上門來找人。

馮珍聞言，想也沒想，點頭說道：「別急，先帶我去看看吧！」

白芸看馮珍要走，連忙叫宋清回屋去簡單收拾點醫療物品，緊接著就跟在後面追。

整個村子都靜悄悄的，路過也只能聽見一些男人的鼾聲，再有就是他們一行人的腳步聲了。

在古代，農村女人生孩子都是大命換小命的，稍有一點閃失，大命跟小命都得玩完，這可是人命關天的事情，就是白芸也不敢輕易耽擱，只能加快速度往前跑。

「啊——好痛！來人啊——」

剛剛跑到胡家，就聽見裡面傳來一聲聲嘶力竭的慘叫，一聽就是孕婦已經疼得不能忍受了。

院子裡坐著的除了胡家人外，還有幾個住在周圍的鄰居，都一臉憂心地往裡面瞧。

看穿著打扮都是被吵醒後匆匆趕來的，但誰也沒有怨氣，畢竟生孩子這種大事，大家都能體諒，橫豎是睡不著了，還不如來這邊看看情況。

「嗚哇哇——」

黑漆漆的屋內驀地傳來了一聲嬰兒的啼哭，眾人皆是一喜。

「難不成是生了？胡家的，妳還不快去看看！」

「欸，我這就去看看！」胡嫂子先是愣了愣，而後臉上喜笑顏開，跑著就往裡頭去。

剛進到屋裡，胡嫂子就被眼前的情景給嚇住了。

她兒媳婦的頭軟綿綿地耷拉在一邊，眼睛向上翻著，人定定地站在床上，滿手滿腳都是血，而孩子還連著臍帶，被她抱在懷裡，她下身還在往下淌著血塊。

胡嫂子只覺得五臟六腑都在翻滾著，嚇得都顧不上尖叫了，往後退了出來，彎下腰就開始嘔吐。

眾人都呆了，看見她這個反應就知道裡面的情況不對勁。

有人好奇地往產房裡看了一眼，同樣被嚇傻了，退後幾步就往屋外跑，邊跑還邊喊著。

「鬼啊，有鬼啊！」

這一聲喊得大家都開始害怕了，誰也顧不上這裡究竟是什麼情況，拔腿就開始跑。

本來生娃難產就已經很晦氣了，都是她們這些早生不出來的老婆子才來看看的，如今又扯到有鬼，那她們是一刻都不想留下的，生怕跑得慢了，就被鬼給纏上。

宋清看了白芸一眼。

白芸給了他一個「少安勿躁」的眼神，眼裡相氣流露，果然發現屋裡有鬼氣，當即也顧不得許多了，讓宋清把馮珍、宋嵐和胡家人看好，便往屋裡走。

馮珍不放心，推著宋清說：「趕緊跟阿芸一起去！」

宋清點頭，跟了過去。

場面確實是夠血腥的，白芸都覺得胃裡在翻騰，但職業操守還是有的，她忍著嘴裡泛上來的酸意，往前走了幾步，等宋清進來後把門關上。

站在床上的胡家媳婦像沒有意識一樣，愣愣地站在那裡，手裡抱著的嬰兒哭得聲音都沙啞了，小小的身子一直起伏著。

白芸皺了皺眉頭，這可不行，再這樣下去，小孩子怕是要出事。

宋清也是如此想，他倒是沒有對眼前的一幕有太多感覺，以前不知道面對了多少斷手斷腳的人，甚至腸子都跑出來的人也有，所以這情況還在他心裡能承受的範圍內。

就是這個婦人看起來不太像是清醒狀態的人，透露著古怪。

白芸抿了抿嘴，眼裡的相氣一開，胡家媳婦的臉上都是鬼氣，邪祟入侵得很徹底，已經沒有生命門了，滿滿的死氣。

可以確定的是，胡家媳婦已經死了，在她體內的是隻陰靈，她向上翻起的白眼死死盯著頭頂，絲毫沒有顧及手上的嬰兒。

「怎麼回事？」宋清問。

「這人已經死了，一會兒我去拿她，你把嬰兒的臍帶剪下來，帶孩子出去。」

「已經死了？」宋清不可置信，更覺得白芸只一眼就能斷人生死，有點太過於逆天了。

胡嫂子在院外冷靜下來以後，又不放心裡面的大孫。她剛剛瞧見了，是個帶把的，那是他們胡家的根，於是壯著膽子扒住窗戶邊往裡看。

眼前的事情已經不是招鬼那麼簡單了，只怕那陰靈抓狂，把嬰兒傷到了那就不得了了。

白芸從袖口拿出時常備好的小黃紙人，咬了一滴舌尖血，用手沾上，在紙人上點了幾筆，靜候著時機。

胡家媳婦就這樣抱著嬰兒，一動也不動，嬰兒的哭聲也逐漸衰弱，已經上氣不接下氣了。

白芸咬了咬牙，知道等不了了，給宋清遞了個眼色，自己便上前去，快速把紙人貼到胡家媳婦的後背，說道：「宋清，快！」

宋清立即上前，從袖子裡拿出一把尖細的刀子，顧不得血肉模糊，把臍帶一割，快速把嬰兒搶了過來，退到門口。

胡家媳婦像是才反應過來一般，脖子忽然一伸，嘴張得老大，「啊」的一聲，把白芸的耳膜都要震破了，眼睛一橫，就想朝白芸撲來。

「過來！」宋清著急得不行，單手抱住那嬰兒，伸出乾淨的另一隻手，把白芸拉到自己身後護著。

白芸的心臟狂跳，不是因為她害怕，而是面前這個男人高她許多，剛剛他那著急關切的眼神自己看得清清楚楚。

他在擔心她，這麼危險的時刻，還敢把她護在身後。

「沒事吧？嚇到沒？」宋清低頭看著白芸，問道。

白芸愣愣地搖了搖頭，心底好像有什麼東西在融化，笑道：「我沒事，你放心。」

宋清似乎也察覺到了她眼裡的柔軟，輕輕地「嗯」了一聲。

屋外目睹全程的胡嫂子捂著嘴，眼淚嘩啦啦地流，嘴裡罵道：「瘋了、瘋了，這女人是瘋了！嫁過來的時候裝得好好的，沒想到竟是個瘋子！我老胡家遭了孽喔，以後可怎麼辦啊……」

聲音傳進了裡屋，白芸聞言，眼睛冷了幾分，卻沒時間再說些什麼，因為胡家媳婦轉身又要撲過來。

白芸的反應極快，手中又捏過一張黃紙人，擺在身前，眼裡的相氣源源不斷地融進紙人裡。

貼在胡家媳婦背上的紙人手也跟著動起來，一下子就把胡家媳婦摁在了地上，讓她怎麼都動不了。

白芸對宋清說：「你先把孩子抱出去給娘處理一下，她跑不出去了。」

宋清點了點頭，轉身便抱著嬰兒出去了。

門外扒著看的胡嫂子見狀，立即跟了上去。

此時，便只有白芸和胡家媳婦在屋裡。

白芸蹲下身子，看著掙扎的胡家媳婦，嘆了口氣，問道：「你到底是誰？為什麼上胡家媳婦的身？她難產是不是你搞的鬼？」

胡家媳婦終於不再暴怒了，聽著白芸的話，有點迷茫地趴在那裡。

白芸見這陰靈能聽懂，又說：「如實招來，我能送你入陰司輪迴，畢竟你奪舍了人家的身子，還差點害了一個嬰孩，這罪過說起來，你怕是入不了輪迴的。」

聽到「嬰孩」兩個字，胡家媳婦才終於有了反應，支支吾吾地吐出了幾個字。「我、沒有、傷害……是、我、的孩子……」

「蛤？」白芸沒聽明白。

那陰靈一直重複著。「是、我、的、孩子……不、傷害……」

白芸一愣，是陰靈的孩子？這明明就是胡家媳婦的孩子啊，怎麼就變成陰靈的孩子了？可是陰靈基本上是不會撒謊的，這到底是怎麼一回事？

胡家媳婦看了看自己後背的紙人，頓時明白了眼前這人肯定是有本事的人，忽然低下頭，求道：「妳、幫幫我……幫幫我……」

「我要怎麼幫你？」白芸說。「你把你知道的事情告訴我，我才能幫你。」

胡家媳婦張了張嘴，卻又發不出聲音，求助一般地看著自己的後背。

白芸頓時明白了陰靈的意思，她的紙人是能逐漸消耗鬼氣的，但沒想到見效這麼快，除非這陰靈是剛死不久的。

「我幫你揭開，你保證不亂來，只管把你的事情跟我說，不然我一樣有法子讓你再死一次。」

胡家媳婦眼巴巴地點了點頭，等那黃紙人被揭下後，才說道：「我、我就是桂香，是胡家的兒媳婦。」

白芸很震驚。「那妳怎麼會……」已經死了。

「我懷了身子，有八個月了，明明還有一個月便可以生產，但我公公……我公公不是人，他是畜生！他強迫了我，我才動了胎氣！我只記得我沒力氣了，肚子疼得很，就見到一個渾身黑的人，拿著鏈子要帶我走，我回頭看去，見我的孩子還在肚子裡，便逃了回來。我要我的孩子出世，我不能讓孩子跟著我去了。」

饒是白芸已經見慣了世面，也沒有聽說過這種事情。

人死的那一刻，魂就散了，一旦被陰司勾走，那必然就少了一份地魂，就變成了鬼。

而鬼再度進到自己原本的身子裡，不用奪舍，但也不會變成人了，思維也很木訥，甚至會出現操控不了的時候。

道理是這麼個道理，但白芸也是第一次見，且又聽說她公公的事情，頓時怒不可遏。喪良心，真的是太喪良心了！怎麼會有人對自己的兒媳婦，還是個懷孕的兒媳婦下手？

胡家媳婦眼裡哀切，又繼續說道：「我捨不得我的孩子，我不想走。」

白芸揉了揉疼痛的腦袋，點點頭。「我理解，但妳畢竟已經……」已經死了，這是沒辦法改變的。

胡家媳婦知道她的意思，只能怔怔地坐在地上，身上的怨氣越來越濃。

白芸暗叫一聲不好！這胡家媳婦是被冤死的，而且還是即將臨盆時冤死，憑著意志回來把孩子從下身掏出來，已經是很凶的一種冤魂了，如果不讓它快點回去，恐怕會變成凶靈。

為了穩定住胡家媳婦的情緒，白芸鄭重地說道：「妳的孩子妳不用擔心，我看了，是個兒子，這是他們老胡家的孫子，妳婆婆不會虧待他的。這樣吧，我去把妳婆婆和妳丈夫叫進來，妳有什麼話就同他們說，我相信他們會給妳一個公道的。」白芸想了想，又很認真地看著胡家媳婦，說道：「這個公道如果他們不給，我來給。」

胡家媳婦感激地看了白芸一眼，又想到自己男人，終於點了點頭，算是同意了。她男人其實待她很不錯，她生前被婆婆管教打罵時，都是她男人護著她，不叫她受委屈，她不相信她婆婆會為了她討公道，但她相信她男人會。

見她同意，白芸總算鬆了一口氣，走出門叫人去了。

胡嫂子正抱著孫子，開心得不得了，見白芸出來了，狐疑地往裡看了一眼，有點擔心地問道：「宋家媳婦兒，我兒媳桂香沒事了吧？」

白芸上下打量了她一眼，搖搖頭。「有事。她的丈夫在哪兒？可不可以讓他去跟桂香說兩句？」

「可以是可以，但我讓老大去求村長借兩隻雞了，想著桂香生了後可以喝點雞湯補補，估計要一會兒才能回來。」胡嫂子說完，又擔心地問：「桂香……出啥事了嗎？」

白芸抿了抿嘴。「還是等胡老大回來了再說吧，妳和他一起進去。」

宋清洗了手回來，就瞧見白芸已經出來了。剛剛他在裡面就知道桂香已經死了，眼下白芸自己出來了，不知道發生了什麼事。

白芸悄悄在宋清耳邊把桂香說的事告訴了他。

宋清的臉色也突然難看了起來，視線鎖定到角落裡一個縮著脖子、一直沒有說話的老頭身上。那老頭眼睛裡既驚恐又擔心，甚至都不往這邊靠，一個人窩在牆根那裡，不知道在想什麼。

白芸看過去，悄聲問道：「他就是胡老漢對不對？」

宋清點了點頭。「是他。」

白芸忍不住多看了兩眼，胡老漢看上去其實挺年輕的，比起胡嫂子來說，像年輕了個幾歲。長得倒是道貌岸然的，可眼睛狹小，一股淫邪相，讓人不舒服。

等了幾分鐘後，胡老大就回來了，手裡抓著兩隻肥雞，急匆匆地進了門，一瞧見他娘懷裡抱著個娃兒，笑容即刻綻開。「娘，桂香生了？」

「生了生了！生了個大胖小子！」胡嫂子高興地說道，絲毫忘了先前裡面驚險的一幕，注意力全放在大孫子身上了。

「太好了！」胡老大看了一眼兒子那皺巴巴的小臉蛋，覺得很是幸福，又想到裡面的媳婦，忙把雞往地上一放，說道：「我去看看桂香，她可是咱家的功臣呢！娘您以後對她也好些。」

「知道知道！我也不是對她不好，我就是愛嘮叨。」胡嫂子見怪地看了兒子一眼，又想到白芸說媳婦也要跟自己說話，便把孩子往馮珍懷裡一放。「我也進去瞧瞧我兒媳婦，麻煩幫我看看。」

馮珍自然不會拒絕，接過孩子後輕輕地逗弄了起來。

白芸和宋清則是站在一旁，密切地關注著屋裡的一切。

大概過了一炷香的時間後，裡面的門「砰」的一聲被人用力打開了，胡老大怒氣沖沖地站在門前，胸膛劇烈起伏著，臉上都是怒容，接著就衝去灶房裡拿出一把刀，死死地握著。

白芸一下子就明白了他的意圖，連忙喊道：「不好，快攔住他！」

宋清聞聲想去奪過他手裡的刀，卻沒想到胡老大快他一步，舉著刀就往胡老漢蹲的地方衝去。

「你還是不是人？你還是不是人啊?!兒媳婦你都動！既然你不要老臉了，那我也不要臉了！老畜生，我要殺了你！」

「老大，你別過來！你聽我說！」胡老漢嚇得一哆嗦。沒想到平時老實聽話又孝順的好大兒知道這件事以後，居然完全不顧及別人的眼光，還敢拿刀殺自己！

「說啥我今天都得宰了你個老不死的東西！」胡老大氣得臉紅，眼裡露出凶光，看樣子是來真的。

頓時，胡老漢只覺得脖子一涼，嚇得嗷嗷直叫，邊躲著兒子的刀，邊往院門外跑去。

留下來的幾個胡家親戚頓時面面相覷，誰也沒有上前阻攔。

老爹強迫了自己懷有身子的媳婦兒，這可是造孽的大事情啊！胡老大此時正在氣頭上呢，誰敢去攔？還不得連帶著被砍啊！

再說了，胡老漢這事兒辦得有違倫常，若是放在他們身上，估計也會跟胡老大一樣。

院裡的人都不敢去攔，倒是村民們看到胡老大拿刀追殺胡老漢，不知道發生什麼事了，嚇得不輕，害怕出了人命，趕緊去村長家通知了。

村長立刻帶著人趕去，要把胡老大攔下來。

而胡家屋裡，胡嫂子出來後，已經是淚流滿面，她抓著門框，手指甲用力得都像要扎進去似的，死死地盯著天空。

一群人上前去把她圍住，生怕她出了事。

半晌後，她才「咚」的一聲跪在地上，對著屋裡磕了一個頭，哭嚎道：「我胡家對不住妳啊，桂香！天殺的老畜生把妳害了，我們胡家對不住妳啊！」

她聲淚俱下，雖然平時對兒媳婦頗嚴厲，但她是打心底覺得兒媳婦不錯的，如今發生了這種事情，她實在悔恨萬分！

若是她今晚沒有睡得那麼死，把胡老漢看住，就不會發生這檔子事了！若是她平時多留心一點，提前知道那畜生的齷齪念頭，也可以阻止事情發生啊！

如今說什麼都晚了，她只得趴在地上，誰拉都不起來，嘴裡一直唸叨著「桂香」。

白芸嘆息一聲，走進了屋裡，發現桂香的屍體直直地躺在床上，雙眼緊閉，下體也用一塊布給蓋上，體面多了，應該是胡嫂子把她安置好的。

桂香應該是達成所願後自己走了，看來她是真的很相信自己的丈夫。

此時，村長周良帶著一群青壯年，面色鐵青地進了胡家院子，而胡老大和胡老漢已經被分開了，分別被兩個人壓著，像關押犯人一樣。

「這都是怎麼回事？桂香呢？娃兒有沒有生下來？」周良掃視了一眼烏泱泱的眾人，蹙了蹙眉頭，心裡升起了一股不好的預感。

旁邊的人點頭回答道：「娃兒是生下來了，但桂香……沒了。」

周良面露惋惜，這個桂香是隔壁村嫁過來的，向來是個懂事聽話的，眼下難產死了，連父母都沒有見到面。想了想，周良說道：「村裡誰膽子大的，連夜去隔壁桂香的娘家報個喪吧！」

村裡的小夥子們都是膽大的，當即出來好幾個人，說願意去。

「不行！都不許去！我們老胡家的事情，關你們什麼事？」胡老漢一聽，當即慌了神。他親家可是不好惹的，長年在鎮上殺豬，渾身都是戾氣，要是知道了這檔子事，還不得把他當成豬一樣給宰了？絕對不能去！

周良看了看胡老漢，又看了看胡老大。「胡老大，你的媳婦兒你作主。我是覺得人家都走了，那必須讓父母來看最後一眼，不然不合規矩是不是？」

胡老大沒有猶豫，點了點頭。「是，村長，麻煩讓人替我去老丈人家報喪。」

胡嫂子一聽，也從地上爬了起來，抹了抹眼淚，點頭道：「要去要去！我們對不住桂香啊，親家他要打要殺，我老婆子都認了！」

「打打殺殺的像什麼話？」周良不贊同地說。「對了，我還沒問你呢，胡老大，你為什麼拿刀砍你老爹？這可是你親爹啊！」他這才想起來，他一路上光顧著抓人，都沒問胡老大為什麼要拿刀去砍自己老爹呢！

胡老大的眼睛惡狠狠地往胡老漢身上一瞪，罵道：「親爹？我沒他這種畜生爹！我媳婦懷孕八個月，肚子都那麼大了，他居然還強迫我媳婦，導致我媳婦難產生不下孩子，自個兒把孩子掏了出來，人也沒了！你問問他，有他這樣做爹的嗎？我的孩兒生下來跟小貓崽兒一樣大，還沒到月分呢，這下娘都沒了，能不能活還不一定呢！我恨死他了！以後我沒有這種爹，我就算不殺他，也要把他送去坐大牢，否則，我就枉為人夫，我就不配活著！」

一番話把周良都給聽懵了，說的是什麼？胡老漢強迫自己的兒媳婦，這這這……這比畜生還不如啊！

周良怒看了一眼胡老漢，眼神很是瞧不上，沈聲道：「這已經不光是你們老胡家的事情了，這涉及到人命，我這個做村長的也不得不插手了。這件事情太可惡了，必須送官，不然日後還有誰家的媳婦敢嫁往我們鳳祥村？」

「村長說得對，送官！」

「沒錯，我今年還要娶媳婦兒呢，可別把我給牽連了啊！」

「我也贊成！」

周良的話得到了大家夥兒的一致認同，胡老大和胡嫂子也都沒有意見。

儘管胡老漢再怎麼哀求或怒罵都沒有用，兩個人死死地摁著他，他想動都難。

白芸和宋清兩個人對視了一眼，只覺得這事情太荒謬了，但又覺得很正常，畢竟人心難測，世界上荒謬的事情多了去，只可憐了那些一直被欺壓的婦女們。

事情鬧到這個分兒上，又冤死了個人，半個村子裡的人都知道了，醒來就都沒敢再睡下，都精神抖擻地湊在胡家或胡家門前，等著明天一起把胡老漢送進牢裡。

還有一小部分是想留下來看熱鬧的，等那桂香的爹娘來了，估計又得鬧一場。

白芸本來想帶著家人回去的，無奈被胡嫂子留了下來，估計是看出了她有真本事，想求她留在這裡幫忙，怕桂香的屍體再出什麼亂子，儘管白芸都說出了亂子她還會再來也不行。

而且孩子還小，說不定什麼時候就不行了，宋清也得留下來，所以白芸便跟著他一起留下了。

馮珍和宋嵐則是擔心丞丞一個人在家裡，醒來了會害怕，便急匆匆地回去了。

隔壁村離鳳祥村不遠，就在對面，路程差不多一里，王家兩口子一聽說自己的女兒王桂香生孩子死了，差點都沒站穩，兩眼一閉就要暈過去。

還是王友德這個當爹的比較有主見，眉頭死皺著問了事情的經過，一聽到胡老漢幹的畜生事情，當即氣得肩顫，一言不發地拉著自己的媳婦兒，帶著五個兒子，浩浩蕩蕩就往鳳祥村走。

來傳話的小夥子也不敢出聲，悶頭跟在身後。畢竟是他們村對不住人家女兒，到底是有點心虛的，再加上王友德身後跟著的五個兒子，個個都人高馬大，嚇人得很。都怪那該死的胡老漢，真是丟人！

一行人急匆匆地到了胡家後，兩口子誰也沒有理院子裡的人，直接就往裡屋去，看到地上的一灘血跡，心都跟著涼了。

再往裡看，見自己好好的女兒如今直挺挺地躺在床上，下身蓋著一塊碎布，而血已經從床上滴到了地上。

看到女兒淒慘的模樣，汪蓮花再也忍不住了，「嗷」的一聲就哭了起來。「我可憐的女兒，妳真命苦啊，嫁到這麼個狗屁不如的人家，還被這樣對待，最後落得個年輕早死的下場，妳死得冤枉啊！」

裡。

王友德一個十里八鄉聞名的響噹噹漢子，此時也是眼眶濕潤，不敢再看，回到了院子裡。

胡老大早被人鬆開了，看到岳父、岳母來了，「咚」的一下跪在王友德面前，低著頭說道：「岳丈，小婿沒保護好桂香。」

王友德怒從中來，一腳把胡老大踢到了牆根上，猶不解氣，還要上前去揍他爹胡老漢。

「娘的，敢欺負我女兒，老子打死你！老子生了五個兒子，就得了這麼一個女兒，要不是看你兒子待她好，誰願意把女兒嫁給你這樣的人家？竟還不知足，齷齪心思放到我女兒身上，老子殺了你都不解氣！」

周圍鳳祥村的人面面相覷，一致選擇了視而不見。這胡老漢就是活該，他們才不幹這種缺德事情。

而王友德的幾個兒子就圍在那裡，防止別人來看，也防止胡老漢逃跑。

胡老大跪在一旁，半點都不吭聲，好像被打的人不是他爹一樣。

打了足足有十多分鐘，看胡老漢掙扎都不掙扎了，想來是不太行了，再打下去，就又要鬧出一條人命來了。

可是沒人敢上前攔，就怕王友德一家遷怒他們，一起拖進去打，那就得不償失了。

最後還是周良作為一村之長，走上前，道：「友德兄弟，別打了。這畜生我看著也來氣得很，但是你這樣把他打死了，他就去做逍遙鬼了，還不如把他送進大牢裡，讓他再也別想出來！」

王友德一聽，覺得確實是該這樣，又猛踢了兩腳後才收了手，而後看著跪在一旁的胡老大，啐了一口，罵道：「娘養的，真是個孬種！連自己媳婦兒都保護不好，老子當初看錯你了！」

胡老大一聽，哭了出來，無顏出聲。

胡嫂子站在一旁，也是只知道哭。她也覺得沒臉、對不住人家，如今人家想幹啥都是應該的。

白芸瞥了一眼躺在地上半睜著眼喘息的胡老漢，一個老人被打成這樣，如果放在別的地方，只會讓人心酸，但這胡老漢是自己做的，半點都怨不得別人，更沒人同情他。

王友德坐在凳子上就開始安排道：「你們胡家不做人，我閨女就不入你們家祖墳！明天早上我把這個老畜生送進衙門後，再回來把我女兒帶走，我王家地大，在你們家安息，我怕她嫌噁心！」

胡老大忽然抬起了頭，搖頭拒絕。「不行，岳丈，桂香是我媳婦兒，怎麼可以回娘家入葬？」

王友德瞥了他一眼，彷彿在看一個廢物，用不容置疑的口吻說道：「老子不是在徵求你的意見，老子要把我女兒帶走！你敢攔，老子打死你！要不是看你以前對我女兒還算誠心，你以為你還能好好地在這裡跟我說話？我女兒死得這樣慘，你還想把她留下來？留下來做什麼？看著你們生厭嗎？」

一席話，把胡老大懟得啞口無言，但他就是直挺挺地跪在那裡，不肯讓步。

白芸看了眼屋內，忽然間嗅到了幾分鬼氣，一驚。按理說桂香已經走了，難不成是有孤魂野鬼來這邊蹭香火？

突然，胡嫂子懷裡抱著的嬰兒開始放聲大哭，好像有東西在逗他一樣。

白芸相氣入眼，就瞧見幾個黑乎乎的影子圍著小孩，對著他上下其手，好像在玩什麼玩具一般。

「天啊，我孫兒這是怎麼了？」胡嫂子一愣，慌忙中瞧見自己孫子手上開始泛紅，上面浮現出一個一個的手指印。

周圍的人都害怕極了，知道這不正常，好端端的，孩子身上怎麼會多了那麼多黑手印？這明明是遭了邪祟了！

胡嫂子抱著孩子，像是想到了什麼，斬釘截鐵地喃喃道：「桂香啊，是不是桂香啊？桂香想把她兒子帶走陪她嗎？這可不行、這可不行啊……」

白芸的眼神冷了冷，說道：「別亂說話！妳看到是桂香了嗎？小心妳把她叫回來，再想送走那可就難了！」

她用相氣看著，來的是一群孤魂野鬼，都是看著這個陽氣弱的孩子來的，想要借陰還陽罷了，哪裡來的什麼桂香？這老太太想像力也太豐富了。

一聽說這樣會把桂香叫回來，胡嫂子立即就閉嘴了。她其實不知道是不是桂香在作亂，但是老王家坐在院子裡打他們胡家的臉，一次、兩次還行，久了她也受不住。她只不過是想攀扯一下桂香，好讓老王家的人手下留情，該送去坐牢就送去坐牢，不要再羞辱了就成。

畢竟到時候他們老王家拍拍屁股就可以走人，她和她兒子還有大孫子還要繼續住在這鳳祥村呢！

看著大孫子哭得越來越厲害，怎麼哄也哄不好，胡嫂子忽然想起自己扒在屋子窗前看到的一幕，眼神驀地轉向白芸，求道：「宋家媳婦兒，我知道妳是個有本事的，妳不能見死不救啊！救救我大孫子吧！」

眾人一愣，齊刷刷地往白芸身上瞧。他們怎麼不知道白芸有什麼本事？不就是認識幾個城裡人而已，難不成城裡人還能管鬼怪了？

白芸看了周圍人一眼，她現在已經不在意這些人怎麼看了，因為她身邊的家人都已經知道了，而她也不會長久跟這些村人生活。過兩年她肯定會離開鳳祥村，帶著家人去往更好的地方生活，因此這些村民知不知道，對她而言已經無所謂了。

她把胡嫂子懷裡的孩子抱了過來，她周圍籠罩著肉眼瞧不見的相氣，只一下，孩子就停止了哭聲，很舒服地睇了睇自己的小眼睛，咯咯咯地笑了。

周圍人看著這神奇的一幕，都震驚得合不攏嘴。

然而在周遭徘徊的陰靈頓時就不樂意了，可它們又不敢靠近，只能「嗚嗚嗚」地吼叫著。

這些吼叫聲換到眾人耳朵裡就是陣陣陰風，詭異得很，大家都忍不住搓了搓手臂。

「怎麼突然那麼涼啊？該不是髒東西還在這裡吧？」

白芸意味深長地看了一眼那說話的人，不得不說——你真相了！

這些野陰靈其實沒有什麼壞心思，也沒有什麼厲害的手段，就是本能地想靠近可以依附的東西罷了。

他們怎麼死的不知道，但是在人間徘徊了那麼久都沒有入地府，陰司那邊早就排不上號了，如果被抓回去也是被打得灰飛煙滅，所以他們只能在世間游離。

因此對付他們其實也不必用什麼特殊的手段，只需要找一個會罵人的婦人，來一套民間驅鬼大法就成。

很快地，白芸就在人群裡選中了一個人，這個人是鳳祥村裡有名的潑婦，她的嘴簡直可以把死人罵活，把活人罵死。聽說年輕的時候跟她奶奶吳桂英吵過，還吵了個持平，最終以吳桂英裝頭疼收場。

她把想法跟胡嫂子說了，胡嫂子立即就從兜裡掏出了二十文錢，遞給那老婦人。

那老婦人也很懵，怎麼宋家媳婦看她一眼、跟胡嫂子說幾句話，胡嫂子就把錢送來了？這是要做什麼？

等胡嫂子把來意說明以後，她會心一笑，把錢收進口袋裡，也不顧害不害怕了，反正她一把年紀了，半截身子埋黃土的人了，還是掙點棺材本來得重要。

只見她插著腰，像河東獅一般，破口就罵——

「缺不缺德啊？什麼孤魂野鬼也敢來擾我們鳳祥村的清靜！你們沒有娃娃啊？你們子孫後代都爛屁眼是不是？人家娃娃剛生出來就鬧娃娃，你們太不要臉了，都得灰飛煙滅！滾不滾？都給我滾出去！再鬧騰，我就把你們骨頭找出來，丟去餵狗，叫你們粉身碎骨！」

周圍村民嚇了一大跳，接著很快就反應過來她是在罵什麼東西，全都紛紛佩服地朝著她豎起大拇指。

就連白芸都忍不住咋舌，果然傳言都是真的，這老太婆是真的很能罵，罵得也太髒了。

那些陰靈「嗚嗚嗚」了兩句，立即就散開了，消失得無影無蹤。

周圍的空氣不冷了，孩子送回胡嫂子懷裡也不哭了。

大家都覺得太神奇了，不敢問白芸和胡嫂子，就圍著那老太婆問東問西的。

老太婆揚起下巴，驕傲得很，覺得自己這張嘴還是很有用處的！

就這樣一直待到第二天一早，天亮了，公雞打鳴，夜裡的涼氣變成太陽的暖意，大家心中的害怕也減弱，白芸跟宋清就準備告辭了。

胡嫂子和王友德都出來送他們，無論怎麼說，昨晚他們家的事情都多虧了白芸和宋清，因此兩人都各自掏出了兩百文給白芸。

都是農村人，拿不出那麼多錢來，兩百文已經是他們最大的心意了。

白芸本來就是想著來幫忙的，所以意思意思就收下了。

白芸睏得直打哈欠，回到家裡就睡下了。

後續的事情她倒是沒怎麼關注，等睡起來的時候就聽見馮珍說，胡老漢被王家人押去官府了，聽說要坐個十年大牢，現在桂香的屍首也被王家人運回去了。

不過小孫子倒是留給胡嫂子了，不然家破人亡的，不給胡嫂子留下個念想，她怕是真的沒法兒活了。

白芸聽了以後也是一笑置之。

她本就是涼薄的人，偶爾動一動惻隱之心罷了，這些事情到底跟她也沒什麼關係。

第十九章

日子一天天過，到了冬天。

這些日子，白芸一直忙活著百花水的事情，讓玉梅使勁地釀百花水，需要的工具都找木匠、鐵匠給她配齊了，把銀子花了個乾乾淨淨。

沒辦法，她只能繼續奔波在安溪縣和青嶺鎮之間，替那些達官貴人們看相，不僅賺了錢，也積攢了不少人脈，在貴人圈子裡一直被推崇著。

甚至流傳出了「一眼斷萬事」的稱號，讓她的名聲更加響亮，一度往北傳了幾個城鎮，很多人都慕名前來。

不過白芸很忙，所以卜錢也跟著名聲一起水漲船高了，有一些無關緊要的事，她就直接給推了，不是熟人她不見。

這就更讓旁人推崇了，最後又傳出了個「萬金難求白仙姑」的名聲，就連平安郡的人都聽說了，幾輛馬車來了鳳祥村好幾次，愣是沒看見白芸的人，只得失望而歸。

宋清這邊也沒閒著，他跟白芸也是聚少離多，這些日子直接就去了平安郡，不知道給誰看病了，一個月都看不見人。

倒是聽說在平安郡裡有一個妙醫聖手，與白仙姑的名聲齊平，甚至還隱隱有壓過的氣勢，畢竟人吃五穀，哪有不生病的？自然活兒就比白芸多，名聲傳得也就更遠一些了。

這一忙，就忙到了年關，年二十七日，宋嵐就把茶鋪關了，在街上買了不少的糖果、點心回家給丞丞吃。

回到家就瞧見自己的娘在家裡打掃著，玉梅也在一旁幫著忙，自己的嫂子則抱著一疊紅紙，準備找村長給寫幾幅春聯。

宋嵐也加入了打掃。天氣冷了，大家都穿著厚厚的衣裳，不過現在條件好了，以前穿的衣裳厚，但內裡嵌著的都是老棉花，不保暖，現在穿個三件，再這麼一幹活，渾身都冒汗。

還沒等白芸出門，就瞧見家門口站著一個中年男人，穿著很樸實，身上卻有一點文人的氣質，正盯著自家門前看。

白芸左看右看，確定了他是在看自己家，便上前問道：「大叔，你找誰啊？是不是走親戚迷路了？」

中年男子一愣，見她是從屋裡走出來的，謙和地笑了笑，打量了她一眼，眼裡有滿意的神色。「我沒有迷路，多謝了。」

白芸點點頭，眼裡都是迷惑。這男人沒迷路，那一個勁兒地往她家看什麼？難不成是來找她的？可是也不像啊，他看起來並不認識自己。

中年男子看了看她手中的紅紙，眼裡有一絲了然。年關了，是該寫春聯了，便指了指那疊紅紙。「妳是不是要去找人寫對聯？我會寫字，我來寫吧？」

白芸抱著手中的紅紙，沒給他，只把他當成是個怪大叔，正準備道謝離開，就看見旁邊村長從家裡出來了。

村長看了一眼白芸，又看了眼中年男子，臉上立即揚起了笑容，驚喜地朝他走去。「宋老哥，你可算回來了！老弟可是許久沒見你了！」

宋長水跟他是有點交情的，準確地說，是宋家跟他家祖上有交情，不然這宅基地能靠得那麼近嗎？

宋家的兩個同輩，他最喜歡的還是宋長水，為人謙和，啥事都好說話，也很有自己的品格。宋長江就不行了，小時候看著還不錯，結果越長越歪，他不是很喜歡。

村長的一聲「宋老哥」把白芸給喊懵了，腦中靈光一閃，聰明的她一下子就知道面前這個男人是誰了，可不就是她那個久聞大名的公公嗎？

白芸心中暗自點點頭，確實如別人所說的一樣，她這個公公照面相來說，是個很不錯的人，說話談吐也很有禮貌。

村長跟宋長水寒暄了一會兒，才注意到了白芸手裡拿著的紅紙，笑道：「宋家媳婦兒，我正要去找妳呢！妳家這春聯我本來想第一個寫的，但既然妳公公回來了，我就不摻和了，我去別家寫了！」

白芸笑了，點點頭。「行！我可聽說我公公的字不差，就不麻煩村長伯伯了。」

村長哈哈一笑，完全不介意白芸誇宋長水。相處了那麼久，他早就知道白芸是個什麼性子，跟宋長水招呼了聲就往別家去了。

等村長走了以後，白芸才正式地朝宋長水招呼了一聲。「您回來了，婆婆她很掛念您呢，這回回來，就不走了吧？」

提到馮珍，宋長水眼裡也是喜悅，但總是有那麼一絲虧欠。自從兒子生病以後，到現在他才回來，家裡的擔子都扔給了媳婦，實在是對不起她。

他點了點頭，笑著說：「嗯，不走了。」

白芸笑了笑。「不走了就好，咱們今年一起團圓吃個年夜飯，晚上咱們再為您接風洗塵。」

「好，不必麻煩的。」對於這個素未謀面的兒媳婦，宋長水還是很好奇的，本以為是個樸素、普通的姑娘，沒想到白芸大大地超出了他的預期。面前的姑娘長得漂亮水靈，說話談吐都很有章程，性格看起來也好，真是……便宜他那傻兒子了。

白芸要是知道宋長水心裡是這樣想的，估計得笑開花。原來一向討人喜歡的宋清，也有這種時候啊！

看了看風塵僕僕回來的宋長水，白芸說道：「瞧我，怎麼還讓您站在門口，趕緊進家去吧，婆婆知道了肯定高興！」白芸一瞥，發現宋長水握緊了自己的包袱，深深地吸了一口氣，一副很緊張的樣子，遂笑著問：「爹要是緊張，咱們晚點進去也成。」

「不緊張、不緊張。」宋長水搖了搖頭，看著眼前不一樣的屋子。

他這麼久不進去，其實心底還是不確定的。

從馮珍的來信中，他知道家裡的老房子已經住不了人了，兒媳婦掙錢給家裡蓋了新房。但看著這三間青石大瓦房，嶄新得不像話，他腦子就有點亂。

他沒想到他們家能有這麼大的變化，面前這個溫柔和順的兒媳婦居然如此能幹。

從信裡知道的那些消息，他初時也很吃驚，但消化了一會兒後，也就接受了。

比起家裡的狀況，他更在意家裡的妻子有沒有變化？有沒有白了幾根頭髮？在鳳祥村有沒有受氣？

白芸看了看灶房屋頂，已經冒出了縷縷炊煙，寒風吹來也覺得溫暖。「爹，回家吧。」

宋長水濕潤了眼眶，邁出了腳步。「好，回家了。」

玉梅正在院子裡貼著紅紙，看東家帶回來一個男人，還一口一個「爹」地叫著，她立即就知道來人是誰了。

這些日子她也聽說了馮珍的事情，前幾天還跟馮珍琢磨著年底了，宋長水也該回來了，沒想到果然回來了！

她揚起笑容，扔下手中壓紅紙的石頭，轉身就往屋裡跑。「馮嬸，宋叔回來了！」

馮珍在屋裡繡衣裳呢，繡的是一件深藍色的長袍，想著年前找急腳遞給宋長水送去，一聽到玉梅的呼喊，手一抖，手指頭上立即冒出了小小的血珠。但她顧不上疼，把衣裳放在一邊，快步就往門外走去，一出門，果真瞧見風塵僕僕回來的宋長水！她張了張口，喃喃喊道：「長水……」

宋長水看著從屋裡出來的馮珍，她穿著時興的衣裳，因為最近不幹農活了，膚色變得很白，就跟從前一樣，他懸著的一顆心才終於放下了。「我回來了，珍珍……」

馮珍走上前去，兩人緊緊地把雙手握在一起，眼裡飽含淚水。一向克制的馮珍，還有知道禮數的宋長水，無聲地表達著對彼此的思念。

白芸很識趣地讓兩人進屋坐，自己帶著玉梅去了何家偏院，打算取一些百花水回家，在家裡到處灑灑。

等回家的時候，宋長水和馮珍已經恢復如常了，兩個人一直相敬如賓地互相幫襯著做家務，眼底濃濃的感情讓人羨慕，一看就是互相敬重相愛的。

白芸忽然覺得這一幕很美好，如果有相機她一定會拍下來。

她一直都是一個人，從未想過讓任何一個人進入她的生活，也是因為這樣，她才甘願留在宋家，有個他人媳婦的身分，還不用被人打擾。

但看到馮珍兩人如此恩愛，她說不羨慕是假的。前世有太多虛假的愛情，忽然撞見真感情，她也有一種怦然心動的感覺。

如果以後真的有那麼一個人進入她的世界，那個人會是怎麼樣的？

忽然，腦海裡浮現了宋清的身影，白芸怔了怔，心底卻控制不住的有點思念起他。

年二十八，宋長水早早的就被村長叫走了，說是要跟以前一樣，在門前支個檯子，給村裡的家家戶戶都寫一副對聯，紅紙由村裡頭出。

一大早，兩家的門前都排好了隊，拿到春聯的村民們都笑呵呵的。

還有不少人為了感謝，拿了自家種的蔬菜上門給白芸，讓她還有點不好意思，想著明天去鎮上多買點糖果、點心，看到老人跟小孩都發上一點。

到了年二十九，宋家一家人都出動了，坐著牛車去了鎮上。

青嶺鎮到了年末也很熱鬧，衙門派人在街上掛了許多紅燈籠，張燈結綵的很漂亮，大家臉上都是喜氣。

路邊的攤販比往常更多了，周圍還有不少村裡的人都把自家的雞、鴨、魚拿出來賣，就想著多掙點錢過個好年。

白芸直接大手筆地買了十多隻雞，夠吃到新年結束了，另外豬肉也買了半扇，還給每個人都買了兩套新衣裳、新鞋子、新襪子，連玉梅和她兒子的分兒都算上了。

東西也不愁太多沒地方放，白芸租了個牛板車專門給她拉東西，還有那些叫不上名字的水果都是按筐買。

糖果跟點心也是一大包、一大包的買，瓜子這些更不用說，直接搬了半麻袋。

本來就知道白芸財大氣粗，但這一手還是把馮珍和宋嵐嚇到了，幾人跟在後面，都直勸著，說一家人吃不完那麼多。

白芸滿口答應著，眼睛卻又盯上了那些裝飾品，什麼燈籠啦、福娃娃啦、窗花啦，又都買了些。

最後也沒忘掉丞丞心心念念的炮仗，買了八大掛，還有一些小炮仗，給丞丞大年三十跟朋友們玩。

什麼都買齊了，白芸還有點意猶未盡，拉著大家夥兒去飯館吃了一頓，飽了肚子才終於戀戀不捨地回家。

過年嘛，這時候不花錢得什麼時候花？她從來都是個喜歡花錢的，當然是能買就買！

回到鳳祥村，眾人看到那一整車堆得跟山一樣高的年貨，下巴都要驚掉了。

好傢伙，宋家這是發達了，一定是發達了！就是村長家也沒見買這麼多東西的，奢侈，真是太奢侈了！

白芸也不在意他們怎麼想，拿出了一包糖果、一包瓜子，就往村長家送去。

石丁香知道宋家日子過好了，就沒有像當初一樣擔憂，笑吟吟地收下，又給白芸回了一點特產，拉著她說了好一會兒的話。

回到家裡，宋長水和丞丞拿燈籠掛著、窗花貼著，馮珍和宋嵐則收拾著買來的東西。

玉梅聽說東家給自己和兒子都買了衣服和燈籠等東西，當即就想找白芸磕個頭，被馮珍給攔住了。

「來了就是一家人，何必這樣？阿芸可不喜歡。」

「欸，我曉得了……」玉梅紅著臉，心在這一刻暖洋洋的。

看狗剩和丞丞一起蹲在地上，看著那一筐的炮仗，白芸不忍心，先拿出了一小盒讓他們玩去。

不一會兒，就聽見村子裡時不時響起幾聲炮竹炸開的聲音，年味一下子就蔓延開了。

白芸坐在家門前看著兩個小傢伙，生怕他們不注意，把炮仗丟到自己的衣服裡。

遠遠地，從村口來了一輛馬車，引起了白芸的注意。

坐在前頭的人一襲長袍，頭髮迎風飄起，眼神也注視著白芸。

白芸嘴角一勾。

丞丞已經先一步地跑了出去，雙手舉得高高的，開心地喊道：「爹爹回來了！娘，爹爹回來了！」

白芸跟著走了過去，摸了摸丞丞的頭，笑道：「是呀，我們站在這裡等爹爹。」

丞丞吸了吸鼻子，點了點頭。「好，我陪娘親等爹爹！娘親肯定很想念爹爹，爹爹也會想娘親的。」

白芸臉紅了一下，什麼也不說，安安靜靜地等著。

宋清見母子兩人站在那兒看著他，便加快了速度，在門前把馬車停了下來。

他一手抱住焦急等待的兒子，眼神卻時刻放在白芸身上，兩個人兩兩相望。

丞丞好像感悟到了什麼，伸出手來環住白芸的脖子，輕輕在她臉上「啵唧」了一口，又回頭在宋清的臉上「啵唧」了一口，才掙扎著從宋清的懷裡跳出來，拉著狗剩去別處玩。

「快走，我爹娘要恩愛，我們去別的地方玩，別打擾他們！」

白芸的嘴角狠狠地抽了抽。這臭小子越來越人小鬼大了，也不知道跟誰學的，現在性子不靦覥了，還特別皮。

宋清只是淺淺地笑了，溫柔地問候道：「許久不見，妳還好嗎？」

一陣冷風吹過他們的臉頰，白芸的臉凍得有點紅。「都好。你呢？」

宋清點了點頭。「我也都好。」

白芸的心臟「怦怦怦」地亂跳，自從理清楚了自己對宋清的感情後，她就變得有點不自然，好像特別容易害羞，真是見鬼了。

宋清看出了她的不自在，指了指身後的馬車。「我有事情跟妳說。」

「啥？」白芸眨巴眨巴著眼睛，往那馬車看去。

「我在平安郡掙了不少銀子，為了方便，買了一輛馬車，沒有同妳商議。」

「蛤？喔，可以的，很好。」白芸又眨了眨眼睛，她還以為是什麼事情呢，買了馬車就買了唄，就算他不買，自己也是想去買一輛的。

宋清又遞給白芸一個袋子。「這些日子賺回來的。」

白芸打開一看，驚呆了，裡面居然是二十張百兩的銀票，也就是說，除了一輛馬車以外，宋清還掙了二千兩銀子！

這掙錢速度，可比她快多了啊！下意識地，白芸就擔憂地往宋清身上看，人家也不是傻的，能掙這麼多錢，一定很辛苦才是。

宋清知道她在想什麼，解釋道：「平安郡有幾個官宦人家，全家都染上了時疫，這個是兩家人給的診費。」
他說得雲淡風輕的，好像時疫就是個小風寒一樣，要知道，在這種醫療水平落後的時代，十有八九是要出人命的。
不過，這也說明了，宋清的醫術是真的很好，這種被稱之為絕症的病都能治好，簡直太神奇了！
白芸開始有點好奇馮珍的娘家是個什麼樣的存在了，能教出宋清這一手醫術的人，怎麼可能是默默無聞的？可又為什麼，馮珍沒有說過這些呢？
不過這些都是在心裡好奇，表面上白芸還是推過了宋清的錢。「這些錢你留著，現在家裡開銷有鋪子的收入，我這邊也不差錢，你要是嫌自己錢多的話，要不然就去開一間醫館，也不用日日奔波了。」
醫館？宋清愣了愣，他確實沒想到可以開醫館。看了看手裡的銀票，又看了看白芸堅定不移的神色，好像他再推辭，她就得生氣一樣。
最終，宋清把錢收了回來，又拿出了一個小盒子遞給白芸。
「這是什麼？」白芸接了過來，輕輕打開，眼睛一下子就睜大了，只見裡面放著幾根玉簪子，還有一些精美的胭脂水粉，堆了滿滿一盒，都是這裡見不到的新鮮玩意兒。
「我看著好看，就買回來給妳玩玩。」宋清看她眼睛都在放光，只覺得東西買對了，也很高興。

「我很喜歡，謝謝你。」白芸收下了盒子，推了推他的手。「爹回來了，你快回去看看吧！」

「回來了？在屋裡嗎？」宋清抬了抬眉毛，倒是真的高興，他也猜宋長水這個時候會回到鳳祥村。

他許久未見宋長水了，當時托宋長水照顧，他才得以恢復得很好。

而且宋長水這個人很有意思，不會很古板，相處起來輕鬆又自在，他們還經常一起下棋，相處得不錯。

「對，你快回去吧！有沒有什麼東西要搬？我來幫你。」白芸說著，就朝馬車走去，結果被宋清攔了下來。

「妳先進去，妳搬不動。」

白芸好笑地看著宋清，怎麼他也跟公公、婆婆一樣，都覺得她搬不動東西，也太小瞧她了吧？要知道，她力氣可是很大的好嗎？

不過，不讓她搬，她就不搬，站在院門前幫宋清抵住門。

宋長水看宋清回來了，樂呵了一下，就去幫他搬東西了。

宋清買的東西也很多，有給丞丞的玩具、炮仗，給馮珍和宋嵐的一些首飾，還給宋長水買了一套文房四寶。

白芸看著這麼多東西，越看越覺得奇怪，扯了扯他的袖子，問道：「你沒給自己買新衣裳嗎？」

宋清搖了搖頭。「我不缺，夠穿。」

白芸無語了，這個男人真是太節儉了，什麼都以「夠用」為標準，那生活的樂趣在哪裡？

不過宋清沒買，白芸也給他買了，之前在鎮上看到了不錯的料子，覺得很適合宋清，正好給他過年穿上。

白芸把衣服拿到他的房門口，敲了敲門，遞給了他。「新年得穿新衣服，來年才能有更多的新衣服穿。你先看看喜不喜歡，不喜歡明天我們再去鎮上看看。」

「多謝。」宋清看著大小合適的衣服，心裡感覺很溫暖，眼裡的神采更是灼人。她這是在關心他嗎？還是他想多了？

「你還沒說你喜不喜歡呢？」

宋清猛地回過神來，手裡握著那綿軟的料子，聲音不自覺的低沈了幾分。「我很喜歡。」

「喜歡就好。今日沒有什麼事情做，家裡的年貨也置辦好了，你就好好的休息吧。」白芸笑了笑，看他黑眼圈有些重，瘦了許多，也不知道是多久沒有睡好覺了，一看就是一直趕路，都沒有好好歇息，便讓他趕緊去睡覺。

宋清關上了房門，躺在床上，卻怎麼也睡不著，心裡一直想著白芸，嘴角微微向上。想了想，他還是穿好衣服，打算出門同白芸說，兩人前世是認識的。

一出門，寒風拍打在宋清的臉上，就見白芸蹲在院子裡，抱著柴火，正愁怎麼讓火燃燒起來。看她一臉苦惱，恨不得用地上的木頭鑽木起火，宋清覺得她這個樣子也很好看。走上前去，看著那簡易得不能再簡易的火架子，宋清問：「妳這是用來做什麼的？」

白芸看著沒休息的他，癟了癟嘴。「天氣冷了，想生個火堆烤烤火，而且家裡買了羊肉，想著大家圍在一起還可以烤個羊肉串吃。」

宋清勾了勾嘴角，走到院牆旁，把施工的時候留下來的十幾塊紅磚搬過來，搭成了一個小火爐，然後撿起白芸搬來的柴火看了一眼，上面掛滿了白霜，表面上是乾的，裡面卻是濕答答的，不禁看了白芸一眼。

白芸挑了挑眉毛。「怎麼，這柴有問題嗎？」

宋清搖搖頭。「沒有問題，如果妳想用來打人的話，大小正合適。如果想用來燒，肯定是燒不起來的。」

白芸被調侃了一句，氣得牙癢癢的。她摸著那柴是乾的，就拿來用了，誰知道裡面乾不乾的？她又不常做飯。

宋清燒火的動作還是很麻利的，去後院搬來了些乾柴，安安靜靜地拿出火摺子把火點燃了，又拿著砍刀去了後山，砍回來一整條長長的竹子。

宋長水拿著刀也來幫忙。

白芸看得目瞪口呆，瞬間覺得這裡不是她該待的地方，便去了灶房。

灶房裡，馮珍和宋嵐在一起和麵，兩個人有說有笑的，說是要做炸油餅還有金果等過年吃的零嘴。

白芸雖然不會，但馮珍看她實在好奇，就像逗小孩一樣，捏了個拳頭大的麵團丟給她玩，白芸拿著那麵團揉圓搓扁，玩得不亦樂乎。

「娘，年初二咱們要去外婆家嗎？我好幾年沒回去了。」

馮珍想了想，點頭。「該去的，我娘家幫了我們家許多。阿芸啊，妳也跟我們一起回去吧？我娘家養的雞可好吃了。」

白芸想起馮珍的外家也不遠，又聽說有好吃的，權當去旅遊了，陪馮珍走親戚也不錯，便點了點頭。「去的去的！」

說到馮珍的外家，白芸忽然想起了宋清的醫術，便問道：「娘，妳娘家醫術是不是特別高明？可以活死人、肉白骨那種？」

馮珍滿手麵粉，被她給逗樂了，嬌嗔地點了點她的鼻子。「哪有那麼厲害？那都不是會醫術了，那是會神仙，都成神通了！我娘家就是個村醫，平時專門治一些跌打損傷的，家裡有祖傳的藥方，在隔壁鎮很是出名，不過我沒學這個。」

白芸點了點頭，下一刻，心裡忽然升起了疑惑——如果馮珍的娘家沒有那麼神的醫術，只是專治跌打損傷而已，那麼宋清的醫術是從哪裡學來的？

她很想開口問馮珍，但是又怕戳穿些什麼，只得悄悄地試探了一句。「那宋清學過醫術嗎？」

馮珍點點頭。「他從小就跟著他外公學，加上身子一直不好，也算是無師自通、自學成才了。如今他的醫術可比我厲害多了，都能靠這個本事吃飯了。」

無師自通？自學成才？白芸不相信，這太扯淡了。再怎麼無師自通，也不可能說會治時疫就會治的，他又長年待在家裡，哪裡來的患者給他治，累積經驗？沒有見過的病又怎麼會治？

越想越生疑，白芸乾脆放下手中的麵團，打了水沖沖手，便出了門。

院子裡的火爐已經生起火來了，火光照耀著，好像要把周圍的冷氣融化掉一般。

宋清坐在石凳子上烤火，竹籤已經削好了放在一旁，俊美的臉龐好看得不像話。

白芸走了過去，坐在他的旁邊。「爹呢？」

「帶著丞丞出去放炮仗了。」

白芸點點頭。宋清身上似有若無的薄荷味道又飄了過來，在冬天裡聞著更加清冽。

「我……」

「我……」

宋清和白芸同時出聲。

白芸眨了眨眼，宋清也好笑地看著她。

「你先說……」

「妳先說……」

兩人的話再一次不約而同的響起。

白芸無語地望了望天，閉了閉眼。「我先說！」

宋清笑著點點頭。「好，妳先說。」

白芸看了看旁邊的火爐子，感受著火焰傳來的暖意，緩緩地說道：「我覺得我一直都是一個人的，自從來了這個家裡，才讓我感覺到了溫暖。我發現你也是個很不錯的人，很善良也很守禮，我非常非常欣賞你。但是如果往後要繼續生活在一起的話，我希望你不要對我有所隱瞞，你是宋清也好，是別人也罷，有苦衷你就跟我說，我都能理解你。」

她說得很亂，因為她實在不知道該怎麼把「我懷疑你不是宋清，但你即使不是宋清我也不會怪你，因為我也不是白芸」這種話委婉地表達清楚。

宋清也聽懵了，看著白芸「蛤」了一聲。

白芸抿了抿嘴，乾脆破罐子破摔，直截了當地說道：「我知道你不是宋清，你身上的疑點太多了！我問過娘了，她外家根本就不會治時疫，而你卻會，不要告訴我你是天才，這根本就說不通！當然，我不會懷疑你的人品，你肯定也有你的苦衷，如果你願意告訴我，只要不傷害家人，我會替你保守秘密。」

宋清這下總算明白了白芸的意思，他沒有回答白芸的話，而是笑著說了一句。「美女，妳知不知道妳的疑點也很多？」

白芸皺了皺眉。「我跟你說正經的呢，什麼美女不美女的？你也太輕浮……嗯？美女？」她驀地瞪大了眼睛，深吸了一口氣，又嚥了嚥口水，不可思議地看著宋清。「你剛剛說什麼？你再說一遍！」

宋清轉過頭去，往火爐裡添了把柴，才說道：「我之前遇過一個神棍，非要說我桃花運不行，還說我有性命之憂，我不信，然後我就被天花板砸了。我也不想當宋清，但我確實是宋清。我覺得我說的，妳應該能明白，對吧？」

白芸更震驚了，只一瞬她就明白了所有事情，驚訝地指著宋清，又指了指自己。「你就是那個騷包臭屁醫生？你跟我一起來了？」

「……騷包臭屁醫生？我？」宋清指了指自己，蹙了蹙眉。他怎麼也沒想到，白芸給他前世的評價居然是這個，他怎麼就騷包了？

看著面露驚恐的白芸，他瞬間有些後悔把這件事情說了出來。

難不成他前世真的太騷包了？如果是這樣，面前這個女人會不會嫌棄他？

白芸幾乎是剛說出口就後悔了！她伸手捂了捂自己的嘴巴，有點不好意思地看著宋清。

「不好意思啊，我不是那個意思，你別誤會啊！你以前挺好看的，就是說話太欠了。」

宋清抬眸看了白芸一眼，他還說話太欠了？

白芸汗顏，知道自己說錯話了，但她真沒辦法，要怪就怪她太緊張了，而且前世的宋清真的不太好相處。

那時他見到她的那一刻，知道她是個算命的，居然開口就讓她走，說什麼科學社會，招搖撞騙是賺不到錢的，還勸她改過自新，做一個對社會有用的人。要不是他媽給的錢太多了，她才懶得理他。

現在想想他那毒舌模樣，白芸就來氣，越想越生氣，瞪了宋清一眼。

宋清被瞪得有點委屈，不明白這個女人為什麼那麼善變？明明是他挨罵了，怎麼她自個兒還生起氣來了？

白芸的嘴角忍不住抽了抽，有那麼一瞬間，她都覺得自己是個壞人了。

的。

難怪她怎麼都看不清宋清的面相，她嘗試了起碼有百來遍，原來這個男人也是穿越來的。人一旦換了靈魂，那麼未來的定數就說不準了，還真是看不出來。

白芸把事情說完，也瞭解了前因後果後，隨手從桌上拿了一個橙子。

她看著手裡的橙子，涼得冰手，又大又圓，橘子皮還泛著光，看著就好吃，她輕輕把橘子靠近宋清架好的火爐，慢慢轉動著，笑問道：「我的事情說完了，你剛剛想找我說什麼事？」

宋清看了看她凍得發紅的鼻尖，覺得可愛又好看，鬼使神差地說了句。「我喜歡妳。」

白芸手裡的橘子啪嗒一下，滾進了火堆裡，橘皮一下子就燒黑了。

她睜大眼看著他。「你喜歡我？」

「嗯，喜歡妳。」宋清的耳根子有點紅，但話已經說出去了，而且他是個男人，跟自己喜歡的女人表白，就算被拒絕，也不是啥丟人的事情。

白芸笑了笑，眉毛彎成了橋，眼裡灑滿了星星。「我也喜歡你。」

霎時間，周圍的空氣都瀰漫著甜蜜的氣氛，旁邊的火勢好像也感受到了兩人的情緒，越燃越高。

啪嗒！

木柴受了潮，爆破了一聲，一點火星子順勢蹦到了白芸的手上。

「嘶——」白芸快速把手抽了回來，看了看，上面被燙紅了一小片。

白芸本想不管它，但宋清注意到了，把她的手放在自己的手上，仔細地查看了一眼，便趕緊打了一盆冰涼的井水，把她的手放了進去。隨後又進屋拿了一小盒綠油油的膏藥，先在指腹上揉開了，才一點點輕輕地給白芸敷了上去。

感受到手背傳來的一陣涼意，剛剛灼熱的痛意消退了一大半，白芸舒適地瞇了瞇眼睛。

「暫時先別碰水了，如果疼了就告訴我，我給妳塗藥。」宋清一抬頭便看見她這副模樣，嘴角不禁勾起一抹淺笑。

「來嚐嚐，快！新炸出來的油糕，香脆著呢！裡面啊，裹了滿滿的綿白糖！」宋嵐和馮珍兩人抱著一籃筐的油糕出來，就瞧見了院子裡拉著手的兩人。

馮珍和宋嵐對視了一眼後，宋嵐立即使了個眼色，說：「娘啊，我想起來鍋裡還有一半油炸糕呢，咱們回去接著炸啊！」

馮珍也不是個傻的，咧著大大的笑臉猛點頭。「欸欸欸，妳說得對！我怎麼忘了呢？走，咱回去接著炸！」

說完，兩人扭頭就走，絲毫不帶猶豫的。

白芸愣住。「……」

宋清呆了。「……」

灶房內的兩人可是樂瘋了，蹲在灶旁的地上，跟東家長、西家短的大爺及大嬸一樣，邊吃著油炸糕，邊討論著。

「娘，妳剛剛瞧見了吧？我不是眼花吧？我大哥拉著嫂嫂的手，兩人還直衝著對方笑呢！」

「瞧見了、瞧見了！這真是太好了！我一直很擔心阿芸瞧不上妳哥，畢竟妳哥那人傻愣愣的。本來想著不能成也罷，我們永遠做她的娘家，家裡的東西都給阿芸帶走，沒想到居然成了！老天保佑啊！」

「是啊、是啊！我嫂嫂這下真成了我嫂嫂了，太好了！這樣吧，我們晚點再出去，不著急，讓他們好好相處一下……不對，我爹不會突然回來吧？」

馮珍搖搖頭，眼裡露出一絲堅定的光芒。「他若敢破壞我兒子跟兒媳婦的好事，我要他好看！」

此時，帶著丞丞在放炮仗的宋長水身子顫了顫，打了個大大的噴嚏。

到了年三十，宋家人一大早就起來了。新年新氣象，就連一向喜歡賴床的白芸都早早的起來了。

宋長水抱著小小的丞丞正往門框上貼對聯，用的是昨天夜裡剩下來的米飯，一糊一貼。

宋嵐也拿著一張手掌大小的「福」字貼在家裡的水缸上。

馮珍在院子裡揉麵團、剁肉餡，要包餃子吃。

宋清則是在旁邊劈柴火，姿勢動作倒是有模有樣的，熟練得一點都沒看出來是現代人。

白芸洗漱了一下，便坐在桌子旁邊，跟著馮珍一起包餃子。

馮珍總共剁了三種餡，豬肉大蔥、豬肉白菜，還有豬肉韭菜，還放了不少的花生油在裡面，看著油汪汪的，聞起來香得不得了。

麵團軟乎乎的，還有點溫熱，一點點地擀成麵皮，再包上餡料，雙手一捏就好了。

白芸對自己沒太大的要求，只要包起來餡料不露、煮起來麵皮不散就成。

馮珍對她也沒要求，看著一個個奇形怪狀的餃子，還覺得很可愛。

吃完餃子以後，馮珍和宋嵐又忙活起了包春捲，好像不懂累似的，這幾天一直在做各種吃食。

就連白芸都看不過眼了，讓她們累了就歇息。

「哪裡要休息呀？這是做吃食，又不是做糧食，咱們坐著，妳一個、我一個的包，費不了什麼功夫。」

「費功夫咱也樂意啊！看著這些個好東西，人心裡就高興，就覺得有盼頭。往年哪有這些啊？撐死了不過就過年買二兩肉回來包餃子，那也得混上不少青菜，再買兩塊飴糖給丞丞甜甜口，就算不錯的啦！」

白芸看她們包著高興，也就不說什麼了，反正大過年的，高興就好。

到了下午，全家人就排著隊去洗澡了，換上了嶄新的衣裳，顏色明亮，臉上都透著光。

一家人搖身一變，都成了縣裡的少爺、老爺、大小姐一般，貴氣得很，哪裡還有村人的樣子？

馮珍倒是還沒換，她忙著做年夜飯。

玉梅也過來幫忙了，白芸就喊她留下，弄完了一塊兒過年。

白芸扯了扯宋清，問道：「你有時間嗎？駕著馬車帶我去一趟鎮子唄，我要回茶館拿東西。」

宋清自然是不會拒絕她的，點頭套好了馬車就帶她去了。

別說，這馬車就是跑得快，不一會兒就到了。

這會兒鎮上空落落的，一個人也沒有，商鋪都緊緊關著門，地上燃放過的紅炮紙鋪了滿街，看著既喜氣又空曠。

白芸還是第一次瞧見這樣的街景，好奇地多看了兩眼，才往茶鋪走。

宋清不明白她要拿什麼，便跟在她的後頭走進後院，一路來到了耳房裡。

打開門，裡面空蕩蕩的，卻沒有一點灰塵，也沒有光。

白芸站在屋子中間，抬了抬手，屋子裡就憑空吹起一陣風，倒是不涼，還有點暖意。

鸞月從黃紙人上下來，站在白芸面前。「主子。」

白芸笑著點點頭，拿出前兩天在街上找人捏的陶瓷小像。「我找人給妳捏了個小像，妳進去後就可以跟著我回家了。」

鸞月看著那唇紅齒白的光潔小像，頓感喜悅，那小像是它，它看得出來。而且小像裡還有主子濃郁的相氣，它簡直喜歡極了。

宋清看著白芸一個人在屋子裡自言自語，已經見怪不怪了。

她說一句，耳畔就吹來一陣涼風，他要是還猜不出來屋裡面有東西，他就是個傻子了。

不過他很好奇，到底是什麼人跟白芸這麼親暱？看著小像的樣子，是個女人，就是不知道跟白芸有什麼關係？

白芸回頭看了宋清一眼，看他滿臉探究，挑了挑眉毛，問道：「你想看？」

宋清想了想，微微地點了點頭。「想。」

「算了。」白芸搖了搖頭。「這屋裡的不是一般『人』，大過年的，還是不要看到的好。它是我前世認識的陰靈，是我奶奶交給我的，叫鸞月。等年過了，我再讓你們認識。」

宋清聽話地點點頭，反正白芸不給他看，他就不看，他相信白芸的話一定是有道理的。

鸞月深深地看了宋清一眼後，對著白芸說道：「主子，這人的味道很熟悉，您死時他跟您躺在一起，您還壓在他的肚子上。」

「是嗎？」白芸的嘴角狠狠地抽了抽。「從現在起，妳把這事給忘了。進瓷人裡來，主子帶妳回家吃香火。」

鸞月一溜煙就鑽進了瓷人裡。

白芸把瓷人握在手上，拉著宋清離開了。

有了這個瓷人，鸞月就能一直跟在她身邊，有了太陽也不怕。只要它不現身，周圍人都不會有影響。

回到家以後，跟宋清商量了一下，得知宋清不介意，白芸就直接把瓷人放在堂屋裡，從抽屜裡拿出來一把香，點燃了，才轉身離開。

到了太陽下山的時候，年夜飯就做好了，馮珍換上一件稍微豔麗點的衣裳，又戴上了一些首飾，看著人都俏麗了不少。

「哎呀，我都一把年紀了還戴這些，怕是會惹人閒話了。」她摸著頭上搖晃的珠釵，有點不習慣，但又很高興。

哪有女人不喜歡首飾釵環的呢？不過是馮珍以前過得太苦了，每日為柴米油鹽發愁，根本想不起來這些罷了。如今兒子跟媳婦有本事，她自然也肯戴上了。

她從袖子裡掏出了好幾份大大的紅包，給了狗剩、給了丞丞，女兒跟兒媳婦也給了，就連玉梅都給了一個。

宋清眼巴巴地看著。

馮珍拍了他一下，笑道：「你可沒有，娘還等著你給呢！」

宋清早就知道自己會是這個待遇，從懷裡掏出了幾個紅包，兩個孩子自然是有的，兩個老人也一人給了一個，然後又到了自己的妹妹，隨後把剩下的都悄悄給了白芸。「妳一會兒拿著發吧，其中有一個是妳的。」

白芸拿著紅包，笑嘻嘻的，收進包袱後，又拿出了自己準備的紅包，也像模像樣地遞了一個給他。「宋先生，新年快樂！娘不給你，我給你。」

宋長水指著宋清笑道：「看看，我兒子居然跟媳婦兒討紅包去了！」

「菜好了，快吃飯吧！」

一家人團團圓圓吃飽後，就拿著煙花、炮竹去燃放了。

吃過晚飯，村裡只有幾戶人家放炮竹、煙花的，村民們就成群結隊地坐在家門前，誰家要點炮仗，大家夥兒就一窩蜂地圍上去觀看。

這不，宋家門前早早就擠著不少人，因為這兩天丞丞就一直在玩炮仗，今日是大年三十，他們家肯定得放。

孩童們也是滿懷期待地站著，想著一會兒若有沒點燃的，就撿了去，他們自己玩。

宋家不僅放了掛鞭，還放了幾桶煙花，大大的花火在天上綻放，照亮了每一個人的臉。誰的臉上都是笑容，白芸也被感染了。

宋清就站在她的旁邊，兩人有默契地站在圍觀群眾的身後。

白芸出來得急，沒有穿多少，一陣寒風吹來，宋清就把自己的大氅解了下來，披在白芸身上。

白芸也沒拒絕，帶有宋清溫暖體溫的大氅包裹在自己身上，只覺得周圍的寒意都退散了。

想了想，白芸輕輕地往宋清的身上靠。

自從白芸和宋清互表了心意以後，兩人就不再像以前一樣彆扭了。彼此都熟悉得很，自然也不再害羞了。

宋清的身子一僵，接著嘴角上揚，伸手放在白芸的肩上。

馮珍和宋長水無意間往身後看去，看見兩人這般濃情密意的樣子，都欣慰的笑了。

第二十章

到了年初六這天，白芸一起床右眼皮就一直跳，她總覺得要發生什麼事情般。她看了兒子的面相，又看了看宋清的，都沒有什麼異樣。

宋嵐他們三個去鋪子裡了，瞧不見，但她心裡隱隱有些不好的預感。

到了午時，她的心跳動得更厲害了，感覺都快跳出來了。

想了想，白芸還是決定去鎮上瞧一瞧，她的直覺告訴她，估計是鋪子那兒要出事情了。

宋清聽說她要去鎮上，不放心，帶著丞丞一起跟上去。在路上聽了緣由後，便快馬加鞭地往鎮上趕。

他這小媳婦兒厲害得很，他質疑誰都不敢質疑白芸的直覺，因此也緊張得不得了。

等到了鋪子裡的時候，兩人發現鋪子並沒有出事情，反而平靜得不像話。

宋嵐和馮珍都在櫃檯前忙活，宋長水則是端著水壺四處給客人加水。

白芸有點懵。

宋嵐也很懵。「嫂嫂，妳怎麼來了？這麼著急，可是有事要辦？我這就去把耳房收拾出來。」一看白芸面色不好，宋嵐放下了手中的茶杯，轉身就要往後院去。

「沒有，我沒有事情要忙，不用收拾。」白芸搖了搖頭，不確定地問：「你們沒出什麼事情吧？」

被突然這麼一問，宋嵐愣了愣，搖了搖頭。「沒有啊！嫂嫂，爹說想來鎮上看看，幫忙做事情，所以我跟爹娘一大早就來開鋪子了，生意也挺好的，沒有什麼事情啊！」

馮珍附和道：「對呀，阿芸，沒出什麼事情，放心吧！你們吃午飯沒？餓不餓？」

「不餓，娘別忙活了。」白芸坐了下來，心裡就是不舒服，總覺得今天怪怪的。

「別急，我給妳把把脈。」宋清放心不下，叫她伸出手來，給她把脈，卻也沒有發現什麼異常，白芸的身體很好，沒有心臟病。

這時，丞丞說要去廁所，宋清便讓白芸放寬心，別亂想，然後帶著他往後院走去。

不多時，宋嵐的臉色突然變了，黑著臉看著鋪子外的人。

一個男人揹著包袱，扶著一個老太太，正往這邊走來。

男人看著前方的客棧，說道：「娘，走了許久，咱們去前面歇歇腳吧？一會兒再坐個牛車，就能到鳳祥村了，宋嵐那個賤婦跑不了，不差這一時半刻的。一會兒等我們找到她，再好好地收拾她！一聲不吭的就跑了，兒子定不會輕饒她！」

「也好，我兒最是明事理，這樣的媳婦不好好收拾一頓是不行的。動不動就跑，還不如打死了！」老太太笑了笑，一臉的和藹，說出的話卻是讓人不寒而慄。

宋嵐的身子顫了顫，下意識地往身後退了兩步。

這就是她狠心的丈夫馮程以及婆婆吳紅。

馮珍察覺女兒不對勁，順著她的眼神往外看去，也看見了那兩人，頓時黑了張臉。

白芸不瞭解，疑惑地看向宋嵐。

宋嵐慘然一笑，無奈極了。「那男的是我丈夫，女的是我婆婆。沒想到他們居然真的追到這裡了，還說要去村裡找我。」

白芸立即不悅地看向那兩人，想了想，讓宋嵐和馮珍別出來，然後自己站到門外，看著越走越近的兩人，說道：「不好意思，我們準備打烊了，找下一家吧！」

吳紅皺了皺眉頭，原來和藹如觀音的臉上立即惡紋橫生，變了張刻薄得不得了的臉。「我瞧著才午時，怎麼就要關門了？你們莫不是瞧不起我們鄉下來的，要趕走我們吧？」

白芸知道這個老婆子就是欺負她小姑子的惡婦，沒給她好臉色。「說要打烊了就要打烊了，妳管天管地還管我打不打烊啊？」

「妳怎麼說話的？居然敢跟我娘這樣說話，怕是不想活了！」馮程一臉不齒地看著她，彷彿她做了什麼傷天害理的事情，又說道：「我可是剛剛考取了秀才，不日必定飛黃騰達，在聖上身邊做大官！妳這商賈之戶也配跟未來官爺的老娘這般講話？」

白芸「哈」的一聲笑了出來，上下掃視著馮程，好像聽到了什麼笑話，笑得她扶不起腰。「啊哈哈哈……我的天啊，考了個秀才而已，這般耀武揚威的，我還當你已經過了殿試，考了個狀元郎呢！」

「妳！」

「你什麼你啊？就你還想在聖上身邊做大官？你知不知道皇城裡一塊磚掉下去都得砸死一個探花郎？你個秀才不日日研究自己的學問，反倒在這裡出口罵人，你這是抹黑秀才吧？而且，我看你命門烏漆墨黑，鼻頭青痘泛起，必將倒楣三年！看你這面相也是個缺德貨，仕途對你來說簡直高不可攀，別癡心妄想了！」

白芸的戰鬥力過於勇猛，冷言冷語句句戳心，罵得那馮程和吳紅支支吾吾的說不出話來。

旁邊的人都聽得瞠目結舌，沒想到這小小的娘子居然如此凶悍。

若是旁人早就面紅耳赤地躲開了，偏偏這母子兩人最是厚臉皮，完全不會覺得有什麼不好意思的。這店家來觸霉頭，他們不好好地訛詐一番，那他們就改名換姓叫好善良！

「哎喲！」吳紅突然嚎叫一聲，捂著自己的胸口，指著對方。「兒啊！我的兒啊，我一把年紀了還要被個臭丫頭當街羞辱，我氣不順，我喘不過氣啊！」

馮程跟著自己娘一輩子了，哪裡會不知道他娘在想什麼，立即神色一變，一副護母心切地扶住吳紅。「娘啊！娘啊，兒子無用啊，竟讓您快花甲之年了還當街受辱！大家夥兒快來看看吧，這茶鋪店大欺客，連裡面的丫鬟都出言不遜了！」

「兒啊，娘不怪你，只怪有些人太狠心了，連老太太都不放過啊！我的兒啊！」

母子倆你一言、我一語，把戲唱得足夠響亮，愣是把這一條街的行人都給嚎來了。

剛來的不知道發生了什麼事，還以為是白芸把兩人趕出來，頓時不樂意了。

「喲，這是什麼鬼熱鬧，怎麼店家還趕人呢？」

「不對不對，這鋪子我去過，掌櫃的是兩個女子沒錯，可並不是面前這人。聽那兩人的意思，這女的是個丫鬟，這男的還是個秀才老爺呢！」

「這店若真是店大欺客，連秀才老爺都敢打，那我們以後可不敢光顧了，不然，下次被打出來的就是我們了喲！」

吳紅跟馮程聽著周圍的議論聲，要多得意有多得意。

尤其是馮程，這秀才是他託人花錢買的，因為他被人看輕太久了，於是拿了全部家當去買了個秀才當。

可沒承想，當初跟他生孩子的那個娼婦，居然因為這件事跑了，說什麼秀才滿天飛，他把錢花光了，就不要再去煩她了。

本來他氣不過，想把人打回來，可又捨不得她肚子裡的骨肉，後來打聽了才知道，那孩子根本不是他的，可把他給氣壞了。

可那孩子的生父是個鄉紳，他鬥不過，因此乾脆就收拾東西，帶著老娘來投奔媳婦兒了。

當然，他不介意在找媳婦兒的途中多找點事情，訛點錢來花花。

這女子看著年輕，儘管再潑辣、嘴皮子再索利，那也得考慮一下這些觀看的路人，畢竟沒了名聲，她也做不好生意！

白芸冷笑一聲，果然是沒臉沒皮的，訛人都敢訛到她頭上了。

「你們兩個先別急著嚎！別嚎了，狗都沒你們會叫！」白芸大聲喝斥。

兩人嗝了一下，忽然覺得背後涼颼颼的，不知怎的，居然真的就閉嘴了，只能巴巴地看著她。

「第一，我打你沒有？第二，我一個女子，我打得過你一個男人加一個五十多歲的老娘？第三，我只不過是說要打烊了，你們就這般鬧騰，意欲何為？」

眾人一聽，都覺得她說得對！剛剛光顧著看熱鬧了，現在才覺得，這力量差距有點大，怎麼可能是小姑娘把他一個大男人打了呢？

「切！沒打人啊？沒打人你們在這裡哭什麼呢？是不是要訛人家啊？」

「喲，一個大男人居然因為這點破事就哭？如果秀才老爺都如他這樣，那真是還不如回家種地呢！」

馮程不樂意了，指著吳紅又說：「妳是沒有打人，但妳把我娘氣得犯了毛病，這總歸是妳幹的吧？」

白芸白了他一眼。「你要是有病就趕緊去看看，你娘要是有病就趕緊送她去醫館。我說要打烊了，是你們在這裡胡攪蠻纏，你還想訛人不成？」

坐在鋪子裡的客人早就聽到了門外的爭吵，都是老熟客了，便紛紛出來給白芸作證。「我們可是一直在店裡坐著的，明明是你這豎子和這個老太婆一直胡攪蠻纏，可別怪人家店家！」

馮程被人戳穿，咬了咬牙，心有不甘。

吳紅乾脆也不裝了，她看了看周圍的人，不僅對他們指指點點，還鄙視地看著他們，她頓時怒火中燒，搬起地上巴掌大的石頭就朝白芸丟去！

事情發生得太快，白芸還沒來得及反應，就瞧見眼前閃過一個白色的身影，隨即就是石頭砸到人的聲音。

「咚」的一聲，一道鮮血灑在地上，紅豔豔地晃著白芸的眼睛。

周圍的人被嚇得退開了老遠。

「天啊，見血了！」

「這老太婆瘋了！快跑，可別打到咱們！」

「天啊，瘋婆子啊！我看這姑娘流了這麼多血，怕是要出人命啊！」

白芸顫抖著手，不敢去看宋嵐的傷口，跪在地上扶著她。「阿嵐！阿嵐，妳怎麼樣啊？別怕，妳哥在，會沒事的！宋清！宋清你快來！」

地上的血太多了，那石頭砸得不輕，一個不好，毀容或腦震盪都是小事，就怕傷到腦神經，那可就麻煩了。

宋清快速衝了出來。

白芸看宋清出來了，立即伸手抓住他的衣襬，眼淚跟著流了下來。「宋清，你快幫阿嵐止血！她流了好多血！」

宋清知道她著急，握了握她的手，安慰道：「別急，我這就帶她去止血，沒事的。」

馮珍和宋長水一聽外面出人命了，急得不行，一出來見女兒倒在地上，頭上的傷口觸目驚心，一個站不穩，就腿軟地跪了下去。

「阿嵐！」

「阿嵐啊！妳怎麼了？」

宋清也不耽擱，抱起宋嵐就準備往屋裡走。

這個時候，吳紅那糟老婆子往宋嵐臉上瞅了瞅，確定這個宋嵐就是她認識的那個宋嵐後，立即攔住了人。

「你們別走，都不許走！好啊你，你抱我兒媳婦做什麼？莫非你是她的姦夫？把話說清楚了，不然別想走！」

宋清額頭青筋暴起，沒想到這老婆子這般不是人，眼下宋嵐都快沒命了，居然還想著捉姦！但他可沒時間跟她掰扯，咬著牙冷冷地說了一句。「滾開！」

吳紅像是聽到了什麼不得了的事情，立即跟老母雞下蛋似的插著腰。「我滾開？我憑什麼滾開啊！這是我老馮家的兒媳婦，你要帶她去哪裡啊？我說我兒媳婦怎麼一聲不響地就從家裡跑了，原來是有姦夫啊！活該這石頭往她腦袋上砸！就這種賤婦，打死了才──啊！誰打我？」

白芸眼神寒冷，死死地盯著面前這個滿嘴污言穢語的老太婆，又是一巴掌甩到她臉上。「我打的！怎麼了？死老太婆，我小姑子要是有個什麼三長兩短，我讓妳跟妳兒子一起賠命！」

或許是白芸的眼神太嚇人，又或是吳紅自己心虛，被白芸這麼一吼，她居然真的就下意識地退到一邊去了。

宋清一刻也不耽擱，茶鋪裡沒有藥材，他便駕著馬車送宋嵐去醫館。

「你們去哪裡啊？帶上我們啊！」吳紅和馮程也想跟過去，畢竟這是他們家的兒媳婦，怎麼能讓別人帶走？他們還指著這個兒媳婦跟他們回去呢！

「去？你們還想去哪兒？」白芸站在那裡，殺人一般的眼神看著母子倆。「你們今天哪裡都去不了，乖乖跟我去衙門吧！」

「衙……衙門？」吳紅咬了咬牙。「我又沒打傷妳，我打傷的是我兒媳婦，婆婆打媳婦，去什麼衙門啊？」

「對啊！我娘只是管教媳婦而已，誰還能說她的不是？」馮程也不想老娘去衙門。雖然在外面人模狗樣的，但他卻是個沒娘不行的人。

所有破爛事只要回家哭兩句，就有他娘出去撒潑打滾地給他擦屁股，要是他娘被衙門帶走，那可就有他的苦日子受了！

「我小姑子眼下生死未卜，你們絕對逃不了！跟我去衙門，不然我就讓衙門的人來！」

白芸心裡也很著急，但宋嵐這一劫是她必有的，自己能為她做的，就是討個公道。

白芸早就把宋家人當成自己的親人了，親人當著她的面被欺負，還是因為救她，沒道理她還不出頭。

「笑話，妳以為妳是誰啊？有兩個錢就能叫得動衙門的人了？真是不知道天高地厚！」馮程輕蔑地掃了白芸一眼。衙門裡的人是什麼樣的他很清楚，光憑她三言兩句就想使喚他們，絕對是不可能的。

「我能不能你等著看就是了，我說了，今天不讓你們付出代價，我就不姓白！」白芸從兜裡掏出一個銀錠子，遞給旁邊一個看熱鬧的男人，說道：「麻煩幫我去一趟鎮守府，就說我姓白，這裡有人故意殺人，讓鎮守派人來捉拿。」

「成成成，沒問題，我這就去！」那男人的眼睛立即直了，接過銀子點頭哈腰了一番，拔腿就往鎮守府跑。

其他旁觀的人眼睛都紅了，只是跑個腿就有一兩銀子，這種好事怎麼沒輪到他們呢？馮程的眼睛也熱，沒想到自己媳婦的娘家這麼有錢，打發個人都能給一兩銀子！等會兒把媳婦搞定以後，得想個辦法讓媳婦從家裡撈點好處回去！

他一點都不擔心衙門會來人，認為只是白芸虛張聲勢，怕落了面子而已。

過沒多久，一群著裝統一、身後寫著「捕」字的人迅速往這邊跑來，手上還握著刀，看起來凶得很。

「是誰膽敢當街鬧事？」一聲整齊劃一的呼喊震懾住整條街的人。

馮程的臉色「唰」的一下煞白了，不敢相信地看著白芸。「妳居然真能請動他們？妳、妳妳……妳給了多少銀子？」

為首的捕快聽聞這話，當即不樂意了，手中那把刀一下子就對準了他的臉。「你說的是什麼話！百姓報案，我等身為捕快，怎有不來之理？怎麼就收人銀錢了？你知不知道誣衊公家，該當何罪？」

「不不不，官老爺，我不是這個意思，我真的不是這個意思！」被刀指著的馮程頓時嚇破了膽，頭搖得比撥浪鼓還快，生怕捕快的刀一不小心就劃破了他的腦袋。

「管你是不是這個意思，管好你的嘴！」捕快頭頭警告完，又看向站在一旁的白芸。「是妳讓人來衙門告的案？」

「對，是我。」白芸點點頭，指著馮程。「這個男人和他老娘想訛我，他老娘沒訛成，結果惱羞成怒地拿石頭丟我，我小姑子為了救我，被石頭砸破了腦袋，人已經送去醫館了，如今生死未卜，在場的各位都可以替我作證。」

圍觀的路人一聽有活兒幹了，立即爭先恐後地跑出來作證！要知道，白芸出手很是大方，幫她作證說不定還能撈到點好處呢！就算沒有好處，那也沒有害處。

「對，我們可以作證！」

「就是這個老太婆打傷人的！大人，快把他們抓走！」

「就是就是！萬一把我們也給打了可怎麼辦喲！」

捕快頭頭的眼睛很冷，扭頭看向馮程。「當街訛人還故意傷人，最少也得關三年，若是人傷得重或者致死，就得發配邊疆五十年，你們可知罪？」

馮程討好地笑著，臉上沒有害怕的神色。「我娘打傷的那人是我媳婦，我們是衝著她去的。她偷跑回家，還忤逆長輩，我娘這也是在管教媳婦。」

捕快頭頭的面色變得為難起來，來時鎮守已經交代了，說白姑娘不是胡攪蠻纏的人，如果對方真犯法，可以按律例適當地照顧一下。但如果關涉到親人，那麼就難辦了。

丈夫就算把妻子殺了，那也只是坐十年牢房，十年後還可以拍拍屁股出來；若是打傷，而且不嚴重，他們是沒權力管的。

並且，這一切的基礎都得是妻子前去報案，旁人無權報案。

他把自己的為難跟白芸講了。

白芸深深地皺起了眉頭。

先前在鳳祥村何家的時候她就知道有這麼個破律例，但一直沒放在心上，因為她自知自己這輩子都不會被丈夫打，就算打了，她也有更狠的後招等著對方。

但沒想到，這種事情居然還是讓她碰上了，而自己卻沒有辦法改變。

捕快頭頭沒說什麼，只能帶隊回去了。

白芸抬頭就瞧見馮程得意洋洋地看著自己，臉上那猥瑣的笑容極為可惡。

「喲，沒辦法了吧？趕緊把我媳婦兒還來，不然我要你們好看！」

白芸深吸了一口氣，告訴自己要冷靜下來。正當她想先去看看宋嵐的時候，就瞧見宋清推著一個板車回來了，馮珍和宋長水在兩邊走著。

丞丞也跟著他們一起，臉上全是淚花，再仔細一看，馮珍和宋長水眼裡也都有淚水。

一見到馮程，馮珍就忍不住了，哭著撲打了上去。「你這個殺千刀的！你害得我女兒好苦，你害了我女兒啊……」

宋長水眼裡含著淚，聲音顫抖地斥責著。「我把我女兒交給你，是盼著你待她好，結果你不知廉恥地招娼入室，趕走我女兒，如今還險些要了她的命，你這個畜生！」

白芸只覺得萬里晴空的天上忽然電閃雷鳴，她手都跟著顫抖了。公公跟婆婆都如此激動，難不成宋嵐……出大事了？她費力控制住自己的情緒，扭頭看向他們。「阿嵐……阿嵐她怎麼了？」

馮珍滿臉淚水，泣不成聲；宋長水抬頭閉上眼睛，任憑淚水滑過臉頰。

宋清抿了抿嘴，走到白芸的身邊。「妳先不要激動。」

白芸搖搖頭，心裡忽然湧起一抹害怕。「宋嵐怎麼了？你告訴我。」

「她被石頭砸到了腦部，很有可能下半輩子只能躺在床上，再也醒不過來了。」

白芸瞳孔一震。再也醒不過來了？那不就是植物人了？這與死了又有何區別？

剛走不遠的捕快頭頭聽見這個消息，便又折返回來了。若說只是輕微打傷，那他們管不著；若是人傷殘了，有人幫忙報案，倒是可以管一管的。

「現在是毆打妻子致重傷，你們跟我們走一趟吧！這幾年的牢獄之災，你們是逃不掉了！」捕快頭頭一聲令下，其餘捕快就三兩步上前，死死地押住了馮程和吳紅，任憑兩人掙扎也沒有用。

白芸冷眼看著兩人，見捕快要把他們押走，忽然出聲制止道：「等等，這案子我們不報了。」

捕快驚訝地看著白芸。「這……這怎麼行？」

「阿芸……」宋清和宋長水夫妻倆也不知道白芸想做什麼，既然能報案為什麼不報？

白芸皺著眉頭，內心如翻江倒海，她已經沒辦法好好地跟幾人解釋了。

自從知道宋嵐可能醒不過來後，她心裡就不斷浮現起與宋嵐一起生活過的日子。

前段時間宋嵐還躺在她的旁邊跟她一起聊理想、聊生活，宋嵐說就想一輩子快樂安穩地過日子。

可現在宋嵐才幾歲，便已經沒了下半輩子，而且還是因為救她導致的！

這個仇，她白芸不得不報。

若是兩人被捕快帶走了，那最多也就是坐幾年牢而已，這絕對不行，必須得付出同樣的代價，還得把之前欠宋嵐的一起還回來，這樣才對得起宋嵐。

白芸深吸了一口氣，語氣越發寒冷。「這個官我們不告了，你們回去吧。」

捕快幾人面面相覷，都不明白白芸的用意。

只有捕快頭頭好像想到了什麼，提醒道：「請莫要做傻事，若是這馮程半夜被人抹了脖子，我們第一個就會找上妳，若是有足夠的證據，這罪過就大了。」
白芸點點頭。「我自然知道。還請你們回去吧，我不會亂來的。」她實在擺不出好臉色，也第一次如此噁心這世間對女子的盤剝。
宋清向來支持她，便也點頭道：「你們回去吧。」
馮珍和宋長水哭得肝腸寸斷，乾脆就不管了，互相扶持著，要把宋嵐帶回村養傷去。
馮程和吳紅得意洋洋地看著那些捕快。「你們還愣著幹什麼？沒聽見我親家他們說不告了嗎？還不快放開我？我乃堂堂秀才，豈是你們這些粗俗之人能碰的！」
「就是就是，快把我兒放開！我老婆子手都被抓疼了喲！」
捕快心裡也生氣，總覺得有哪裡不對勁，但又沒有辦法，只得一腳踹在馮程的腿上，鬆開他們走了。
「你！有辱斯文！」馮程很惱怒卻又不敢說什麼，只得用自己才聽得見的聲音嘟囔了一句。
吳紅的眼睛轉得賊快，想著既然躲過了牢獄之災，兒媳婦也算廢了，那就沒必要繼續待在這裡，不然說不定還要讓他們出醫藥錢呢！
她扯了扯兒子的衣裳，兩人對視一眼，便快速地逃走了。
白芸看著這兩個目光短淺的人，眼裡都是嗜血的光芒。

宋清嘆息一聲，扶住了白芸。「我們回去吧，阿嵐還等著我們呢。」

白芸痛苦地閉上眼睛，點點頭。「好。」

回到鳳祥村後，已經有不少人去過宋家探望了。

村裡的風俗就是這樣，喜事可以不去，但重病必須得到，不管平時有什麼摩擦，這個時候都會放下芥蒂，上門探望。

白芸確定了宋嵐真如宋清所說，命格裡少了半輩子後，什麼話都沒說，跟著馮珍默默照顧著宋嵐。

宋嵐屬於腦部重創，也叫植物人，治好植物人的案例不是沒有，但全都要靠奇蹟，否則的話，跟死人沒有什麼差別。

宋清使出了渾身解數，天天幫宋嵐醫治，治病的藥特別貴，白芸乾脆就把所剩的銀子全都砸進去了。

之後的日子別人再來探望，都被白芸回絕了，像宋嵐這樣好心性的女子，是不會喜歡別人看自己的病容的。

一連兩天，馮珍和宋長水一句話也沒同白芸說。

一來是悲傷過度，說不出話。

二來是沒什麼話好說。即使很相信兒媳婦不會害他們，但他們也不理解為什麼要把歹人給放了？他們都是至純至善之人，想不出別的。

宋清卻不是，他一直在默默觀察著白芸的行動。

時間來到第三天。

馮珍和宋長水已經兩天沒合眼了，加上又劇烈地哭了一下午，此時半暈半睡地躺在床上。

白芸看夜色正濃，拿起準備好的包袱，就出了房間門，摸著黑把堂屋裡的瓷像放進包袱裡就準備走人。

「嘶——」還沒出屋門，就撞上了一堵肉牆，疼得她倒吸一口涼氣。

宋清倚著門，眼神定定地望著白芸。「去哪兒？」

白芸摸著鼻尖，知道被人抓包了也不緊張，而是肯定地說道：「我去把那些犯罪的人繩之以法。」

「償命的那種繩之以法？」

「是。」白芸點點頭。惡人不死，難消她心頭之恨。就算是法治年代，如果有人敢動了她的人，她都得想辦法弄死，更何況是這個封建社會？

宋清只是挑了挑眉毛，問道：「需要幫忙嗎？」

白芸愣了愣。「我自己可以。」

她本以為宋清大晚上不睡覺是來攔她的，畢竟這種事聽起來挺荒唐的。可宋清卻沒有。

「捕快會不會查出是妳？」

「絕對不會。」白芸詫異地看著宋清，問：「你不攔我？」

宋清伸手摸了摸白芸柔軟的黑髮。「我攔妳做什麼？妳又不是真的十幾歲的小姑娘，想做什麼就做，我支持妳。」

白芸感受著這一刻的溫暖，卻又想起，她這一刻的溫暖是宋嵐拿命換來的，不然現在死的人就是她了。

看著懷裡的小女人眼裡都是殺意，宋清放下了手，轉身去到院子裡，邊走邊說道：「走吧，我送妳去。」

白芸沒拒絕，上了車，馬車融入夜色裡，很快就消失在路上。

宋清迎著月光，輕聲說道：「等事情辦完，我們就帶著阿嵐和爹娘離開這裡，去一個沒去過的地方，去過我們的日子好不好？」

白芸兀自沈思著，越靠近鎮上，她心中的仇恨就越洶湧，絲毫沒聽見宋清說的話。她擺動著手裡的紙人，紙人為她指引著方向。

宋清笑了笑，不再打擾她，專心地駕著馬車。

到了鎮上，宋清扶著白芸下了馬車。

白芸抽出那張指路的紙人，唸了幾句咒語，那紙人竟然像人一樣，在地上轉了兩圈，接著就開始跑了起來。

白芸一步步地跟著，她手上還有一個紙人，那紙人歡跳著，好像在跟白芸說「就是這裡」、「就是這附近」。

「這紙人竟然會跑？」宋清再一次被震撼了。一張毫無生命力的紙人能走路還能帶路，這神奇之處絕不亞於鬼怪之說。

白芸難得的笑了，為他解釋道：「我手上的這個紙人是確定方位的，當它有反應的時候，就說明要找的人離這裡不遠；而在地上跑的叫引路紙人，顧名思義，就是帶路的。」

隨著紙人跳得越來越歡快，街上已經一個人也沒有了，月亮都悄悄地躲著，四下漆黑一片。

白芸席地而坐，宋清則是按照她的吩咐退到稍遠點的地方，坐在廊下，默默地看著她。她手上幾個結印變換不斷，周圍的空氣都有些模糊了，把她包圍著，看不清她的身影。

白芸拿過包袱裡的一團黃紙錢，用朱砂做上印記，倏地，那些黃紙突然自己燃燒起來，火焰燒得有一米來高。

一陣穿巷風像一匹奔跑的快馬般，把黃紙衝散，帶著火苗一起飛在四周，久久不落。

火光照在宋清臉上，也照在他的心裡，像煙火一樣震懾人心。

很快地，火光就熄滅了，燃燒的煙卻沒有散開，一團一團地在白芸四周徘徊，有些煙霧還能依稀看見五官的樣子。

宋清從懷裡拿出一張黃紙人，放在手心裡，四周寒冷如凍的空氣立即升溫。

這是白芸剛剛塞給他的，說把這個東西帶在身上，見了鬼怪、聽了鬼話都不會受到影響。

再看白芸那邊，那些煙氣越轉越快，耳邊的風聲也越來越大，不知道是不是有黃紙人的加持，宋清彷彿聽見有人在哭、有人在咆哮——

「放我走！好不容易上來了，我要走啊！嗚嗚嗚嗚嗚……」

「妳想做什麼？我不會幫妳做事情的！」

「放開我！放開我、放開我！都去死、都去死！」

一聲聲慘叫，分不清是哪裡來的聲音，卻莫名讓人心裡越來越亂。

宋清閉上了眼睛，手上的紙人散發著溫暖，心裡的焦躁也跟著平撫了一些。

白芸坐在煙霧中間，好像也被這些聲音給吵煩了，冷喝一聲。「安靜！否則本道必將你們打得灰飛煙滅！」

那些煙霧的聲音戛然而止，有點懼怕的樣子。

白芸拿出今天帶出來的瓷像，擺在黃紙中間，眼裡的相氣源源不斷地往裡送著。「鸞月，出來吧，我賜予妳相氣之力，為我束厲鬼、滅人魂，不死不休，不終不滅！」

那瓷人滾動了幾番後，鸞月就從瓷人裡冒了出來，手腕上有一條相氣連成的線，一直連到白芸的眼睛裡。

鸞月眼裡盡是享受，舔著朱紅的嘴唇，身體也慢慢化為了實質。「主子，鸞月定聽命於您，如若這些小東西不能成事，鸞月替您殺人。」它的聲音空靈，飄蕩在空中。

煙氣更是上上下下地顫抖了起來。

有一團煙氣尤為害怕，方向一轉就要跑。「放了我、放了我！好可怕、好可怕！嗚～～嗚嗚嗚～～」

鸞月眼睛一瞥，手伸向那團煙霧，那煙霧就像不受控制一般，往鸞月手中飛去，直到變成小小的一團，在鸞月手中跳動。

「放了我！求求妳，放了我！」

鸞月對著煙氣深深地吸了一口，魅惑的聲音再次響起。「你生前殺了好多人啊，所以連魂魄都那麼臭。」

那煙氣更恐懼了。「那是他們該死，那是他們該死！」

鸞月冷笑一聲，見白芸點了點頭，它就舉起那團煙氣，一口吞了下去。

剩下的那些煙氣都被這一幕嚇破了膽，瞬間，整條街安靜無聲。

白芸站起身來，環顧了這些煙氣一眼，淡淡地說道：「我知道你們都是窮凶極惡的陰靈，生前殺人無數，死了就被陰司押著折磨。想必地府裡油鍋火海的滋味不好受，折磨得你們連鬼氣都沒了，只能靠我這煙氣附著。你們肯定也不想回去了吧？現在，我就給你們一個機會。這鎮上有兩個人，我會讓鸞月帶你們去找他們，誰先殺了他們為我家人報仇，我就讓誰離開陰司，不再被控制。」

聽到白芸說能讓它們離開陰司，那些惡靈紛紛躁動起來，卻仍是沒有行動，彷彿不相信白芸所說的。

它們本就是罪無可恕的惡靈，如果以現在這個樣子，再到陽間來殺人，那麼便會受到更為恐怖的懲罰。

自由對它們的誘惑是很大沒錯，可懲罰同樣讓它們心生畏懼。

它們不敢賭。

「你們不用懷疑我說的話是不是真的，我有能耐把你們從地府裡帶出來，自然有能耐放你們走。」

得到了白芸的保證，其中有一個生前是賭鬼的惡靈按捺不住了，率先衝了出去，剩下的那些惡靈才爭先恐後地跟著鸞月走了。看那架勢，個個都凶殘得很。

宋清嘆了一口氣，悄悄走到白芸身邊，見她臉色蒼白，跟來時明顯不一樣，不禁蹙了蹙眉頭，問道：「妳不舒服？」

白芸淺笑著搖了搖頭。「沒有，別擔心我。」可下一刻，她煞白的嘴唇突然湧出一抹腥紅，身子也止不住地癱倒在宋清懷裡。

宋清立即伸手抱住了她，另一隻手替她把脈。脈象倒是沒有什麼事情，白芸健康得很，他也跟著鬆了一口氣。

不過既然健康，臉怎麼會一點血色也沒有，還口吐鮮血？不對勁，太不對勁了。

白芸笑了笑，伸手摸了摸宋清的臉。「真的沒事，就是剛剛渡了一半的相氣給鸞月，身子有點虛罷了。」她轉頭看向惡靈消失的方向，繼續說道：「這些惡靈生前都是無惡不作的，被關在十八層地獄裡，每天飽受酷刑，它們有些生前殺的都是孩童，有些殺的是父母，早就怨氣滿身了，若是沒有鸞月控制它們，怕是要害了許多人。」

宋清不解。「那妳還答應放了它們？」

「我是那麼信守承諾的人嗎？」白芸俏皮地眨了眨眼睛。「就算我肯放了它們，在陽間殺人，它們也會直接灰飛煙滅，不過，這些惡靈是要受打魂鞭才會滅的。橫豎都是灰飛煙滅，我只是跟陰司商量了一下，由我來滅罷了。」

「打魂鞭？」

「就是地府裡判官的一種刑具，能讓惡鬼產生鑽心的疼痛。這些惡靈受夠了該受的苦以後，就會被吊在牢籠裡，被打魂鞭抽夠一百下，然後消失在世界上。」

宋清點了點頭。「那這麼說來，倒是還讓它們躲過了打魂鞭。」

白芸伸出手來點了點他的鼻子。「你真聰明。」

兩人正說著話呢，天空忽然颳來一陣大風，吹得兩人頭髮凌亂，接著就見遠處瘋瘋癲癲地跑來兩個人，定睛一看，正是馮程和吳紅。

吳紅和馮程母子倆赤腳跑在街道上，張牙舞爪地亂叫著，好像身後有惡鬼在追他們。

周圍熟睡的百姓都被驚醒了，紛紛打開窗戶出來看。

「瘋子啊？大晚上的鬼吼鬼叫些什麼！還讓不讓人睡覺了？」有個男人氣性大，當即罵出聲音。

他媳婦也探頭出來看了一眼，又害怕地回去了。「這兩人是中邪了吧？快別說了，趕緊關窗戶，咱別跟著摻和！」

馮程和吳紅像沒聽見一樣，一直往一個方向跑去。

白芸看了看，沒說什麼，收拾著自己的包袱，扶著宋清，說道：「我累了，咱們回去吧。」

宋清看了一眼兩人消失的方向，點點頭。「好。」

馬車朝著反方向一路消失在夜色裡，誰也不再去看身後兩人的情況如何。

第二天一早，村裡炸開了鍋。

一隊官兵齊刷刷地來到了鳳祥村，把村民們嚇了一大跳，躲得遠遠的不敢靠近，猜測著發生了什麼事情？

這次來的官兵手上拿著的是佩劍，個個臉上的表情都有肅殺之氣，手裡的劍也同樣寒光凜凜，嚇人得很。

為首的官兵叫賀青，是鎮上小有名氣的軍兵，他一路走到了宋家門前，也不敲門，直接就把門推開了。

白芸和宋清就坐在院子裡，看他來，也不覺得奇怪，想來昨天馮程和吳紅已經死了，所以這些人才這麼快找來了。

賀青站在門口，打量了一圈後，視線鎖定在白芸身上，冷聲道：「妳就是白芸吧？鎮上發生了一起命案，馮程和吳紅兩人現在均已喪命。妳認識這兩人吧？」

「認識啊，怎麼不認識。」白芸淡淡地點了點頭。

「認識就好，我還怕妳抵賴呢！既然認識，那就跟我們走一趟吧，我懷疑是妳殺了他們。」

「笑話！」白芸笑了幾聲，看都不看賀青一眼。「你懷疑我殺了他們，那麼你有證據嗎？你是瞧見我拿刀子捅人了？還是有別人瞧見了？」

賀青抿了抿嘴。「沒有，但是妳最有嫌疑！我知道妳有些坑蒙拐騙的把戲，昨天晚上有人瞧見他們中邪了，說不定就是妳使的。」

「說不定？這位官爺，你莫不是在逗我呢？還是說，你們衙門辦事靠的都是說不定？又或者說，你們辦案靠的都是感覺？」

「自然不是……」

「既然不是，你又沒有證據，憑什麼上門抓人？普天之下莫非王土，你怕是沒把王法放在眼裡吧？」

「妳！」賀青被罵得黑了一張臉。來時鎮守就同他講過，不要摻和這件事情，得罪了面前這個女人可不是開玩笑的，但他卻不贊同。人命關天，如今事關兩條人命，怎麼可能因為一個神棍厲害就不查了？他深吸了一口氣，堅定地說道：「正是因為有王法、有公平，所以我才來跑一趟，不可能因為妳有多厲害，我便退縮了。妳殘害兩條人命，這事我一定會查清楚的！」

白芸笑了，笑得很放肆，終於抬頭看了賀青一眼。「公平？啊哈哈哈哈哈……可笑不可笑？」

隨著白芸的笑聲傳進屋裡，馮珍和宋長水相互攙扶著走了出來，聲淚俱下地問道：「那兩個畜生死了？」

賀青皺了皺眉頭，點了點頭。「對。你們兩個昨天晚上有沒有瞧見你們兒媳婦去哪裡了？」

馮珍看了白芸一眼，抿了抿嘴，神色堅定地說道：「沒有，我沒瞧見我兒媳婦出門。」宋長水也點點頭。「官爺，你們會不會是搞錯了？」

「可昨天晚上有百姓說看見了一個女人和男人，大晚上地站在大街上燒紙錢，隨後吳紅和馮程兩人就瘋了，兩個人跑到衙門前，一頭撞在了衙門門口。這難道跟妳沒關係嗎？」賀青盯著白芸，好像要把她盯出一個窟窿。

宋清同樣眼神冰冷，站在白芸面前，擋住了他的視線，淡淡地說道：「他們撞死的時候，有人拿著刀逼他們嗎？還是說看到我們在命案現場了？如果是受我們脅迫的，為什麼我們不在現場，而他們不進去告官呢？這麼多問題，你一個官差不去查證據，卻在這裡胡攪蠻纏逼問我媳婦做什麼？你這是要嚴刑逼供、屈打成招嗎？」

屈打成招，這個罪名可就大了！

賀青想想是有道理，可他就是不甘心就這樣走掉。明明一切跡象都表明了那兩人的死有蹊蹺，和面前這個女人脫不了干係，可他該怎麼去證明呢？

雙方僵持不下。

白芸笑了笑，走到宋清的旁邊，對著賀青說道：「你走吧，沒有證據，你抓不了我。你有這個時間，不如回去查查案，或者利用自身官職為你遵循的國法做一些事情，讓男女百姓之間公平一點，不然我保證，日後這些莫名其妙死亡的人會更多，不是我殺，也會有別人殺。」

白芸說的話模稜兩可，大部分人都聽不懂她在說什麼，只有宋清明白。

一個國家的國法，是對人民道德底線的最低要求，然而殘害女性居然不用付出對等的代價。

他身為男性，卻也深深感覺到女性深處在水深火熱和黑暗之中。

他不能說白芸是對是錯，若是錯，他便陪著白芸坐大牢，他毅然無悔。

偷偷在門前打聽消息的一個村民在聽到這些後，快速跑開了，到了村口的大樹下，早已經有村民聚在那裡等著聽了。

眾人看他氣喘吁吁不說話，都急了，催促著問：「大樹，你聽到了啥？有沒有聽到？快說啊！」

「聽到了、聽到了！」大樹的雙腿一顫，臉色煞白，好不容易緩了一口氣，才緩緩說道：「宋嵐……宋嵐不是被她男人打昏迷了嗎？然後官兵就來了。」

其中一個婦女白了他一眼。「你這不是廢話嗎？這我們都知道啊！那官兵為什麼來，你聽到沒有？」

大樹嚥了嚥口水。「聽到了、聽到了！那官兵說……說宋家那個媳婦白芸，是個會作法的，宋嵐的男人和婆婆昨天晚上被她給……給殺了！可官兵沒證據，不能把她抓走！」

「什麼?!」

瞬間，村民們一片譁然。這可不得了，殺人了，且一殺殺兩個，還不能抓走她！這叫什麼事情啊？

還沒等他們震驚多久，那隊來抓人的官兵就氣勢洶洶地從宋家撤離了。

村民們又是一躲，等到官兵們走了，才又開始議論起來——

「要命了，宋家那媳婦兒看著柔柔弱弱的，怎麼就殺起人來了？」

「那日後我們要是惹怒了她，她是不是也會殺了我們啊？」

「這種禍害留在村子裡，誰能好好過日子啊？」

當即有一個婦女不幹了，起身就走。「不行，得去找村長，可不能讓殺人犯跟咱們住一個村裡，多危險啊！」

她的話得到了大家夥兒的一致認同。

「對！我們也去，我們一起去！」

村長周良此時焦頭爛額地聽著村民們的抗議，頭都大了。

在周良的印象裡，白芸知進退、懂禮數又有本事，他作為一村之長是看在眼裡的，也期待她能帶著宋家過好日子，早日成功。而且，她根本不是會這般衝動的人啊，宋家為人也都很不錯，絕對幹不出殺人了還包庇的事情來。

石丁香也是如此想的。作為村長夫人，她看了眾人一眼，就問：「大家是瞧見了宋家媳婦殺人嗎？還是那群官兵證據確鑿把人帶走了？」

村民們被她問得語塞，搖了搖頭，確實沒被帶走。

是了，如果真是白芸殺了人，人家官兵都來了，能不把人帶走嗎？

可是來通風報信的大樹言之鑿鑿的，看著也不像說假話啊！

大樹看大家的目光都落在自己身上，頓時急了，趕緊站出來說道：「我確實聽見了，那官爺說是她幹的，只是沒辦法抓她罷了！」

村民們齊齊翻了個白眼。「大樹，你是不是傻啊？說不定那官爺和宋家有過節呢！沒確定的事情你跟我們說個什麼勁兒啊？」

大樹怒了。「可是也沒確定她沒殺人啊！」

這一聲的聲音很大，差不多都要傳到隔壁的宋家去了，大樹這才反應過來，縮了縮頭。

忽然，村長家院子裡又走進來一個人，正是這場風波的主角，白芸。

白芸掃了眾人一眼，沒說話。剛剛大樹說的她全都聽見了，不過別人怎麼想她無所謂，而是直接走到村長面前，說道：「村長伯伯，今天官兵來的事，不好意思，嚇到大家了。」

「白芸啊，這是怎麼回事？妳要不要緊啊？家裡人現在都還好吧？」周良急忙問了幾句，沒問她是不是殺了人，而是問起他們家的情況。

白芸知道他是個好村長，笑了笑。「家人都好，放心吧村長伯伯。今天來是想跟您辭行的，我們一家子準備搬走，畢竟阿嵐受傷了，這裡也算是大家的傷心地，便不想留了。官府那邊不會再來人了，請村長伯伯和大家夥兒放心。」

聽見她這麼說，村民們都尷尬地笑了笑。

周良面色一變。「咱沒幹就是沒幹，何苦要搬走？大家夥兒也不會在意這點小事情的！」

白芸搖了搖頭。「不是因為官府的事情，主要是阿嵐的病情嚴重，我們想出去尋找，看看有沒有名醫能給她治病。」

周良聽是如此，眉頭才舒展開來。「這樣也好。那你們有沒有什麼需要幫忙的？我去幫你們。」

「不用了，多謝村長伯伯。我們已經收拾好了，馬上就可以出發了。」白芸道了謝，又聽著村長夫婦叮囑了幾句，才轉身離開村長家。

沒一會兒，宋家就出來一輛馬車、一輛牛車，在村民的注視下，浩浩蕩蕩地離開了村子。

想了想宋家留下來的剛蓋不久的新房，躲在人群中的吳桂英興奮急了，轉身就衝了出去，跑到宋家門前使勁地拉了拉門，不料門卻從裡面打開了。

吳桂英懵了，看著裡面走出來的母子，面色不善地罵道：「妳這個醜八怪在我孫女家做什麼？滾出去！這是我孫女留下來的房子，按道理應該給我！」

玉梅笑了。「這房子東家已經給我了，房契都在我手上，這就是我的房子，妳才給我滾出去！」說完，重重地把門關上了。

吳桂英氣得一個人對著白芸一家子離開的方向破口大罵。「敗家女！喪家戶！沒良心的！把房子送給一個外人都不給我，我呸！魔鬼，簡直就是魔鬼……」

大結局

日子過得快，眨眼兩年了。

在大順一個叫慶安的城池裡，有一家鋪子，每每到了上新品的日子，這門檻都得被貴婦人們給踏平。

路過的一個男子不禁瞠目結舌，好奇地往裡面望。「這是啥鋪子，怎麼那麼多人？賣什麼的？」

旁邊一個肥胖的女人嫌棄地看了眼問話的人。「這你都不知道？你是從哪個山旮旯裡來的吧？趕緊閃一邊去！」

「妳！妳這人怎麼說話呢！」

「好啦，別跟這女人吵了，她是出了名的臭嘴巴！我來告訴你吧，這個鋪子叫白記香水鋪，裡面賣的都是香水，顧名思義，這水往哪邊灑，哪邊都是香香的，最受那些貴婦人的追捧了。」

「喔！」那名被罵的男人點點頭，拱手道：「多謝兄臺！怪不得那嘴臭的肥女要買，怕是要往嘴裡噴吧！」

他的話引得眾人一笑。

此時坐在鋪子二樓觀望風景的女人，面對自家鋪子的風波，卻是毫不在意地瞇了瞇眼。

白芸如今是大不相同了，小臉圓潤了一些，紮著一頭時興的婦人髮髻，髮髻上插著幾支玉簪子，肚子也肉眼可見地微微隆起。

從二樓裡面走來了一個丫鬟打扮的人，瞧見白芸後福了福身。「夫人，埌東河家想要請您見一面。」

白芸摸了摸肚子，搖搖頭。「今日不見，跟他們說我不在。」

丫鬟一臉為難。「可人家已經瞧見您進來鋪子了，特意過來堵的。」

白芸拿起旁邊的一塊西瓜，啃了一口。「老辦法。」

「……是。」丫鬟點了點頭，退出去了。

老辦法、老辦法，夫人說的老辦法，就是出去告訴那些人——白仙姑算到了你們今日不宜出門，恐有災禍，須得速速回家！

來這裡的人一聽，十有八九會被嚇跑，這全都源於她家夫人極厲害，掐手算相從不失手，那些大人們不得不像供菩薩一樣，把她家夫人供起來。

忽然，樓下有一輛馬車緩緩而過，停在了香水鋪門口。

白芸笑著站了起來，馬車上的人也拉開了簾子，是宋清。

宋清一臉寵溺地看著白芸，張嘴做了做口形。「我還得繼續去看診，妳先玩，我晚上來接妳回家，阿嵐和娘做了好吃的！」

白芸點點頭，也調皮地跟著做口形。「好，我等你。阿嵐肯定又給我做餅子了！」

兩年前的時候，一家人走了好幾個日夜，才來到這慶安城。

慶安城是皇城腳下的一座邊城，這裡的人們質樸無華，生活富足，為官者也正直清廉，最主要的是此地藥材資源豐富。

為了宋嵐的病情，他們一家就在此安家。

一年的時間裡，宋清試了無數種法子為宋嵐醫治，就連馮珍都學會了該如何替宋嵐扎針，可宋嵐還是遲遲未醒來。

他們也尋了不少精通醫術的赤腳大夫來看診，依然沒有好轉，可大家都沒有放棄。

好在皇天不負苦心人，在白芸診出懷孕的那日，馮珍把這個消息告訴了宋嵐，宋嵐居然就醒了！

那時宋嵐揉著自己的腦袋，輕輕地說「娘，我作了個夢，夢裡的我有第二個小姪子了，跟丞丞一樣機靈聰明。大哥當上了有名的神醫，嫂嫂還是一樣很忙碌，爹爹考了個功名，娘和我開著鋪子，兩個姪子一起上學堂，我們一家人再也沒分開過，真好」。

宋清和白芸兩人相視一笑，宋清又招來了香水鋪裡的夥計，遞了個紙包給他，才跟白芸揮了揮手，馬不停蹄地走了。

夥計拿著紙包上樓，放到白芸身邊，說道：「東家，這是宋神醫給您帶回來的果子餅，讓您可勁地吃。」

白芸聞言，滿眼冒星星。她自從懷孕了以後，可喜歡吃這果子餅了，宋清每次都說怕她吃太多，會生個果子餅下來，卻又每次都給她買回來。

夥計很是羨慕地說：「東家，宋神醫待您可真好，明明照顧病患忙得不可開交，卻還是會抽空給您帶果子餅回來。」

白芸笑了。「那是因為你東家也很好！」

夥計也笑了。「是是是，咱們東家是整個城裡最有本事的夫人呢！」

「所以啊，宋神醫是有眼光，我也很有眼光。日月山河，我們都要同看。」

白芸瞧著川流不息的街道，臉上滿是知足幸福的表情。

——全書完

2022年12月出版

下堂妻幫夫改命

文創風1122～1123

阻止前夫黑化成反派，拯救蒼生的重任就包在她身上！
她有現代人的智慧，老天的金手指，娘親的「鈔」能力，
這妥妥的天選之人，要翻轉命運豈不信手拈來？

一朝和離為緣起，千里流放伴君行／樂然

好心沒好報啊！救人出車禍竟穿越了，一醒來她就身穿喜服在花轎上，
更離譜的是剛拜完堂，屁股都還沒坐熱，一紙和離書下來就要她走人？
從新娘轉作下堂婦也就罷了，還被託付一個三歲小叔子要她養？
要不是繼承原主的重生記憶，這一波三折，她的心臟早就承受不住。
原來貴為國公的夫家，遭人構陷通敵賣國，一夕之間被抄家流放了，
天知地知她知，若放任前夫晏承平黑化成滅世暴君，那可不是開玩笑的！
為了扭轉命運的軌跡，她只能偏向虎山行，喬裝打扮帶著小叔上路，
好在老天給她神奇空間開外掛，娘親生前也留給她一大筆私房錢，
她能順利打點好官兵，又能護晏家人周全，一路將流放過成郊遊。
當散財仙子助晏家度過難關，她是存了一點抱金大腿的私心，
等前夫跟上輩子一樣成功上位，屆時論功行賞肯定少不了她一份，
未料，這人突如其來示好要她喜歡他，徹底打亂了她的盤算。
先不要啊！單身那麼自由，她可沒有復合再婚的意思……

命可算不可認，情可愛不可怕／懿珊

2022年12月出版

算什麼大師

算卦事業步上軌道後，她的煩惱就少了八成，
唯一遺憾的是，原主的執念居然是要考大學?!
去烹飪學校學做美食不好嗎？不用寫作業、練習冊，更不用考英文！
幸好，這張考卷還有選擇題，能讓她卜卦算答案混分數……

文創風 1124 1

神算門掌門林清音因專注修煉，不知世事，最終渡劫失敗，
本該魂飛魄散，可她轉眼成了家貧、被霸凌自殺的高中資優生。
再活一回，她決定好好體驗普通人的生活，用心享受人生，
但在世俗中凡事都要錢，她便趁著暑假在公園算卦，一卦千元。
她從群眾中挑出一個霉運當頭的青年試算開啟生意，算不準退費！
這人叫姜維，家境優渥、課業優秀，天生的氣運也是上佳，
本該是幸運兒，卻被人搶走了運氣，導致全家倒楣。
知道幫了個學霸，她開心極了，她的暑假作業就全靠他了！

文創風 1125 2

缺錢的林清音熱愛學習，只因為原主成績優異才能免付學雜費！
免費的課，上一堂，賺一堂，而且在學校還能到食堂吃飯。
最初，她被親媽的地獄廚藝嚇怕了，搞不懂為何大家都愛吃三餐，
如今她什麼都愛吃，還吃得特多，真的是用身體實踐把錢吃光這件事。
所以除了讀書，算卦賺錢也不能停，幸好新學期重分班後環境單純，
大家都一心專注於課業，直到她發現同學太單「蠢」，居然搭了黑車要回家。
有她在，女同學安然無恙，但這也驗證人不能只專注一件事，必須通曉常識。
藉此，她也交到了朋友，一起讀書、吃飯、住宿舍，友情……挺不賴的嘛！

文創風 1126 3

福兮禍之所伏，算命算得準確，林清音也換來同行眼紅檢舉迷信，
她雖不懼，但避免擾民仍是租用一間卦室，營造出舒適的環境。
替人排憂解難，總會收到額外的謝禮，吃的、喝的都很常見，但一車習題？
她平常讀書考試已經寫夠了好嗎？這確定是好意？人心真是太複雜了！
就像同樣是親戚，她媽媽家的純樸善良，她爸爸家的卻吃人不吐骨，
平常總是想占她家便宜也罷，逛街遇到了還要過來說她家窮？
她記得姜維曾經說：「看到別人被打臉是很痛快的事，有益身心健康。」
今天她就要體驗親自打臉了，想來肯定更痛快、更有益身心健康囉？

文創風 1127 4

順利考上想要的學校，林清音得趁著暑假將累積的算卦預約結單，
這忙碌時刻，卦室的助理卻要去度假，生活白癡如她只得另找助理。
所幸同在放暑假的姜維有空，替她把庶務安排妥當，還懂得做點心孝敬！
投桃報李，她見他對修煉有興趣，便指點一二，順利獲得徒弟一枚，
這徒弟資質只比她差一些，氣運也不錯，重點是讀同一所大學使喚方便。
上大學後，她幸運的發現一塊風水寶地，在連假時進山閉關，築基突破，
可突破後還沒來得及開心，一張開眼卻發現跟來的徒弟身上都是龍氣！
看著一點湯都不剩的鍋，她不禁嫉妒他的好運，抓個魚吃還能吃到龍珠？

文創風 1128 5 完

姜維到處撿龍碎片讓林清音很是眼紅，不過在謝禮中獲得靈藥跟謎之琥珀後，
她便為此釋然了短暫的時光，畢竟這時代能得到這些東西極其難得。
至於為何說短暫呢？只因接下來她就慘遭網上爆紅，預約排滿了外國人。
別說她最頭痛的英文了，光是面相判斷標準她就沒經驗，八字也得考慮時差，
雖然生意興隆，對她來說卻也是一場心靈風暴……她、她需要度假！
因此她到長白山泡溫泉，順手收了人參娃娃當徒弟，讓父母享受了當爺奶的樂趣。
說來人類的親情、友情她都覺得很美好，唯獨愛情她一直不知該怎麼體驗，
不過她很忙，而實踐才是真理，等她有空閒再挑個品行好的人來試試戀愛！

2022年11月出版

掌勺千金

文創風 1120～1121

十指不沾陽春水的嬌嬌女，
變身熱愛美食的料理達人！
不論街邊小吃，還是辦桌筵席，通通難不倒她！
千金變大廚，舞鍋弄鏟，十里飄香——

點食成金／江遙

突然穿越到小說世界裡當個千金小姐，江挽雲有點懵。
家財萬貫，貌美如花，又有個超寵她的富爹爹，
聽起來這新的人生好像不賴對吧？才怪哩——
因為她這角色，是個腦袋空空的炮灰配角呀！
爹爹死後，她被繼母剋扣嫁妝，嫁給怪病纏身的窮書生，
受不了苦日子，丟下丈夫跟人跑了，卻被騙財騙色，悽慘一生。
江挽雲畢竟是看完小說的人，自然不會讓自己落入悲慘結局，
要知道那個被拋棄的病書生陸予風，就是小說男主角，
他以後會高中狀元，飛黃騰達的呀！
所以在男女主角正式相遇前，她會做好原配夫人的角色，
照料臥病在床的男主角，以免他掛點，導致故事提早結局。
靠著一手好廚藝，她先收服陸家人的胃，再收服全家的心，
一家人齊心努力上街賣美食，脫離負債，前進富裕——
目標推廣美食！努力賺錢！爭取舒舒服服過日子！

風 文創
1130

當個便宜娘 下

國家圖書館出版品預行編目資料

當個便宜娘 / 宋可喜著. --
初版. -- 臺北市 : 狗屋出版社有限公司, 2023.01
冊 ; 公分. --（文創風 ; 1129-1130）
ISBN 978-986-509-389-1（下冊 : 平裝）. --

857.7　　111020566

著作者	宋可喜
編輯	黃淑珍
校對	黃薇霓
發行所	狗屋出版社有限公司
地址	台北市104中山區龍江路71巷15號1樓
電話	02-2776-5889～0
發行字號	局版台業字845號
法律顧問	蕭雄淋律師
總經銷	知遠文化事業有限公司
電話	02-2664-8800
初版	2023年1月
國際書碼	ISBN-13　978-986-509-389-1

本著作物由起點中文網（www.qidian.com）授權出版

定價270元

狗屋劃撥帳號：19001626

網址：love.doghouse.com.tw　E-mail：love@doghouse.com.tw